山田悠介

投入我的残机

BET MY LIVES
HIS GAME.

I WILL BET M
INTO THIS GA

BET MY LIVES
THIS GAM

I WILL BET
INTO T G

INTO THIS GAME

[日] 山田悠介 著

[日] 米山舞 绘

刘晨 译

PRESENTED BY
YAMADA YUSUKE

北京工艺美术出版社

LL BET MY LIVES
THIS GAME.

投入我的残机

I WILL BET MY LIVES INTO THIS GAME.

[日] 山田悠介 著

[日] 米山舞 绘　刘晨 译

北京工艺美术出版社

「残机」

「残机」在游戏中代表还能再玩多少次。
射击游戏和角色扮演游戏中常用到这个词。
有时人会产生看到另一个自己的幻觉，这称为「镜像」或「分身」。
有的传说中提到，人遇到自己的「分身」就会死。

CONTENTS 目录

序幕 PROLOGUE

一辉坐在玩家席上，心里很慌。

他额头上渗出的汗珠顺着脸颊流到了脖子上，手心也满是汗水，没法自如操纵摇杆。他极度紧张，呼吸变得急促，眼睛也布满了血丝。

现在一辉操纵的“创矢”带着浑身的伤站在舞台上，与他对峙的敌方角色“达巴罗斯”巨大的身体显得比平时还要庞大。

大批观众一大早就涌入了横滨未来港的赛场。

此时此刻，预选赛中胜出的普通玩家与受邀参赛的职业选手正在赛场中进行淘汰赛。

这是日本最大的电子竞技赛事之一，规模仅次于决定世界冠军和日本冠军的锦标赛。这次比赛的优胜者不仅能得到五百万日元的奖金，还能作为种子选手参加今年夏天第一次在日本举办的世界杯。

所以职业玩家上山一辉绝对不能输。

一辉集中精神，看了看显示在舞台背景上的“生命值”。创矢的一百点生命值只剩下四点了，他也给敌人造成了不小的伤害，可是敌人的生命值比创矢多，还有九点。

格斗游戏没有射击游戏中“残机”的设定。这次比赛的赛制是“五局三胜”，也就是说谁先赢三局，谁就是胜者。

接下来一击谁能成功命中对方，谁就能决定这场比赛的胜负。

昏暗的赛场中坐满了一万名观众，有些后排的人甚至已经站起来看比赛了。舞台上亮着淡淡的光，三维全息投影展现出的人物正前前后后移动着身体，寻找着下一次攻击的最佳时机。

一辉用力握住摇杆。

现在是把他一直保留的超必杀（必杀连续技）用出来的绝好机会。

达巴罗斯踏出那毛茸茸的脚，一辉屏住了呼吸。

他接连在短短六十分之一秒的一帧中输入指令，这一系列动作的节奏一点都不能乱。按键的时机有一点不对，一击必杀的大招就放不出来，只会让自己沦为敌人的靶子。

尽管难度非常大，一辉还是有自信的，这必杀技他练习过几万次，其节奏已经刻在了他的身体里，而不是头脑中。

屏住呼吸的一瞬，一辉的双手在空中一晃，他的样子令人想起手指在琴键上翻飞的钢琴家。摄像机拍下了一辉双手的动作，正死死盯着屏幕的观众们一齐发出了惊呼声。

“一辉选手出击了!”

播音员的声音响彻整个赛场。

就在所有观众都认定一辉会逆转取胜的那个瞬间……

达巴罗斯那巨大的躯体突然向后退去。

他的速度快得就像预料到了创矢会用超必杀技。

一辉的指令输入是完美的，舞台上的创矢放出了动作华丽的大招，并且连上了最后的“烈风投掌拳”。可惜他的必杀技只是挥过了达巴罗斯刚才所在的位置，什么都没有打到。

而达巴罗斯不会放过创矢露出的破绽，那巨大的身体猛地一转，蓝色的火焰包裹了他的身体。这也是达巴罗斯最强的招数，他向创矢扑了过去。

不光一辉，赛场中所有观众都觉得那一瞬间的攻击像慢动作一样迟缓。蓝色的火焰命中了创矢，把他那纤瘦的身体轰到了空中。

声音从一辉的耳畔消失了。

紧接着，赛场中响起了尖叫般的欢呼声。

“击倒！”

巨大的三维虚拟文字显示在舞台上。

紧接着，播音员宣告胜者的声音响彻整个赛场：

“第一次优胜！使用达巴罗斯的豆助取得了第一次优胜！”

一辉睁开眼睛，呆呆地看着天花板。

橙色的光从窗帘的缝隙中照了进来，把天花板染成了同样的颜色。

他对眼前的景象没有印象，柔软的床也让他觉得陌生。他动着眼球观察着周围，慢慢思考起来。

远处传来的欢呼声显得十分低沉，注意到这一点之后，一辉渐渐搞清了目前的情况。刚才他极度兴奋，大脑像麻痹了一样一片空白，他嘟囔出这样一句话：

“我输了啊——”

他参加的格斗项目比赛已经结束了。不过还有其他项目的比赛正在进行，比如射击项目和体育项目之类。

搞清现在的状况之后，格斗项目决赛的情景重新出现在他的脑海中。那记忆是伴随着痛苦的。

他找准了时机，完美地用出了大招。他一直留着大招，就等着那一刻。没有人见他这样用过，自然也没法想出对策。那招本身在游戏制造商编写的游戏指南中有记载，可是出招过程实在烦琐，实际上几乎没有人能用出来。

一辉就是这样的性格，碰到这样的招数，哪怕不用，他也要练熟。

他想在最关键的时刻用出这招，让所有人大吃一惊。

在这种事上，一辉会发挥出自己都想不到的惊人耐性。他经过不懈的训练，终于练成了这一招。刚才的比赛给了他最棒的舞台，最棒的对手，只要用出这一招夺冠，他毫无疑问会受到世人的瞩目。

可是，他的如意算盘落得一场空，反而成了对手绝佳的陪衬。

“漂亮躲过传说中的必杀技，横空出世的新人取得了第一次优胜！”

一辉想着明天新闻头条的标题，重重地叹了口气。

“噢，你醒了啊？”

拉帘子的声音响起，一名身穿白大褂的男子走到了床边。他大概是负责值守医务室的医生。

一辉赶忙撑着身体想坐起来，可是医生制止了他，说道：

“请好好休息一下吧，比赛还没结束呢。”

“我……”

男子拿起床头柜上的饮料，递给了一辉。

“谢谢。”一辉嘟囔着，拧开盖子，喝了一口，格外甜腻的饮料流过他的喉咙。

“哎呀，真是吓了我一跳。工作人员突然叫我到舞台去，我跑上去一看，居然有人在玩家席上昏过去了。”

“是吗……”

“你不记得了吗？他们说你比赛结束就昏过去了，看来那场比赛相当激烈啊。”

在狂热的电子竞技赛场上，每年都会有几十名到场者来医务室接受治疗。其中有因为太热而中暑或脱水的，有在汹涌的人流中摔倒受伤的，甚至还有看比赛看得太激动打架受伤的。不过选手被送到医务室可是很稀奇的事。

“这是主办方送你的。”

医生说着，把亚军的奖牌递给了一辉。

一辉打开黑色塑料盒的盖子，只见里面放着一枚泛着银光的奖牌。颁奖仪式早就结束了，他当时昏了过去，当然没法参加。

他看着那奖牌，又重重地叹了口气。

一辉本来发誓要借这次大赛东山再起。这一年里，他在主要的大赛上都没能取得好成绩，在上一项赛事中甚至没能杀出预选赛。

事务所的主教练已经跟他说了，如果这次大赛他的成绩不理想，就没法带他参加夏天的世界杯。

在电子竞技圈中，人气旺的项目会不断涌现新秀，老选手一旦受挫，很难东山再起。

也就是说，这次大赛对职业玩家一辉来说，是一场生死战。

可是他没能成为冠军。再说冠军和亚军的奖金也是天差地别，不仅如此，钱也不会直接到一辉手里。奖金都是先汇到事务所，再由事务所以工资的形式发给一辉这样的职业玩家，他能拿到手的只有奖金的一小部分。一辉最近一直在为钱发愁，职业玩家完全靠玩游戏吃饭已经相当吃力了。

“我没事了。”

一辉没有领医生的情，慢慢坐起来下了床。

他蹬上扔在床边的帆布鞋站了起来。或许是昏过去的时候撞到了头，他觉得额头右边疼了起来。他用手一摸，发现额头上有块创可贴。

医生担心地问道："能行吗？你还站不稳。"

一辉疲惫不堪，冲医生微微鞠了一躬，走出了医务室。

明亮的荧光灯照亮走廊，一辉穿过走廊向前走，打开贴着"赛场"二字的门，世界马上变了。热火朝天的战场出现在他眼前，昏暗的房间中响着震耳欲聋的音乐。

他走向选手休息室，从储物柜里取出他的背包，快步走出大楼，像想要赶紧从那震得他头疼的音乐中逃走一样。

刚才他还看到了傍晚的阳光，不知什么时候太阳已经落了山。尽管天已经黑下来了，周日的未来港站前依然热闹非凡。

这里没有赛场上的紧张气氛，街上人潮汹涌，充满了情侣和带孩子出来的家庭的欢声笑语。一辉背上的背包显得格外沉重，他觉得自己和周围的环境格格不入。他怀着被整个环境排斥在外的感觉，抬起像灌了铅一样的脚，走向通往电车检票口的地下入口。

就在这时，一辉皱起了眉头。

他眼前突然一亮，变成了白茫茫一片，紧接着，光芒闪烁了几次，他感到头部传来剧烈的疼痛。

他想起医生让他好好休息一下。

他已经不记得受伤时发生的事了，不过他的脑袋磕了一下，伤势可能比他想象的还要严重。

他看向天空，只见头顶大摩天轮的剪影也扭曲了。头疼得越来越厉害，一辉最终不得不停下了脚步。

一辉坐在一旁的花池沿上，头痛随脉搏加剧，他甚至觉得想吐。

他保持这个姿势待了几十分钟。

疼痛总算开始缓解，他痛苦不堪的神情总算渐渐舒缓了。

一辉头疼得这么严重，恐怕不只是因为磕了一下。他一直在绞尽脑汁地思考，大脑还处在极度兴奋的状态，恐怕承受了过大的负担。而且他这几天过于紧张，一直没能睡好觉。

一辉心想："别管别的了，今天先回去睡觉吧。"

他需要尽快去事务所和主教练商量今后的事。不过现在他最需要的是休息，今后的事可以等睡醒再想。

周围来来往往的人都没有注意到痛苦的一辉。他缓缓站起身来，再次向前迈开了步子，就在这时……

"一辉先生——"

喧嚣的人群中传来了呼唤一辉的声音。

他回过头去，发现那里站着三个男子。

第一章
STAGE.1

1

“那好，明天就开始吧。”

“好的……”

听四十几岁的店长说完，一辉有气无力地回答道。

店长说罢，从椅子上站了起来，走出了狭窄的办公室。一辉赶忙抓起背包，跟在店长身后走了出去。

走在一辉身前的男子头顶的头发稀稀拉拉，干瘦的身体透着“人到中年万事休”的哀愁。一辉觉得胸口发闷，他强忍着难受走出了店门。

回头望去，他发现眼前矗立着一座五层商业楼。这是全日本连锁娱乐设施“游戏第一”的樱木町分店。一辉现在的家就在横滨樱木町，而这里就是一辉日后打工的地方。

“那个秃子开什么玩笑！”

一辉经过充分准备，在前天的大赛上却只获得了亚军。

而昨天，一辉来到日本铁道横滨站前的职业玩家事务所——梅本电子竞技事务所——和主教练梅本谈了谈。这次谈话中，主教练告诉一辉，不会再带他出国参赛，从下个月开始，他的工资会降低。

虽说职业玩家的世界靠实力说话，不过这待遇的变化也太露骨了。

可是，这一年他没有取得过冠军，主教练也一直在提醒他，现在遭受这种待遇也是没办法的事。毕竟亚军不是冠军，他没能实现主教练提出的目标。在这次谈话中，主教练也提到了这一点。

“你毕竟有夺得亚军的实力，只要继续努力，一定还能夺冠的。”

一辉无处发泄心中的焦躁，他想着以后的生活，忍不住咂了下舌头。

在电子竞技刚刚迎来黎明的时候，梅本是曾经支撑日本电子竞技圈的职业玩家。

他从十几岁开始崭露头角，最终成了日本最强的职业玩家。在他三十出头退役之前，不知赢得了多少世界冠军。他的玩家名就是“梅本”，不过因为实力太强，全世界的人都叫他“怪物”。就算说目前日本混出了名堂的职业玩家，都是因为崇拜梅本才进了电子竞技圈子也不为过。

梅本建立的事务所，就是一辉所在的梅本电子竞技事务所。

梅本电子竞技事务所中的职业玩家，收入均由基本工资和随成绩变动的奖金组成。而且为了刺激队员争取好成绩，奖金占的比重很大。也就是说，基本工资低得要命，而取得了好成绩时得到的奖金则非常高。

这一年中，一辉的基本工资每个月都在下降，经过昨天那次谈话，现在已经降到了不到二十万日元。而且每年都要签专门合同的职业玩家不是正式员工，只能算个体经营者，从这笔钱里扣掉要缴的税，剩下的就更少了。只要成绩奖金赚得多，成为“亿元户”也不是不可能，可是对现在的一辉来说，现实就摆在眼前。

他现在只做职业玩家已经难以维持生活，不得已他只好找地方打工，这才接受了刚才的面试。

他不能在梅本电子竞技事务所所在的横滨站前找地方打工，他就算死，也不想让同一事务所的其他职业玩家看到他在打工。虽说如此，他还是希望能保证作为职业玩家的训练时间，要尽可能找离家近的工作。反正是要工作，最好对游戏有帮助，所以一辉选择了家附近离横滨站很近的“游戏第一”。

“游戏第一”是在全日本有好几十家分店的娱乐中心，店里连保龄球场、旱冰场都有，人们能在这玩上一整天，这里人气非常旺，现在电视上还在播放今年当红的偶像团体主唱的广告曲。一辉也从小就到“游戏第一”的店里玩，尽管不是樱木町店，但也算知根知底。

这里当然也有游戏厅，说一辉从小就是在游戏厅练的技术也不为过。反正都是打工，还是在游戏氛围浓厚的环境中更好，要是走运，说不定还能免费用最新的机种训练。他之所以选择这里，也是出于这种考虑。

可是刚才的面试虽然顺利通过了，店长却把一辉安排在了歌厅。

“我可是还算有名的职业玩家啊……”

面试快结束的时候，一辉说出了自己的看法，可是店长听到这话冷漠地瞥了一辉一眼。店长明明在这种公司上班，对电子竞技圈子却并不了解，他恐怕也没有听过“一辉”这个名字，只是冷淡地回答道：

“游戏厅那边人手够，我们是想给歌厅找服务生，不行就算了，我们再找其他人。”

只要想起这句话，一辉就觉得来气，可他现在需要这份工作。二十九年来，一辉把心思都放在了游戏上，他能做的工作很有限。

“你行不行？”

听到店长反问他，一辉小声嘟囔道：

“请多关照。”

面试结束后，一辉直接坐上电车来到了横滨站。

从公交中心右转走进胡同，能看到梅本电子竞技事务所的大楼。这座大楼有七层，每层面积都不算大。

最高层是社长兼主教练梅本的房间和经理部。六层放着办公用品和器材，还有保存过去比赛资料的资料室，以及最多能容纳十人住宿的宿舍。一楼是前台和营业部。二楼是工作室，用来直播事务所旗下职业玩家的比赛。三楼到五楼这三层供签约的职业玩家们训练时使用。不同类型的游戏项目分别在不同楼层，每一个项目都有专属教练。

一辉的格斗部[1]在三楼。格斗游戏作为电子竞技已有很长的历史，竞技人口也多，可以说是明星项目。

第一人称射击游戏人气很旺。在梅本电子竞技事务所中，除了格斗部和射击部之外，还有在线卡牌游戏和体育游戏两个部门。

其他部门的玩家都要组成战队，而格斗游戏则是个人竞技。一辉觉得和其他人沟通是一件麻烦事，还是格斗游戏更对他的性子。

1　格斗游戏部门。

格斗游戏中，玩家要选出自己操纵的人物，用格斗技单打独斗。开始双方都有一百点“生命值”，谁能攻击对手，使对方的生命值先降到零，谁就赢了。

梅本电子竞技事务所大约有八十名员工，其中选手正好六十名，其余是工作人员。其中十名选手是事务所的核心成员，他们组成了“第一集团”。

基本都是“第一集团”中的选手出国比赛，参加事务所举办的集训。虽然基本工资降了，但一辉也是“第一集团”的一员。

一辉打开门走进了房间。现在才刚过下午两点，房间中已经热气腾腾，和外行们光临的游戏厅完全不同。

“噢，一辉，你来得正好。看这个，如果是你，你会怎么办？”

有人说着抬起三维全息成像眼镜，向一辉招手。他是一辉的职业玩家前辈“茸茸”。

职业玩家大多有玩家名，很少有人在比赛时用真名登场。

一辉的玩家名只是把原名的读法变了变，写出来还是“一辉”。

而职业玩家之间基本都是以玩家名相称的，就算两人签约了同一事务所，这一点也不会变。一辉记得以前听过茸茸的姓名，可是他已经忘了这位前辈的真名是高桥还是高木，还是称呼在比赛中也会用到的玩家名更方便。

茸茸比一辉大两岁，他明明个子不高，却比别人壮硕一倍，体重恐怕超过了一百公斤。最惹眼的是他的发量，那一头天然卷剪得不长不短，像爆炸头一样蓬松，“茸茸”这玩家名取得实在恰如其分，记起来毫不费劲。据说给茸茸取这个外号的人是他学生时代班里欺负人的小霸王。

一辉把东西扔进自己专用的储物柜里，从里面取出三维虚拟成像用的“全息眼镜”，戴了起来。

他按着太阳穴附近的按钮，使眼镜和茸茸的游戏同步。

同步完成的提示音响起，一辉眼前出现了一片荒野。

“我试了很多次，每次对手都会逃掉，再强的招数，打不中也没有意义。”

一辉仔细一看，发现这是人气极旺的格斗游戏《迷乱斗士Ⅻ》中西部开拓时代的场景。

“迷乱”系列是日本著名游戏公司的招牌游戏，在全世界拥有数以亿计拥趸，人气极旺。不光前几天的国内大赛，就连格斗游戏世界大赛也经常把《迷乱斗士》作为比赛项目。一辉在梅本电子竞技事务所里也一直对这个游戏进行训练。

茸茸是使用《迷乱斗士Ⅻ》中的角色“牙龙”的高手，擅长流畅的连续攻击。一辉真搞不懂他那么粗的手指怎么使出如此细腻的招数。茸茸虽然没有取得过世界冠军，不过拥有相当强的实力，总是能在比赛中名列前茅，他在梅本电子竞技事务所格斗部里也像大家的大哥。

茸茸没有到网络上对战，而是用游戏自带的敌人进行对战训练，对手的水平与职业玩家相近。

平时，同事向一辉提问，他一般不会回答。

在格斗游戏这个项目中，同事也是对手。

他不想让后辈们看到他手里的底牌。

可茸茸是唯一一位前辈，这就另当别论了，他当然不打算把底牌全亮出来，可也不能不给前辈面子。

“出招前的移动有问题吧？”

“得让敌人进入攻击范围内对吧？这我当然明白。可是我输入指令的时候，敌人会逃出攻击范围。”

“我看看……”

一辉说着坐在折叠椅上，把茸茸的街机控制器放在自己膝头。他把左手搭在了左边的摇杆上，进入了平时的战斗状态。

一辉以前曾经用过牙龙，他也通过一系列训练练习过这个角色的招式。一辉输入指令的速度和精确度在职业玩家中很有名。

一辉解除暂停，让游戏重新开始，他看准对手向前的时机，右手连续按键。

刚才茸茸的大招不管试多少次都会被对方逃掉，现在同一招却直接打在了对手脸上。一辉输入指令的速度太快，对方没来得及躲开，毕竟他的大招在放出前完全没有“蓄力”的动作。

“噢噢！好厉害啊，刚才你是怎么做的！”

看到一辉轻易解决了他的难题，茸茸的斗志被点燃了。

“没怎么做啊，没什么特别的，只是身体已经记住了输入指令时按键的顺序，就算脑子不想也会下意识地做出反应，要是说有诀窍——”

“要是说有诀窍？”

“那就是握摇杆的方式，茸茸前辈平时总把手‘搭握’在摇杆上吧？可是只有用这招的时候，你的手变成了‘抓握’。”

茸茸听了一辉的建议，凭空摆了几下手，确认自己的动作。职业玩家用的街机控制器和家用游戏机的手柄不一样，控制器上有很大的摇杆。玩家们手握摇杆的方式很多，从最主流的握法到最奇特的握法，可谓应有尽有。怎样握摇杆的人都有，不过最普遍的还是“搭握”，就是把手掌搭在摇杆顶部的球上攥住摇杆。而与之相对的“抓握”也有几种不同的握法，不过其中最普遍的就是从侧面抓住整个摇杆。每位玩家都会采用最顺手的握法，不过每种握法都有利有弊，没有最好的。

“为什么啊？你改了握法，后面的招数用起来不费劲吗？”

“牙龙的大招是不动炮，最后要把摇杆前后磕两次，用‘搭握’放这招会慢一帧，虽然也能放出来，可是会顿一下。”

茸茸拿回控制器，按一辉说的试了试，没想到居然一次就成功了。

“太好啦！”

茸茸巨大的身体颤悠着，像小学生一样举手欢呼起来。看他这开心的样子，让人不敢相信他已是年过三十的大叔。

看到他那副开心的样子，一辉忍不住摘掉全息眼镜，讽刺道：

"前辈都做多少年职业玩家了，这点问题得自己察觉到才行啊。"

一辉不留情面的话明显让茸茸不高兴了。不过一辉没有搭茬，走开了。

他穿过同事们的座位，走到窗边他自己的老位置，坐在椅子上，又一次戴上了全息眼镜。他打开桌上的游戏机，连上了网络，把搜索模式设定为"传说"，开始寻找全世界高水平的对手，很快就连上了一位非洲玩家。

"你好，我是一辉，我用的人物是创矢，可以吗？"

"Yes，sure。"

一辉通过全息眼镜的麦克风和对方进行了简短的对话。他考虑到时差，心想："这位都几点了还在玩游戏？"不过他很快就把精神集中到了训练上。

2

家用电脑游戏机在二十世纪七十年代开始普及，在八十年代掀起了空前的热潮，后来取得了划时代的进步。

摆在咖啡店中的侵略者游戏机开始流行是游戏机的第一次热潮。

第二次热潮始于一九八三年发售的任天堂家用游戏机"家庭电脑"。

其后每年都会有许多游戏发售，游戏玩家也在不断增加。

随着游戏爱好者的增多和玩家水平的提升，游戏特有的文化产生了，游戏业界盛况空前。在全盛期，日本全国有两万六千家游戏厅，以前所谓的"小孩子的玩具"，这时已经成了成年人也能找到乐趣的娱乐方式。

而进入二十一世纪之后，游戏开始被称为"电子竞技"，人们认识中的游戏已经不仅是娱乐，而是一种竞技比赛。

大大小小的各种比赛开始在全世界举办，于是有了专注于电子竞技，靠赢得奖金谋生的职业玩家。顶级职业玩家能赢得巨额财富，受到公众的尊敬，变得像演艺圈的明星。上一位登上世界冠军宝座的职业玩家不光上了电子竞技杂志的封面，还成了时尚杂志的封面人物。

在电子竞技蓬勃发展的过程中，相关组织也开始壮大。

国际电子竞技联盟成立了，其下属的协会开始在各国建立起来。二〇一八年，日本电子竞技联盟启动，后来这一年被人们称为日本的“电子竞技元年”。

国际电子竞技联盟旗下的比赛从甲一级到丙三级，一共分成了九个等级。一辉他们这样的职业玩家主要参加甲级比赛。

甲一级是最高水平的国际大赛，被人们称为“大满贯赛事”。甲二级是仅次于甲一级的国际大赛，而甲三级是各国国内的锦标赛。

只要是职业玩家，谁都想取得大满贯赛事的冠军，可是这样的赛事只有四项。

中东的“迪拜杯”和娱乐圣地的“拉斯维加斯杯”每年举办一次，这两项赛事拥趸众多，资金雄厚，支撑着整个电子竞技业界。

可是大满贯赛事中尤其权威的，还是四年举办一次的世界杯和奥运会。

第二次东京奥运会中，电子竞技作为表演项目登场，随后在二〇二四年[1]的巴黎奥运会中成了正式比赛项目。

而游戏业界的最高权威当属世界杯。

世界杯是拥有许多项目的综合赛事，算上预选赛，会持续一个月之久。世界杯由国际电子竞技联盟主办，采取公开赛的形式，不限制职业玩家的年龄，拥有最长的历史和最大的规模，是所有玩家向往的梦幻舞台。一辉当然也是这样的玩家之一。

而且世界杯今年将第一次在东京举办，为了迎接夏天的这场盛事，国内游戏界已经把气氛炒得十分火热了。

1　本书的事件为虚构，与现实情况不一致。

国际电子竞技联盟会统计各项赛事的成绩，公布全世界前二百名职业玩家的排名。世界杯临近，国际电子竞技联盟每次公布排名，梅本电子竞技事务所旗下的职业玩家们都有人欢喜有人愁。

一直稳步发展的游戏业界，在数年前迎来了一场革命。

首先是美国的世界著名游戏制造商假想软件公司开发并发售了家用游戏机专用的三维虚拟成像眼镜"全息眼镜"。

有了这种眼镜，曾经被局限于屏幕中的游戏，终于挣脱了束缚。

世界上一直有应用于医疗等领域的全息眼镜试制品，这次它终于在技术成熟后进军游戏领域了。其精细程度和逼真程度令人惊讶，游戏中的场景好像真的跃然眼前。

其震撼的效果成了人们热议的焦点，其热潮很快便席卷了整个游戏业界。

以前必不可少的显示器从游戏爱好者的房间中消失了，人们争相抢购售价高达三十万日元的全息眼镜。

不仅如此，假想软件还在发售全息眼镜的同时，推出了适用于游戏机的三维虚拟成像投影机。

全面超越已有技术的产品令全世界为之惊叹，这些产品能在玩家面前展现出细腻逼真的立体影像。

有了这种投影机，不必戴全息眼镜，在场的所有人都能看到立体影像。自从这种投影机问世，观众众多的电子竞技大赛的现场气氛变得更为热烈。游戏中的角色们在观众面前进行表演，观众们体会到的临场感和看大屏幕观战完全不同。

这一革命让游戏业界迎来了第六次黄金期。

因为这一技术与游戏机的融合是划时代的。

与此同时，全世界的游戏软件开发公司纷纷开始制作支持三维虚拟成像的游戏软件。传说级格斗游戏《迷乱斗士》也不例外。

几年前发售的《迷乱斗士XI》第一次可以支持三维虚拟成像功能，

让格斗游戏迷为之疯狂。毕竟是第一次，这一代《迷乱斗士》有很多程序错误，在电子竞技大赛上经常搞出乱子。

不断输入复杂的指令会导致角色做出错误的动作，战斗一旦激烈起来，庞大的数据来不及运算，程序甚至会不响应。

这样的游戏不适合当成竞技项目。

而在半年前，所有问题得到了改善，经过大张旗鼓的宣传，现在一辉他们每天都在练习的《迷乱斗士Ⅻ》发售了。

《迷乱斗士Ⅺ》中输入指令的方式被彻底推翻重做，玩家们以前的经验派不上用场了。职业玩家们不得不从零开始重新训练，不过，游戏刚刚发售那段时间，业界充满了混乱和狂热，不失为一段非常激动人心的时期。

所有人都在同一起跑线上，在电子竞技圈，一切都由训练的次数决定，晚些入圈的职业玩家也得到了一举登上巅峰的机会。

一辉结束和非洲玩家的对战，摘下全息眼镜，窗外已经黑透了。

这种眼镜的好处是能让人看到游戏世界的景象，听到游戏世界的声响，彻底沉浸其中。不过相应的，它也会把人和现实世界分隔开，让人忘记时间。

一辉每次冷不丁地从虚拟世界的战斗中回过神来，都会觉得浑身突然没了力气。他明明坐在椅子上，只有手在动，却感觉心脏跳得飞快，浑身大汗淋漓。西部开拓时代的荒野、新宿歌舞伎町的黑巷子、灼热的沙漠，一辉累得仿佛亲自到这些地方与人单打独斗。

可能是因为疲劳，一辉像前段时间那样头痛起来。

他大口喝着塑料瓶里的水，用手指揉着太阳穴。过了半晌，头痛开始缓解，前天那件不可思议的事又在他脑海中复苏。

那些家伙，到底是什么人啊？

比赛完回家的路上，一辉忍着突如其来的头痛，好不容易站起来，有人突然在身后叫他的名字。

他觉得好像在什么地方听过那声音，便回过头去，看到了三名男子。

其中一人穿短袖衬衫，套一件深蓝色西服外套，下身穿着西裤和皮鞋。

第二个人身穿米色夹克、牛仔裤、一双帆布鞋。

最后一个人穿着松松垮垮的破洞牛仔裤，套着宽大的帽衫，脚蹬一双时髦的篮球鞋，一身街头时尚打扮。

这三人打扮各异，一辉想象不到他们是怎样凑到一起的。

不过他们也有共同点，那就是三人的身高都接近一米八，年龄都是二十几岁，体型都偏瘦，头发都有点长，刘海都在眼前摇曳。

一辉总是穿着同一条褪色的牛仔裤，还有高中毕业时买的老旧冲锋衣，不过他的身高体型和这三人很相似，他们都戴着口罩，看着格外惹眼。现在是春天，一辉觉得他们戴口罩是为了防花粉。

“叫我？”

一辉用手指指着自己问道。身穿深蓝色夹克的男子向前踏出了一步，说道：

“我们看了刚才的比赛，真是太可惜了，你差一点就能得冠军了。”

一辉最近状态不好，不过，他以前曾经在重要大赛上得过许多次冠军，登上杂志封面的次数不计其数，在游戏爱好者中还算有名。

一辉觉得这三名男子可能是他的粉丝，不过看起来又不像。

后边那名穿得像说唱歌手的男子开口道：

“你跟我们走一趟吧。”

“喂，你这样说他会起疑心的啊！”

“那该怎么说才好啊，只能这样说啊。”

“你先闭嘴吧。”

蓝夹克和说唱男争论起来，两人身后，看起来比较沉稳的男子默默凝视着一辉。

“等等，我今天很累了，就别让我给你们签名了。”

“我要你的签名干什么啊。”

说唱男说话更没礼貌了。

紧接着，蓝夹克把手伸向嘴上的口罩。

“喂喂，真的要摘？”

刚才还气势汹汹的说唱男突然乱了阵脚，他身后沉稳的男子看起来好像也吃了一惊。

“没办法，还是这样最容易说清楚。”

说着，蓝夹克把脸上的口罩拽了下去。

看到蓝夹克拽下了口罩，另外两人也摘掉了口罩。

一辉看到他们的脸，吃了一惊。

这三名男子长得一模一样，就像三胞胎。

同卵双胞胎倒是偶尔能见到，一辉可从来没有见过同卵三胞胎，从生物学角度来讲，同卵三胞胎有可能吗？

不过这种事根本无关紧要。

他头疼得要命，只想马上回家。

“抱歉啊，下次再……”

一辉说完，打算去车站。这时，他忽然觉得好像在哪里见过这三个模样相同的人。

虽然他头昏脑涨，大脑一团糨糊，不过这一点不会错。

因为，他平时经常在镜子里看到这张脸。

这何止是三胞胎，加上一辉就是四胞胎了。

他想起刚才头疼，眼中的大摩天轮看起来扭曲了。

这肯定也是某种幻觉，怎么可能有四个长得一模一样的人。

一辉怀疑自己的头脑是不是真的不正常了。

多年的职业玩家生涯让他开始分不清现实世界和虚拟世界了。

一辉突然害怕起来，跑着搭上下行的扶梯。

“喂！你等等！”

身后传来了男子的呼唤，他现在已经分不清出声的到底是谁了。

他逃似的跑向地下，发觉那声呼唤也和他的声音一样。

一辉觉得瘆得慌，当即逃走了，可现在他又好奇那三人到底是什么人。

不管怎么想，他们也不可能是他的四胞胎兄弟，他们最可能是一辉的幻觉。

或许是玩了太久游戏，他有一瞬陷入了虚拟世界吧？自从开始使用全息眼镜，以前他也有过类似的感觉，这次那种感觉变得强烈了。

他硬生生得出结论，把全息眼镜和摇杆收进了储物柜里。

一辉看了看墙上的表，时间已经过了晚上八点。平时有人在事务所通宵训练，不过大赛刚过，今天已经没人在格斗部了。

3

一辉走出梅本电子竞技事务所，向着横滨站的反方向走去。他过了河，穿过日本铁路的轨道，沿着主干道向南走去。

他集中心思训练，连肚子饿了都没有察觉到。他不打算在家里做饭，倒是想去吃最近很爱吃的拉面，吃完再回家。

这家拉面店的店主曾经到博多的著名拉面店学过艺，去年才得到师父允许，到这里开了一家正宗博多猪骨拉面店。用足量的猪骨煮出的面汤味道浓郁，能给味蕾带来强烈的冲击，在最普通的中分量拉面中，也有三片厚实的叉烧。一辉最近每天都会到这家店吃拉面，这家店会开到午夜一点，这也让他觉得非常方便。

这里虽然是主干道，不过工厂占了很大地方，走在街上的人很少。机动车道上的重型卡车伴随着轰鸣疾驰，而人行道上只有一辉一人。

一辉在路灯下走着。从事务所到拉面店要走二十分钟左右，不过他自己住的公寓也在这个方向，吃完拉面可以直接走回家去。他做职业玩家挣的工资低了，更想省下起步价车费。

路灯照亮了路旁的樱花树，现在已经过了盛放期，八成的花都落了。每逢载重卡车开过，花瓣都会纷纷落下，一辉面前的人行道已经被花瓣染成了粉色。

他吹着夜风，头痛开始缓解了。

明天一大早，他就要到打工的地方去上第一天班，平时他回到家里，还会用自己家的游戏机继续训练，不过他决定今天早点睡。一辉不擅长和别人沟通，明天将是他这辈子第一次从事服务业，这让他有点紧张。都二十九岁了还要打工，而且为此心神不宁，这也让他觉得自己很可怜。一辉不想多花钱，不过今天还是点一瓶啤酒吧，他酒量不大，想借酒精早点入睡。

这时，他的身后响起了刺耳的喇叭声。

那喇叭声吵得他那刚刚缓解的头痛差点又犯了。

一辉慌忙回头去看，开了远光灯的车头灯晃得他眼疼。他用手挡着光，眯眼一看，只见路边停着一辆白色轻型面包车。

"一辉，好久不见了。"

驾驶席的车窗降了下去，一个女子露出了脸。

看到那张脸，一辉马上感到了久别重逢的怀念，不过怀念很快被想尽快逃开的冲动取代。

他的脑海中闪过了无视这女子的念头，不过那样做恐怕会给他带来更大的麻烦。

"结衣，好久不见……你怎么到横滨来了？"

"我在家附近的便当店打零工，有批货要送到横滨来，回去的路上碰巧看到了你。"

一辉一看，只见面包车侧面写着"团体餐便当·外送 金村"。她现在应该还住在一辉的老家川崎。

"一辉是刚下班回家？"

“是啊，没错。”

“这么晚啊，真是辛苦。你平时有好好吃饭吗？怎么好像瘦了？”

一辉觉得她的话句句带刺，这是因为他自己心里有愧吗？

她一向是这样的，一言以蔽之就是喜欢过度干涉别人。她总是毫不客气地指手画脚，管教一辉。

“有好好吃，我正打算去吃晚饭，再见。”

一辉挥了挥手，迈起了步子。只见面包车从后面跟了上来。

“等等，好不容易见了面，多聊会儿啊。”

“你不是正在工作吗？不赶紧回去，人家会说你的。”

“不要紧，店长跟我说了，送完货可以直接开着送货车回家。”

一辉没有搭茬，打算继续向前走，结果又被她叫住了。

“我给你打了好几次电话，你为什么不接啊？”

“我那时候太忙了，没能接到。”

一辉在说谎，他因为怕麻烦，甚至没有回电话。

“你已经一年没有汇款了，怎么回事？”

“吵死了，我只是手头有点紧，等下个月大赛拿了冠军奖金，我把这一年的都给你不就行了。”

“你就会说，分明拿不到冠军。”

“你说什么！”

一辉吼出来之后马上脱了力。这是他们很久很久以前就吵过的，事到如今，他们已经不可能相互理解了。

“等有了钱我会联系你的，明天我很早就得起，别再跟着我了。”

“等等……”

一辉没有再搭茬，走进了逼仄的小巷，快步来到了小巷对面的路上。想从刚才的主干道绕到这条路上，需要避开单行线，绕很大的圈子，她应该不会再追上来了。

一辉心想，话说回来，前两天遇到了那三个男的，今天又遇到了结衣，最近运气真是不好。前段时间的大赛本来也该他得冠军，结果他得了亚军，只是对手碰巧向后退了一步而已，他的运气真是太差了。

小桥结衣是一辉的前妻，他们在八年前分手了。

他们二十岁就结了婚，可是一辉马上就后悔了。她不管什么事都要管，对一辉指手画脚，而一辉最讨厌别人管教他。

他们不知吵了多少次架，最终，一辉离开了家。

4

一辉终于到了拉面店，他买好饭票，找座位坐了下来。

“我要‘蘸水起’[1]。”

“好嘞！”

店长那劲头十足的喊声响了起来。

结衣的出现让一辉没了食欲，他点了啤酒，打算在拉面上来之前先嘬几口，让自己忘记刚才的不快。可是这啤酒喝起来比平时还苦。

平时这家店生意非常好，想吃面都得排队，可是今天居然只有一辉一个客人，真是什么稀奇的事都有。他点的拉面过了十几秒就上桌了。他虽然自己说了“蘸水起”，可看这速度还真是没怎么煮。

一辉用瓷勺舀起他最喜欢的猪骨汤，喝了一口。他觉得今天的汤比平时油腻，是错觉吗？

一辉是在高一的时候认识结衣的。

他们的老家都在川崎，两人都骑自行车上学，在公立高中成了同班同学。

可是一辉从小学时代就热衷于游戏，到高中入学的时候更是一发

1　博多所在的日本九州北部的拉面店有一系列表示拉面硬度的专门用语，其中“蘸水起（粉落とし）”是最硬的，直译过来就是在开水里把面表面的粉涮掉就出锅。

不可收拾，几乎不去学校了。他虽然会出家门，不过出了也是直接去车站前的游戏厅，基本上整天泡在里面。他当时还是业余爱好者，不过到了他常去的游戏厅，就会打名为“赌钱赛”的比赛，也经常到隔壁的街区去打“野赛”，碰到什么人就跟什么人打比赛。

一辉和结衣本来只是同班同学，不过结衣喜欢管事，或者说是什么事都想做主。她在游戏厅看到了一辉，后来在学校批评了他，这就是一切的开端。

一辉已经忘了结衣当时是怎么说他的，不过他还记得结衣训斥他的时候非常凶。

但是，一个普通同学不管折腾得多么热闹，一辉也只是当什么都没发生。

当时的一辉作为玩家，水平已经很高了，在当地知名的大赛上都取得了相当不错的成绩，他也是从那时开始认真考虑走职业玩家这条路。职业玩家不需要学历，高中上不上都无所谓，游戏厅才是一辉的家。

可是好学生结衣不知怎的，开始每天到一辉常去的游戏厅来，帮他做这做那。直到现在，一辉依然不明白当时结衣是怎么想的，她只是在可怜他这个高中的差生吗？

在结衣死缠烂打的督促下，一辉保证了基本的出勤，参加了考试。他们喜欢同样的音乐，不知从什么时候开始，他们经常在一起，不知不觉间，一辉开始和结衣交往了。

一辉读高中时就在大型比赛上取得了好成绩，收到了现在他所在的梅本电子竞技事务所的邀请。梅本电子竞技事务所为他掏旅费，让他去参加大赛，而一辉一举取得冠军，一跃成了备受人们瞩目的“高中生新秀”，在二〇一八年的世界大赛上也打进了八强。

能把自己喜欢的事当成工作再好不过。结衣一开始对游戏，准确来说是对因游戏惹出各种问题的一辉冷眼相看，她那时也开始认可一辉对游戏的热情。一辉的世界排名稳步提升，最高曾经到过第二十四名。

一辉既没有留级，也没有退学，还顺利从高中毕业，正式走上了职业玩家的道路。结衣说想做“保护生命的工作”，进入护士学校学习。

“欢迎！”

听到店长那劲头十足的喊声，一辉回过神来。

他一直在下意识地吃着拉面，碗里只剩下了不到一半。平时他总是一边赞叹一边吃，今天却并不觉得这拉面有多美味。

一辉拿起前台上的大塑料杯，向碗里倒起了琥珀色的液体。博多式的拉面店里，客人面吃光了可以只点面，如果汤没了味道，客人可以按自己的喜好加汤。一辉倒了不少塑料杯里的汤，然后把瓶子里的高菜和辣椒酱也放了进去。他尝了尝变成红黑色的汤，还是觉得味道不好。

拉面很快也摆到了后来来到店里的客人面前。

一辉瞥了一眼，发现他们点了和他一样的拉面。

那几名男子摘掉口罩，不停嘴地吃起了面。看他们吃得那么香就知道，这面的味道一定很好。

一辉也吃起了碗里剩下的面。本来是“蘸水起”，泡久了也变成了软面。平时他总会单点一份面，不过今天他已经吃饱了。

其他客人来得比他晚，现在也已经基本吃完了。

一辉打算在店门口排起队之前赶紧出去。

“多谢款待。”

他走出店门，其他客人也跟在他身后走了出来。

他加快脚步，想要往家走，只听跟他走出来的客人叫他的名字。

一辉觉得那声音似曾相识。

他心怀疑虑转过头去，只见刚才在吧台前吃面的三名男子站在他的身后。

他们都戴着口罩，不过一辉不会认错，为什么吃面时没有发现？

“一辉先生，你好。”

三人摘下了口罩，并排站在他面前。

一辉愣住了，睁圆了眼睛。

“上一次你太过分了吧，突然逃了。”

这果然不是幻觉。

一辉在事务所感觉头隐隐作痛，现在他已经不头疼了。

他在未来港车站见过他们，他们长得极其相似，不对，这三张脸一模一样。

“不是，你们……你们是谁啊？”

一辉从喉咙挤出了他的疑问。

三名男子看了看彼此，蓝夹克开了口。

一辉突然发现，这三名男子和上次见面时穿得一样。

“你肯定会这样问啊，我们已经想到了，果然不出所料。你是不是看我们的脸长得一模一样才大吃一惊？我先声明，我们可不是四胞胎。”

一辉听了蓝夹克的话，想起昭和时代著名的漫画人物，十多年前重新制作之后，那六胞胎又掀起了一次热潮。人们都说那漫画里的人物可爱，可是现实中四张完全一样的脸凑一起，简直令人感到恐怖。

“你不要兜圈子了，直接说清楚啊。”

“我不想让他更糊涂了，还是从头开始解释……”

“先说结论吧，你还想让他逃掉？”

两个长得一样的人——说唱男和另一个看起来一本正经的男子争了起来。

“我们其实是你的‘残机’。”

打扮得像说唱歌手的男子突然说出了这样一句话。

一辉脑子里冒出了问号，他闭上了眼睛。

看来情况比他想象的更糟糕。他实在没想到自己已经疲惫成了这样，他恐怕需要住院才行了。

所谓的“残机”指的是游戏里角色能操作的次数。不同的游戏中，角色能操作的次数也不同，比如“残机3”就代表玩家操作的角色再死三次，游戏就会结束。

现实中不会有这种所谓的残机，这肯定是他玩三维虚拟成像游戏玩得太多了。

一辉心想：“我明天去打工没问题吗？”

看到一辉不回话了，说唱男继续说了下去：

“我是隆介，这个优等生是信哉，这个不起眼的家伙是大悟。”

一辉摇了摇头，全力开动脑筋，试图理解眼前的情况。

可是他能想到的只有疑问。

最好不要和这种事情扯上关系为好。

“我完全听不懂你们在说什么啊，我可没工夫陪你们玩无聊的幻想游戏……”

说着，一辉转身打算离开。

可是上次是人来人往的车站，这里是没有人影的主干道边上，前面的路只有一条，一辉无处可逃。

一辉转过头去，发现他们从身后追了上来。

“你是觉得我们是骗子吧？”

自称隆介的男子一边在一辉右边走着，一边说着。

一辉瞪了他一眼。

“我猜中了？”

“这还用问吗，这样的事谁会相信啊。”

“我说你，你的初吻是在高一的白色情人节吧？”

“你这混蛋，这种事你怎么会知道……”

“果然是这样啊。”

“果然？”

看到隆介边笑边说，一辉凶巴巴地瞪着他问道：

“什么意思啊。”

“我们虽然是你的残机，记忆并不会跟你完全共享，不过潜意识是连在一起的。你是不是也做过感觉特别真实的梦？那就是了。我们会在睡着的时候共享重要的记忆。初吻真是令人怀念啊，那个女孩子叫什么来着？”

“就你话多！闭嘴！”

这实在太令人难为情，一辉的脸都红透了。那个女孩子当然是结衣，只有他们两人知道的事，这三个家伙居然知道，这让一辉大吃一惊。

“现在是不是相信点了？我都说了，我们是你的残机。我们的长相一样，基本能力也一样。当然并不是什么都一样，残机也是有个性的。”

说唱男说到这里，被他称为信哉的蓝夹克插嘴道：

“没错，我们是你的残机。每个人都有三个残机，如果本体遇到生命危险，三个残机之一就会消失。不是一直有种‘遇到了分身会死’的说法吗？死掉的就是人的残机。人们对残机的认识有点不准确，残机并不是唯一的。”

两人接连对一辉做着听起来极其荒谬的解释，一辉觉得头脑开始昏昏沉沉，搞得他没法反驳。

隆介又开口说道：

“我们本来不在一起，我先碰到了信哉，察觉到我们是残机。然后，我们觉得如果本体还没有遇到生命危险，那么应该还有一个残机，于是我们开始寻找，前段时间好不容易才找到了这家伙。”

隆介用手指指着永远在他和信哉两人身后的大悟。

他们说分身体有个性，看来是真的，大悟就比隆介和信哉更低调。说得笼统一点，这三个人就是好孩子、坏孩子、普通孩子，当然，大悟就是普通孩子。

“最后我们说起本体到底在哪儿，大悟说他早就找到了。”

“不对，不能说找到了，应该说我很久以前就关注着一辉先生……”

大悟好不容易开了口，小声嘟囔着。

他这句意味深长的话，每个字都显得很瘆人。

“那岂不是跟踪狂吗，好恶心。”

“我只是远远地看着他，免得给他添麻烦。”

“从什么时候开始？”

“很久很久以前……”

一辉觉得有点吓人，不过也渐渐听得入了神。

这么说起来，他也觉得好像时常碰上一个戴口罩的男子。一辉一直觉得只是碰巧，要不就是他以前的粉丝，所以他并没有特别在意。

以前一辉曾经受到粉丝们的疯狂追捧，不过，最近很少有人来找他要照片和签名了。他一向不是积极与粉丝互动的职业玩家，成绩下滑之后，他更是只顾得上自己了。

“不光你有残机，全世界的人都是和三名残机一起诞生的。不是常说世界上有三个与自己很像的分身吗？残机就是那个分身。”

“等等，等等。”

信哉打断了隆介。

“我刚才已经说过分身了，不要模仿我啊。”

“真难伺候。总而言之残机一般分布在整个世界，很难察觉到。我们只是碰巧在很近的地方，所以才遇到了。”

他们的话让一辉觉得似乎合情合理，可是他又没法完全相信。

戴着全息眼镜玩了太长时间游戏，他觉得脑袋迷迷糊糊的。

可是他们对他撒这种谎有意义吗？

想到这里，一辉决定就当他们说的是真的，并问道：

“我明白了，你们是我的残机。不过请你们回答我一个问题，你们为什么来找我？各自开开心心地过自己的日子不好吗？全世界的人不都是这样做的吗？”

信哉回答道：

“当然，以前我们也一直这样想。我们长得一样，要是凑到一起肯定会有许多麻烦。可是我们三个凑到一起聊过之后，都对‘本体’感兴趣。本体到底是一个什么样的人呢？毕竟在某种意义上来说，我们的生命都掌握在本体的手里。一旦你遇到生命危险，我们就会消失。我们不想消失，就来提醒你注意了。”

信哉说着，面带严肃的表情看着一辉道：

“我们也有我们想做的事。”

隆介用力点了点头，说道：

“没错，我们生为残机，想趁活着做些事，我们可不想死不瞑目。”

信哉继续说道：

“迄今为止，我看到过许多那样的残机，我觉得突然消失掉的残机一定非常不甘心。”

一辉只能任三个残机轮番轰炸。

“我说你们啊，专门跑来就是说这个吗？你们以为我多大岁数？我这么年轻怎么可能会死啊。”

“因为一辉先生实在让人不放心啊。”

听到一辉的话，大悟严肃地吐槽道。

看来这家伙虽然低调，该说话的时候绝不会犹豫。

“前段时间一辉先生在大赛上得了亚军，但是，你不也惹了事吗？”

一辉这才回忆起来，他看向大悟。

“在第一场淘汰赛中，一辉先生不是和一个金色头发的矮个子年轻人吵起来了吗？那就是因为一辉先生不把对手放在眼里。在游戏厅里也是，一辉先生从来不尊重对手，总是觉得‘赢了就是神’，一副高高在上的样子，所以才总会吵架。一辉先生只是碰巧没有遇到狠角色，那些人都非常恨一辉先生。”

他口中吵架的事是事实，基本每次吵架都是因为一辉出言不逊。

听到大悟指出这一点，一辉吃了一惊，也开始觉得害怕，他没想到大悟在那么早以前就开始观察他了。莫非这也是在梦中看到的？

“我说这话可能没有什么说服力，你确实让人不放心。大悟告诉我的时候，我出了一身冷汗。你整天玩游戏，经常通宵，习惯暴饮暴食，从不运动，没有可靠的朋友，说实话连存款都没有。而且你又争强好胜，总是惹是生非。还有，你明明没酒量，酒品却特别差。我们分析之后觉得，天灾、人祸、疾病这些别人摊不上的事，你这家伙可能全摊上。”

隆介不住地埋怨着。

他说的确实都对，一辉乍一看挺结实，其实从小爱生病。

可是，先不管他们是残机还是什么，一辉听到只见过一次面的人这么说，不由得生气了。

“我不搭理你，你倒说起来没完了，别把我当成小孩子。”

“你不就是个巨婴吗？”

“你这混蛋！”

一辉揪住了隆介的领子。

明明不擅长打架，还不管撞上谁都上去拼命，这也是一辉的坏毛病。确实，他以前也因为这个毛病吃过大苦头。

看隆介的打扮就知道，他也是个相当“顽皮”的人物。

其他两个残机都想说：“你没资格说他。”不过就算隆介死了，对其他两个残机也没影响，所以他们没开口。

一辉向隆介脸上挥出一拳。

这一拳把隆介打了个趔趄。

随后隆介也揪住一辉的领子，举起拳头。

可是就在这时，信哉抱住了一辉，大悟抱住了隆介。

“不要自己人打自己人啊！”

一辉吼道：

“你们才不是自己人！”

可是，信哉冷静地劝道：

“不，我们是自己人，最起码是你的命运共同体，你听我们说说吧。”

“我才不，我最讨厌别人命令我，所以才做了职业玩家，因为这一行可以只凭自己的本事混出头。我一定会成为天下最强，成为游戏界的英雄。”

一辉不顾自己现在的处境，说起了大话。

“你当职业玩家也没出人头地，明天还开始打工了。不过这是一个好兆头，我们不会阻止你打游戏，你可以借此机会干一干正经工作。”

残机们好像什么都清楚。

“职业玩家也是正经的工作。”

“大部分人不这样认为。”

听到信哉冷静的分析，一辉沸腾的大脑冷静下来。信哉也松开了他。

确实，电子竞技现在已经成了奥运项目，人们对它的认知也愈发全面，不过在日本国内，还有很多人看不起职业玩家，认为他们只是在玩。不管什么职业都一样，顶级水平的人先不说，拿不出好成绩的人就是得不到人们的认可。

一辉定睛一看，发现他用了很大力气挥拳头，隆介却一副不痛不痒的模样，脸挨了拳头也毫发无伤，连鼻血都没流。

一辉感到瘆得慌，不过也想到了一个点子。

“我明白了，既然你们都说到这个份上，那我就相信你们好了。”

听到一辉的话，三个残机看了看彼此。

他们好像放下了心，觉得一辉总算理解了。

可惜一辉没那么好打发。

“不过我有个条件，我明天得打工，你们当中谁替我去吧。”

“啊？你没有听到信哉说什么吗？他不是说让你好好工作吗？”

“我知道啊，我也会去打工的，不过你们不也说让我注意身体吗？我训练得有点过头了，头疼得很厉害，在我头疼的毛病痊愈之前，你们替我一下吧。”

三个残机听到一辉强词夺理，露出了诧异的神情。

“幸运的是我们长得一模一样，那个秃子店长一定不会察觉到。只要你们同意，我会注意身体，也会相信你们确实是我的残机。”

一辉说着，双手合十，举到面前搓着。

看到他低三下四的样子，残机们好像没了脾气。

当然，一辉到现在依然没有真心相信他们。他只是想出了一个一箭双雕的坏点子：能把这三人哄走，还能让他们帮忙打工。

所谓头疼不过是借口，只要有残机替他打工，一辉就能专心训练了。

“真的吗？”

隆介虽然露出了怀疑的表情，不过也对一辉的让步感兴趣。

“可是我明天有事啊。”

只见后面的大悟轻轻举起了手：

“我去吧——”

5

第二天，一辉来到了横滨站前的游戏厅。这里是县内最大的游戏厅，离梅本电子竞技事务所也很近。

职业玩家要做的事可以大致归纳为三种：比赛、活动、训练。

包括出国比赛在内，职业玩家要参加大大小小各种各样的比赛。不同的比赛奖金额度也不同，不过只要取得了好成绩就能赚到奖金，参加比赛可以说是职业玩家最主要的工作。

随着游戏业界的扩张，大赛的奖金也变得越来越高。奥运会也是大满贯赛事之一，不过奥运会提倡的是参与精神，没有奖金，参赛者能得到的只有荣誉。在这一点上，另一项大满贯赛事世界杯也差不多。从奖金额度来说，另外两项大满贯中的拉斯维加斯杯远超其他大满贯赛事。拉斯维加斯杯得到了全世界众多大企业的赞助，直播版权也能卖出高价。去年拉杯的奖金总额达到了史无前例的三十亿日元，光是格斗游戏的个人冠军就能拿到三亿日元。

职业玩家要参与的活动包括赞助企业主办的，以及通过电视和网络进行自我宣传的。这样的活动可以增加职业玩家的粉丝数量，提升赞助企业的广告效果。

梅本电子竞技事务所也有几家赞助企业:游戏软件公司、游戏控制器制造商、能量饮料跨国公司等。梅本电子竞技事务所要在赞助企业发售新产品的活动上，为产品宣传出一份力。除此之外，还会有与非职业玩家对战、签名会等回馈支持者的活动。顶级职业玩家甚至会上电视广告。

其实在事务所运营资金方面，赞助费占了极大比例。

当然，大赛奖金正在不断刷新纪录，可是在全世界顶级职业玩家云集的大赛上取得冠军很难。要养活众多选手，每个月支付固定工资，事务所每个月必须有固定收入，这笔收入就来自赞助费。

销售周边产品带来的收入也不容小觑。

可惜职业玩家的高光时刻非常短暂。

平时，他们所有的时间几乎都要用来训练。特别是新格斗游戏《迷乱斗士Ⅻ》发售之后，所有职业玩家都在拼命训练，想练好新的招数，一辉也不例外。

他每天训练八到十二小时是家常便饭，除了吃饭睡觉，基本一直泡在游戏里。

他的训练也分几种方式。

其中之一是像昨天那样到梅本电子竞技事务所去训练。

这样训练有一个很大的好处，就是能偷学茸茸前辈这种高水平职业玩家的技巧。出招的方式自然不用说，玩游戏的习惯、电竞界的圈子、对头玩家等，在事务所能获取赢得比赛所需要的各种情报。

按说一辉不光要获取情报，还要给别人情报，这才算是同事间的情报交换。可是一辉为了取胜，根本不打算给别人情报。

而第二种训练方法就是在自己家进行基础训练，非职业玩家也能做到这种普通训练，不过，轻视这种训练的人是无法取得荣誉的。

《迷乱斗士Ⅻ》中大招的指令输入是非常烦琐的，而把招数连起来形成“连招”就需要“熟悉招数”，也就是说必须用大量训练来保证能连续输对招数。

而在极其紧张的比赛中，用脑子思考是一定会导致失败的。要想成功打出连招，必须让身体记住时机和节奏，这样身体才能反射性地动起来。要练到这种程度，就需要在自己家里进行无数次训练。

在其他事情上，一辉很没耐性，经常半途而废，可是不知为什么，唯独对游戏，他专注得令人惊讶。喜欢当然是最大的原因，不过他性格争强好胜想必也是原因之一。被胜者瞧不起的时候，一辉恨得牙根痒痒，可是他赢了又不把败者放在眼里。

而最后一种训练方式——在自己家训练是起点，练好连招之后要在梅本电子竞技事务所迎来一场情报战，而两者之间的过渡就是游戏厅了。

现在家用机已经普及，谁都能在自己家里享受游戏，城市里的游戏厅越来越少。据说在一辉出生的时候，游戏厅行业正处在最低谷，几乎要销声匿迹了。

而支持三维全息投影的游戏的登场，救游戏厅于水火之中。

只有大型游戏厅才有能放映三维全息投影的投影机。这些器材动辄几千万日元甚至上亿日元，不是谁都能买回家的。

戴上全息眼镜，在家也能享受全息游戏，可是三维全息投影最大的魅力是临场感。全息眼镜只是让小小的立体影像出现在眼前，可是投影出来，就能体会到一种真实感，看到与自己一般高大的人物在自己面前表演。人形角色倒还不是很明显，如果是魔物角色，几十米长的巨大身体会出现在玩家眼前，效果非常震撼。

所以，最新的游戏厅中，最受欢迎的永远是玩三维全息投影游戏的地方。这种地方往往有网球场那么大，而且天花板极高，宽敞得像室内运动设施。这个空间在游戏开始前可能会让人觉得有些煞风景，可是三维全息投影放映机一旦开启，这里的气氛马上会彻底改变。舞台出现，人物登场，震撼的声音从房间里数十台扬声器中响起。玩家会感到非常真实，好像连魔物角色走路时带来的大地震动都能感觉到。

最近在很多格斗游戏国际大赛中，决赛圈的比赛都会用上这种三维全息投影放映机，因为这样能让观众最好地享受比赛。

那么为了准备好参加比赛，职业玩家也要习惯三维全息投影放映机。如果没法在大批观众的注视下调整好心态，操纵好极其真实地展现在面前的人物，那就没法赢得比赛。积累不会被现场气氛影响的经验也非常必要，而这样的训练只有在游戏厅才能完成。游戏厅的训练可谓训练的最后一步。

一辉一大早就来到了游戏厅，头一个占领了带三维全息投影的《迷乱斗士Ⅻ》。

这里是梅本电子竞技事务所职业玩家们专用的游戏厅，设备都是最新的，而且人气很旺。

当然，只要对实力有自信的玩家，不管是不是专业的，都会来到这个“圣地”。

这里为了让尽可能多的玩家玩到游戏，禁止网络对战。一辉在玩家席坐了下来，迎战不断到来的挑战者。

所有观众都会看到自己玩游戏的样子，不是对实力很有自信的人也不会对他发起挑战。即使如此，一辉还是从早上起就一直在连胜。

“创矢，胜利！”

“活该你输！你和我对战还早了一百年！”

和他对战的是一名男子，两人在这里遇到过很多次。那是一个年过四十岁的大叔，身穿陈旧的西服。怎么看都像是个工薪族，工作日大白天就跑到游戏厅来，真的不要紧吗？分明是个大叔，还非得用美女人物“春来”，而且明明是个业余玩家，还会用各种招数。春来主要用脚攻击，同样主要用脚攻击的创矢对付她并不轻松。她速度很快，而且跳得很高，她从空中发出的踢击，如果直接命中，能打掉十五点生命值。

最后一辉用上一次大赛时被躲掉的传说中的大招烈风投掌拳，漂亮地一招击倒了春来。

看来上一次的失败果然是偶然，他已经完全掌握了这种大招，不可能有人躲得开。

对手不知有没有听到一辉粗暴的话，他皱着眉头离开了玩家席。

“输了就下”这是游戏厅的规矩。只有两个的玩家席，其中一个一辉一直占着，另一个后面排起了长长的队。

一辉在决赛里输掉了，但他好歹是上一次大赛的亚军，而且他已经开始感觉到自己对《迷乱斗士Ⅻ》越来越适应。这段时间成绩一直不好，是因为他还没有完全适应《迷乱斗士Ⅺ》开始搭载的全息投影。

可是他现在已经适应了，从现在的状态来看，他今年一定能重回巅峰——

6

一辉不屑地笑着，扭了扭发酸的肩膀，按响指节。这时，一位帽檐压得很低，戴着口罩的挑战者坐到了玩家席上。

这位玩家穿着肥大的夹克，一辉看不清楚对方到底是什么人，不过从娇小的身材来看，似乎还是个学生。

对手和一辉一样选了创矢，而后面发生的事则是一辉没有想到的。

这位玩家的创矢一直在胡乱用基本技，而且乱跳。

人物在空中的时候会有很大的破绽，因为身体不受控制。

一辉毫不犹豫地跑到对手即将落下的位置，用出了他正在练习的大招。

人物故意乱跳，很可能是吸引对方攻击的陷阱，不过一辉操纵的创矢使出招数，完美命中了对手，对手的生命值一下减少到了五十点以下。一辉趁着对手的创矢倒地，丝毫不给敌人喘息的机会，发起了连续的攻击，他连续用出空中技和冲击波，重复着“倒地压制”，对手不断被击中、倒地。

第一局转眼就结束了，紧接着第二局结果也一样。

“一个外行跑来干什么，简直是浪费时间。”

一辉说出了比平时更没礼貌的话。

确实，这里是玩家的圣地，很少碰上外行。

更不要说这是人人都想玩的三维全息投影游戏机。

对方被秒杀之后，周围的人哄笑起来。

可是就在这时候，一辉的手机响了起来。

他一看，发现是结衣打来的。

一辉咂着舌头，本打算像平时一样当没看到，可他抬起头来，发现刚才的对手站在面前。

这人是不是听到了刚才一辉说的话，想打架啊？

一辉露出凶相瞪那个人，只见对方摘掉了帽子和口罩。

“你倒是接电话啊。”

“结衣。”

昨天一辉和结衣久别重逢，今天结衣就站在一辉面前。

“你怎么到这里来了？不用上班吗？”

“今天我好不容易休息一天。我觉得你大概会来这里，看来我猜对了啊。”

“你来干什么啊，这可不是外行该来的地方。”

“因为一辉不回电话也不回邮件啊，我倒不是想见你，可是该做的事你不做，我会很为难的。”

一辉和结衣说话的时候，等待对战的玩家议论纷纷。

他们想赶快玩游戏，而磨磨蹭蹭的一辉和结衣妨碍了他们。

一辉从早上玩到这会儿，马上就要一百连胜了。他没办法，只好从玩家席上站了起来。

紧接着，一个抱着布偶的男孩子从稍远一点的地方跑了过来。

他跑到结衣身边，抱住了她的腿。

“妈妈，看啊看啊！我抓到啦！”

他举起手中的布偶给结衣看，得意地说着。

“哇，晴辉好厉害，这你都能抓到。”

“嗯，我把爪子停到了妈妈说的地方，然后就抓住啦！”

那布偶是周日上午电视播出的儿童动画中的角色。二头身的可爱布偶在孩子手中摇着，看来那是他玩抓娃娃机赢到的。

结衣把孩子夸奖一番之后说道：

“我带着晴辉一起来玩了，我打零工的地方挺忙的，很少有时间和他一起出来玩。我觉得晴辉会开心，还能和一辉谈谈，所以就到这里来了。”

孩子今年刚刚升小学二年级。

他有大大的眼睛，圆圆的脸蛋儿，大概是随了他妈妈吧。可是他的胳膊腿都很细，身体比起同龄人也显得瘦小，外表看起来最多也就是在上幼儿园。

一辉不知道该怎样对待小孩子。

“别把孩子带到这种地方来啊，这里可是我工作的地方。”

“那你倒是接电话回邮件啊。难得的休息日，我也不想大老远跑到横滨来。欠着不给的抚养费，你打算怎么办？”

一辉被结衣戳到了痛处，只能沉默不语。

结衣带来的这个叫晴辉的孩子，就是她和一辉的孩子。

就在他们分居考虑离婚的时候，结衣发现自己怀孕了。

结衣曾经支持一辉做职业玩家，可是这一行的收入受成绩的影响非常大。一辉有段时间一直状态不好，收入的变化导致生活不稳定，就在这期间，一场战败成了导火索，他和结衣大吵了一架。当时结衣劝他：“输了有什么，重新来过就是了。”可是一辉冷酷地说：“这和你没关系！”然后一辉就去参加拉斯维加斯的世界大赛了。

回国之后，一辉没有回家，而是租下了他现在住的樱木町的公寓。

过了一段时间，他把签了名，盖好章的离婚协议书寄到了结衣家。

后来他们商量好，每个月一辉把抚养费打给结衣。

结衣觉得晴辉没有父亲陪伴太可怜，拜托一辉定期陪晴辉玩。

一辉本以为女子都不愿意让孩子见前夫，可是结衣在这一点上和别的女子不一样。

说实话，一辉觉得这女子很奇怪，她现在还不到三十岁，却不见她再婚。

刚开始的时候，一辉都是按时打抚养费，也会定期见晴辉，可是后来他渐渐不再见孩子，而从一年前开始，他连抚养费也开始拖着不付。

他作为职业玩家，成绩一直好不起来，也顾不上这么多了。他的世界排名也是在那段时间掉到了二百名开外，后来就再也没能升回去。

而且一辉过了这么多年，还是没有身为父亲的自觉，反倒觉得晴辉对他来说越来越无关紧要。

他一向很怵小孩子，不知道该如何对待晴辉。

可能是察觉到了一辉的状态，晴辉也没有亲近他的意思。

说不上来是什么时候，他们不再提出下次什么时候见面了，直到现在。

说实话，对一辉的职业玩家生涯来说，孩子只是个碍事的包袱。

瘦小的晴辉对过去的事已经记不清楚了，想必他也基本记不得一辉，他看到一辉什么反应都没有。

一辉离开三维全息投影游戏机的房间，快步走向游戏厅的出口。

“你等一下啊。”

结衣拉着晴辉追了上来，看起来像拖着他走。

“我们还什么都没说呢。”

“吵死了，要是我的同事看到了多没面子。”

“你的妻子和孩子为什么会让你没面子？你只要把该做的事做好，我们不会再来的。”

“我知道啊，抚养费对吧。下个月我会有一笔钱进账，到时候一起付给你。”

“有一笔钱进账？”

结衣脸上露出了怀疑的神情。

一辉支支吾吾地回答道：

“就是奖金啊……”

听到这话，结衣重重叹了口气：

“你还在说这种话？你也该看清现实了吧？”

“什么意思？”

“你自己应该明白吧？我也知道你最近大赛的成绩，不光没有拿冠军，还总连预选赛都通不过啊。”

“前段时间我还拿了亚军的！”

“那是运气好，四分之一决赛和半决赛，你不都轮空了吗？”

听到结衣的话都说到了点子上，一辉一下子被噎住了。

结衣说得没错，他是在前段时间的大赛上得了亚军，可其实他说不定会止步十六强，只是碰巧四分之一决赛和半决赛的对手受伤、生病，他两场轮空直接进入了决赛，这没有什么值得夸耀的，这一点梅本也指出来了。

“再这样下去，你就只能退役了，是不是？我这样说也是为了你好。”

听到自己刻意不去想的事从别人嘴里说出来，一辉烦躁极了。

确实，玩游戏最重要的是反射速度，人们认为二十五岁是反射速度的巅峰，许多职业玩家都是过了三十岁就退役。

一辉自己也对这一点很有感触，所以他才更觉得生气。

“你既然掏不出钱来，抽点时间陪陪晴辉好不好？我们虽然分开了，可是这孩子只有你一个父亲。”

听到结衣的话，三个残机突然划过一辉的脑海。

“你有什么资格跟我说这种话！”

听到一辉的吼声，游戏厅里的客人们都看了过来。

晴辉拉着结衣的手惊得一颤，僵住了，躲到了结衣身后。

“我除了游戏一无所有，不想把时间花在游戏之外，我要拿冠军！”

一辉的语气变得强硬了。

看到他的凶相，晴辉紧紧抱住了结衣的腿。

“一辉，你变了啊——”

就在这时，另一个人的声音和结衣的话音一起传到了一辉耳中：

“一辉先生。”

梅本电子竞技事务所的同事们也会到这家游戏厅来训练，有人正看着他也一点都不奇怪。

他是最不愿意让同事看到他这个样子的。

一辉战战兢兢地看向声音传来的地方。

只见那里站着一名戴口罩的男子。

“大悟……”

站在那里的是替一辉去打工的残机大悟。

“我觉得一辉先生肯定在这里，来跟一辉先生报告打工的情况了。”

看到一辉和大悟的样子，结衣起了疑心。

大悟看到结衣之后睁圆了眼睛。

“用手机报告不就行了。”

“可是我没有手机。”

“一辉，这是哪位？”

看到两人鬼鬼祟祟地说话，结衣忍不住问了起来。

“啊，他是我的熟人，一起打游戏的朋友。”

说完，一辉又转过身去，背对着结衣。

“今天第一次上班，主要是学习，四点就结束了。应该没有人觉得我有什么不对劲，店里的人问我以后什么时候有时间，我不知道该怎么回答……”

一辉必须考虑今后怎么把打工和游戏都做好。

他虽然需要钱，可是光打工，他就没有时间训练了。

不过大悟代替他的时候，他不用担心这个。

“当然是每天都有时间了，上午十点到下午四点，每天都排上。店里要是需要，夜班都可以。”

“这是我要去做的对吧？”

“这还用问吗，你不是说好要干一个月吗？”

“我明白了……”

就在大悟点头的时候，一辉察觉到了身后结衣的视线。

他心想:对啊，只要用好这家伙，可以一箭双雕啊。

“我也觉得一直没掏抚养费很不合适，不过我可以定期照顾晴辉。”

“真的？”

一辉的态度突然转变，这让结衣吃了一惊，她的表情开始变得不那么阴沉了。

“你能帮忙照顾晴辉那就太好了。说实话学童保育[1]的开销可不小。”

结衣小声说着，留意不让晴辉听到。

“明白了，那我先每个月去一次吧，等有时间了会多去几趟的，这样可以吧？”

“嗯。”

1　学童保育是日本特有的保育服务，有些地方也叫放学后学童俱乐部。日本的小学放学早，有些白天家里没有人的家庭，会让孩子放学后到学童俱乐部去。

“一辉先生说的这个莫非……”

大悟听到一辉和结衣的对话，眯着眼睛问着。

“你别说话！”一辉小声说道，说完便把大悟从结衣他们身边拉开了，又说道，“总而言之，这周先打七天工吧，不过，从下周开始可以少打几次。你休息日偶尔去帮我照顾一下晴辉吧，照顾孩子肯定比打工轻松吧？”

“可是，我去也没意义吧……”

一辉心想：他分明只是个残机，却准确地理解了结衣的意图。

大悟看一辉的眼中带上了一丝鄙夷。

“闭嘴，这是命令！”

一辉向远远看着他们的结衣举起手说道：“交给我吧。”

第二章
STAGE.2

1

信哉迎着随风飞舞的樱花花瓣走在路上。

太阳挂在头顶稍微偏西的位置，整片天空澄澈湛蓝，吹在身上的风让他觉得很舒服。东京的老城区月岛像堵着隅田川的入海口一样浮在海上，信哉现在来到了这座岛北端的公园。

这一天是周三，工作日正中间的一天，公园里几乎看不到人影。信哉走进公园，穿过树木之后视野豁然开朗，隅田川出现在他的面前。许多老人都聚在这个敞亮的地方。

附近的老人们几乎每个工作日的下午都要到这里来玩门球，人们穿着红色和白色的号码衫分成两队，一边开心地聊着天，一边挥着球槌。

信哉看老人们玩了一会儿门球，在附近的一条长椅上坐了下来。

公园里没有年轻人，基本所有人都过了七十岁。在这样的公园里，信哉不想惹眼也不可能。

“信哉，你今天又来了啊！”

“您好，染子阿姨，今天又是个好天气啊。”

“樱花是谢了，不过马上就到映山红开放的季节了。下次我会带着便当来，信哉也来赏花吧。”

“谢谢您总是惦记着我！”

染子大妈在这支门球队中相当于管事的，也是其中最年轻的一员。她现在才六十五岁左右，所以，门球队里的行政工作都是她在做。这些老年人的家人也是看染子大妈会照顾他们的父母，才放心让年老的父母出来打门球。

信哉对人很有礼貌，总是笑眯眯的，门球队里的老人都把他当成孙子疼爱。工作日白天他也会到这个公园来，他说自己是“上夜班的飞特族”，老人们也都不怀疑。

“对了，源次郎先生还没来呢，不过我觉得他应该快来了。”

“看来是啊，我等着他。”

信哉说着，向染子大妈挥了挥手。

中里源次郎今年八十四岁，是门球队里年龄最大的队员。自从退休之后，他就成了门球迷，基本每天都会到这里来。

信哉和源次郎就像真正的爷孙一样亲近。

信哉大概是一年前认识源次郎的。

他走在有许多家文字烧店的站前商店街上时，看到了蹲在小巷里的源次郎。当时还不到六月，没有盛夏那么热，不过气温也算是相当高了。信哉觉得这位老人可能是中暑或者脱水了，过去问了一声。

源次郎晕晕乎乎地一个劲儿道谢，就是说不出来自己家住在什么地方。信哉只好冒昧借了他的钱包来看，这才知道了他的住址，把他送回了家。

源次郎的儿媳妇就在家里，她不停地向信哉道谢。

源次郎休息了一晚就没事了，后来信哉经常陪他聊天，或者陪他打门球。

今天信哉也是听说他下午要打门球才过来的。

他看着门球队打了一会儿，只见公园入口处出现了一个人影。

“信哉，久等了啊！”

挥着手走进公园的是块头大得不像八十老翁的源次郎。

他身高将近一百八十厘米，头发已经白了九成，不过头顶还黑着。这位老翁脊梁笔直，手脚也显得强壮有力，看他现在的状态很难想象他一年前那憔悴的样子。

“源次郎先生，今天要上场的吧？”

“这还用问吗，这个月我可是要全勤的。”

源次郎说着，把扛在肩上的门球槌放了下来，紧接着便开始穿号码衫。

“我和佐藤那老头子打赌呢，五连胜就能赢三千日元。”

“赌博可不好。”

“别那么死板嘛，活着总得有个乐子。等赢了钱，我要给孙女买点什么当礼物。再说我的胜利就在眼前了，你可说话算话啊，老头子！”

“今天我绝对不能输。”

佐藤大爷被点了名，用手指着源次郎说着。

佐藤肇是源次郎的老熟人，两人都在月岛出生长大，而且都在商店街上开着店。

源次郎家经营着月岛著名的文字烧，已经是当地最老的一家店铺了。源次郎的父亲在二战后就开始经营起了零食店，到了源次郎这代，改成了文字烧店，把妻子的名字“步美”当成了店名。现在店里做主的已经换成了他儿子夫妻两人。

而佐藤老爷子是开干货店的，店里有香菇、海带、海苔、干果，换代之后，现在连包装得十分精美的中国茶都卖。源次郎店里用的干制鲣鱼也一直是从佐藤干货店进的。

身穿红色和白色号码衫的十个人站到了赛场上。

当然，源次郎和佐藤两位大爷是彼此的敌人。猜拳定下先攻后攻，身穿红队一号号码衫的老人挥杆打出了门球。

乒的一声脆响之后，球精准地穿过了一号门。

随后，老人们按照号码衫上的号码，红白交替进行着比赛。岁数最大的源次郎和佐藤两位大爷都是最后出场的五号。两人都熟练地挥杆，轻松把球打过了球门。如果球出了界，就得重新打，不过两人的球都停在了界内，力道正合适。

把球按顺序打过三个门，再使球击中中柱，就算完成比赛。一队的全部五名队员比对方球队先完成比赛，就算获胜了。

一开始，源次郎队里的二号和三号失误连连，他们的队伍落了下风。

对方球队的一号趁机早早完成了击打中柱。

信哉一直坐在旁边的长椅上观战，本以为源次郎的五连胜没希望了，可是门球的有趣之处，就是落后不一定会输。

五名队员全部完成比赛才能获胜。佐藤老爷子队里的四号队员过三号门的时候打出了界，不得不重新打。源次郎他们队趁机成功击球，缩小了差距。

门球中，已经完成比赛的人的击球权会被跳过，另一队就会得到连续击球的机会。也就是说，胜利的关键是如何使所有人一起完成比赛。

源次郎有多年来积攒的丰富门球经验，熟知队员们的实力，就算落后了也一点都不慌。他的预测成真，实现了漂亮的逆转，然后成功比佐藤队先完成了比赛。

“太好啦！”

源次郎摆出了一个并不适合八旬老翁的庆祝动作。

佐藤老爷子则把球槌摔在了地上，豪迈地表达着他有多不甘心。

源次郎成功五连胜，从佐藤老爷子那里赢到了三千日元，与比赛后打算在公园开茶会的同伴们道了别。

“信哉要不要陪我去？”

“我是这么打算的。”

信哉把源次郎的球槌接了过来，把手杖递给了他。

两人在南北向的狭长公园中，沿着海边走到了相生桥畔，走过清澄路，来到了有地铁站的城区中心。他们的目的地是车站前的折扣店。

月岛是明治中期开始的填海造地建成的人工岛，想从这里到市中心很方便，曾经还出现过年轻人向这里移居的热潮。当然当时小孩子也很多，据说源次郎小时候，街上到处都是孩子。

后来有许多面向孩子的零食店开了起来，零食店里卖的就是文字烧。月岛文字烧就是这样发展起来的。

曾几何时到处都是孩子的月岛，高龄化问题也越来越严重，年轻人不断离开这里，曾经有一段时间，这里甚至不见了孩子的踪影。

为了让月岛重新获得活力，商店街把这里作为“文字烧之町”进行宣传。到了二十一世纪的第一个十年，这里建起了如林的高层大楼，来到这里居住的人也开始增加了。

结果文字烧一条街重获新生，孩子们的身影也回到了这个老城区。

源次郎和信哉来的这家折扣店是去年刚刚开业的，以年轻人为目标用户层。

“源次郎先生很少来这边吧？”

源次郎打算走上店入口的台阶，信哉一边伸手扶他，一边问着。

“是啊，明明离家这么近，我还是第一次来。”

“打算买什么？”

“这还用问吗——”

源次郎说着，把手揣进了兜里，掏出来的时候，手里已经攥住了刚才赢到的三千日元。

“当然是给孙女的礼物了。这里应该什么都有吧？”

“看来应该有玩具。”

这家折扣店占满了这栋五层的大楼。食品、服装、黄金珠宝、药品、家电应有尽有，这家大规模连锁店就是以百货齐全著称，在全国的主要都市都开着分店。

“源次郎先生的孙女多大了来着？”

“明海在上大班，五岁了。”

“该给五岁的女孩子买什么东西呢……”

他们问了问店员，得知玩具卖场在三楼。两人上了电梯，来到三楼，只见随意摆放的货架上摆满了玩具，天花板上吊着角色扮演用的服装，墙上贴满了工作人员手写的宣传单。

信哉被各种各样的玩具吓了一跳，从面前的货架上取下一个玩具。

“这样的如何？”

信哉拿下来的是一个塑料电车模型。电车模型可是经典的玩具之一，源次郎却皱起了眉头。

“哪儿有送女孩子车子模型的，所以你才没有女朋友，总是独来独往啊。”

源次郎在下町[1]出生长大，说话很直，想到什么就说什么，有点像土生土长的江户人。

“不用源次郎先生管。”

如果可能，信哉想组建一个家庭，可他是残机，恐怕没希望。

“那这个如何？”

那是一件很受女孩子欢迎的动画电影中人物的服装。这条连衣裙是粉色的，到处都点缀着白色的蕾丝，仔细看还能发现衣服上镶嵌着莱茵石，制作得非常精致。

可是源次郎的眉头还是没舒展开。

“太普通了啊……”

“普通有什么不好的吗？那源次郎先生自己选吧。”

信哉故作气愤反驳着，不过他其实很喜欢和源次郎这样争论，源次郎想必也一样。

“我吗？我想想——那、那个怎么样？多可爱啊。”

源次郎说着，指向了吊在天花板上的人偶。那人偶是个等身大的女孩子，打扮得像偶像一样。可是通道前面贴着一张纸，上面写着“未满十八岁禁止入内”。

“那个不行，那是成年人用的。”

“不行吗？我觉得挺可爱啊。”

1　**下町在地形上指城市中靠近河岸、海边等低地的区域，人文地理上指城市中平民聚居的工商业区域。**

信哉不知道他到底是认真的还是在开玩笑。

源次郎哈哈大笑着，继续看起了玩具。

把迷宫一样的第三层转遍之后，源次郎烦恼了将近一小时，最终决定买掌机用的游戏。那种游戏机是孩子用的，没有全息图像功能，不过孩子可以通过游戏与电子地图的联动，在自己居住的城区展开一场大冒险。

“我记得明海有游戏机，这个游戏三千块差不多够了，就选它吧。”

“明海很喜欢游戏啊。”

“何止是喜欢，要是没人管，她整天都在玩游戏。我们那时候可没有游戏，整天都在外面跑着玩。”

“没办法啊，孩子对好玩的东西没有抵抗力。”

“就是啊。”

好不容易选好了礼物，源次郎到收银台结了账，请工作人员用包装纸包好了礼物。

“这样一来‘爷爷好感度’就能上升了。”

手里拿着礼物，源次郎乐呵呵的。

“什么时候给她？”

“这周末是明海的生日，要在我家店里开派对，到时候给她。”

“希望她能喜欢啊。”

两人一边说，一边走出了折扣店。

出来之后，信哉发现天已经擦黑了，他陪源次郎穿过车水马龙的清澄路，一直把他送到商店街入口，到这里已经能看到源次郎家的店了。

“谢谢，到这里就行了。”

“那源次郎先生慢走啊，我差不多该去打工了。”

源次郎说着，拄着手杖慢慢走了起来。

他的左手抱着刚刚给孙女买的礼物。

目送源次郎进家之后，信哉沿着刚才来的路向回走去。他回想着刚才的对话，走了一段路之后靠在了墙上。

这个周末，源次郎的孙女不会到他家的店里来。

源次郎没法开派对，也没法把礼物给孙女。

要问为什么，那是因为源次郎一个孙辈都没有——

2

大概一年前，刚认识源次郎没多久，信哉就注意到他不对劲。

帮助蹲在小巷里的源次郎回家后第二天，信哉放心不下，又来到他家的店门前，只见店还没开，源次郎正在打扫店门口。

信哉说着早上好，向着源次郎走了过去，源次郎也打着招呼，向他报以温和的微笑。

信哉心想："太好了，看来他的身体已经恢复了。"

可是紧接着，源次郎问道："您是哪位？"

信哉本以为源次郎是昨天晕晕乎乎地回到家里，所以没能把他记清楚。

可是仔细一问，信哉发现源次郎已经不记得昨天中暑的事了。

暖帘虽然还没挂上，不过源次郎家的店门是开着的。信哉走进店里，看到源次郎的儿子夫妇正在准备开店。他问了问这对夫妻，他们说源次郎从不久前开始出现了所谓的"部分型阿尔茨海默"[1]的症状。

源次郎的父母早就去世了，他本来有哥哥和姐姐，可是他们也在东京大轰炸中丧生。源次郎是战争刚结束的时候出生的，在那个时代成了很少有的独生子。

后来，源次郎与步美结婚，一起经营着店铺，可是他们迟迟没能得子。后来昭典总算出生了，可是昭典和妻子芳江没有孩子。

---

1 部分型阿尔茨海默是脑血管型阿尔茨海默的一种，患者的记忆力可能会下降，但判断能力和对专业知识的记忆却不受影响。

也就是说，源次郎没有孙辈。

其实昭典出生之前，源次郎有过一个长女，这个女孩子在五岁的时候出事故去世了。信哉以前听昭典说过，算是昭典姐姐的女孩子名叫“明海”。

源次郎和步美度过了一段伤心的日子，不过两人埋头工作，渐渐振作了起来。

十年前，东京承办的第二次夏季奥运会顺利结束了。

当时源次郎已经七十多岁，不过他还是一直在店里工作着。月岛离运动员村和各种比赛场馆都很近，每天外国客人络绎不绝。

那个夏天之后，源次郎就退休了。

就在他觉得可以过上悠闲的退休生活时，妻子步美却去世了。妻子和他一起撑过失去长女的悲伤，一起经营着文字烧店，据说失去妻子之后，源次郎眼见着变得憔悴，体重在那段时间一下子掉了十公斤。

之后的十年，源次郎亲戚不多，他一直和附近的老人同伴们一起开心地生活着，只是儿子夫妻忙店里的事，也没有多少时间陪他。

晚上独自一人吃饭，独自一人上床睡觉。在这样的生活中，源次郎和别人说话的机会越来越少，回过神来，儿子和儿媳妇发现他已经开始有阿尔茨海默的征兆了。

渐渐地，昭典发现佛龛前明海和步美的遗像经常倒扣着。

一开始昭典还觉得很奇怪，后来才发现那是源次郎倒扣的。源次郎大概是没法接受妻女的死，幻想她们还活着。他的阿尔茨海默越来越严重，到现在已经成了对“孙女”的幻想。

每次听源次郎说起关于孙女的各种小事，信哉就觉得胸口撕心裂肺地疼。

信哉在首都中心很少见的公共住宅区的一角长大。

工作日的午后，站在住宅区中的公园里，看着附近的老人们在公园里悠闲度日，这就是信哉最早的记忆。

起初，孩子们会在傍晚时分来公园玩，信哉也和他们一起，可他那时品尝到了巨大的孤独。

他是残机，当然没有父母和兄弟。

天一黑，和他一起玩耍的孩子们就会回到家里，他们的家人也在家里等他们回家。

信哉独自一人留在公园里，感受到自己注定孤独。

可是有些人帮助了孤独的信哉。

那就是大清早来到公园，一整天都聊个不停的老人们。

这里孩子很少，相比之下，老人就显得多。

信哉生活的公共住宅区当时已经有半世纪以上的历史了。刚建起来时，抽签搬进来的净是新婚夫妇，紧接着他们的孩子诞生并在公共住宅区中长大，然后孩子就离巢自立了。

留在这里的第一代居民打算在过了半辈子的公共住宅区中颐养天年，所以这里的老人非常多。

可是就在这时，他们听说了公共住宅区重建的事。

要重建，这里的居民当然要搬迁。在自治会的反对运动下，重建的事推迟到了二十年之后，也就是说二十年之后，反对重建的老人已经全死光了。

每天在老年人当中，听他们讲各种故事，信哉开始想帮助他们了。

一开始绝大多数人都拒绝他的帮助，可是人们渐渐感受到了他真挚的愿望，开始把一些杂活交给他来做。他和老人们的关系越来越紧密，老人们问他叫什么名字，他马上张口答出来的就是“信哉”。

他之所以选了信哉这个名字，是受到了当时电视上很火的“中村信哉”的影响。

中村信哉自己已经过了七十岁，可是不管全国什么地方发生灾害，他都自费赶往灾区帮助有困难的人，是一位“超级志愿者”老爷爷。

信哉在住宅区的公园睡觉，一到晚上公园就显得很冷清，他开始每天到离公园三公里远的折扣店家电卖场去看电视。他也是在那家店里知道中村信哉这个人物的，从那时起，他一直把中村信哉的精神当成自己的目标，他也想帮助别人。

渐渐地，信哉开始帮老人们做各种事情，买东西、做饭、洗衣服自然不用说，有些老人担心拆迁的问题，他还会陪老人们一起去看房子，或者帮忙找养老院。

在与老人们接触的过程中，信哉察觉到了一点，那就是老人绝对没有油尽灯枯。

他们想去旅行，想吃好吃的东西，想打扮得精精神神出门。

他们的人生还有数不清的乐趣。

工作和养育孩子都告一段落了，许多老人都想在这个年纪尽情享受人生。

可是社会不是这样看待老人的。

人们嘴上说着“建设对老年人友善的无障碍社会”“面向老人的旅行计划”，这些说法乍一看对老人很贴心。

可是实际上人们真正想说的是“非劳动人口增加带来的危机”“社会保障制度的崩溃”，对老人还是负面评价更多。

信哉觉得老人们成了社会上的弱势群体之后，人们把他们当成了社会的负担。

信哉帮助老人已经很久了，得到他帮助的老人每次都会说“信哉，谢谢你”“你真是个好孩子”。

对信哉来说，帮助老人就是他生存的意义。

与人相互扶持所带来的充实感令他很开心。

老人们的笑脸对信哉来说就是最好的报酬。

他希望能永远陪伴这些老人……

信哉从心底羡慕本体。

就在他产生了这种想法的时候，碰巧来到了月岛，遇到了源次郎。

一开始，源次郎也只是他帮助的众多老人中的一员，可是随着对源次郎的了解，信哉越来越没法对源次郎放着不管，最近这段时间信哉几乎每天都陪着源次郎。

就在这时，他遇到了隆介和大悟，商量后决定去见他们的本体。

他一直觉得最好不要和本体有什么牵连，可是信哉心怀帮助老人的使命感，他对自己的本体也很感兴趣。

因为他是残机，他的生命掌握在本体手里。

他想了解一下，自己的本体到底是一个什么样的人。

信哉现在绝对不能消失。

第二天早上，信哉因为担心昨天幻想有孙女的源次郎，一大早就来到了老人店里。

信哉一直在照顾源次郎，因此他和昭典、芳江夫妻也变得很亲近了。

他们夫妻都是在下町出生长大，心地善良，可是店里实在太忙，顾不上照顾父亲。源次郎的阿尔茨海默症也一直没有治疗。

“早上好，源次郎先生怎么样？”

“啊，信哉君，早啊，总是麻烦你，真不好意思啊。”

芳江一边用扫帚扫着店里的地板，一边大声喊道：

“爸爸！”

“噢！”

店铺里面，隔着拉门，中里家的起居室传来了源次郎精神的声音。

“信哉，来得正好，吃不吃团子？”

源次郎坐在起居室的矮桌旁，拧着上半身把团子递到了信哉面前。

“不了，现在不饿。”

“那就喝点茶吧。”

源次郎说着，又把茶杯递了过来。

信哉道了一声谢，接过茶杯嘬了一口。

现在樱花已经谢了，天气也变得很暖和，源次郎递给他的茶很烫，可是信哉的皮肤并不觉得疼。

信哉特意没有提昨天的礼物，根据以往的经验，他知道提起来也不会有什么好事。源次郎恐怕已经不记得了，提起来只能让他感到不安。

一开始信哉还不是很明白，不过最近他已经能看出区别了。

今天源次郎没有阿尔茨海默的症状，状态看起来不错。

“其实我今天有件事想拜托你。”

“什么事？还要很久才到傍晚，可以的。去打门球？日间服务[1]？”

“不，都不是，门球是周三和周六，日间服务是周一周二和周五，都不在今天。”

接受日间服务要去文字路中段的老人福利设施。

整个日本正处在急剧的老龄化进程中，这一点月岛也一样。即使月岛能看到孩子们的身影，主要居住在木制独栋房屋中的老住户大多还是老人。

所以月岛到处都是医院、复健服务、日间服务设施。

复健服务是主要面向老年人的康复服务，为了避免腰腿不好的老年人瘫痪，帮助他们进行拉伸运动和轻度的肌肉训练、步行训练。

而日间服务的娱乐性更强，老年人们会借大把的休息时间聚到提供日间服务的老人福利设施，通过聊天等方式来消磨时光。

源次郎的身体很好，很少用到复健服务，不过他会去提供日间服务的福利设施，信哉也总是陪着他去。

源次郎说不是去那里。

“那是到什么地方去？”

“去海边。”

1　日间服务是日本特有的看护服务，这里指的是老人不用入住福利设施，只在特定时间到福利设施去的服务。

源次郎说着，对信哉露出了笑容。

离开月岛之后，信哉和源次郎乘上观光巴士，上了首都高速。

源次郎家的车库里有业务用的车，可是信哉没有驾照。源次郎虽然有驾照，可是年老退休之后，他就没有再握过方向盘。

他们为坐电车还是巴士犯起了愁，后来源次郎说“坐车更有气氛”，于是他们决定坐巴士去。

幸运的是，离月岛很近的东京站就有许多到关东近郊观光的巴士线路。他们两人坐地铁来到东京站，买好票之后上了前往目的地的巴士。

巴士来到湾岸道路之后，一直向东行驶。

信哉四下一看，发现跑在路上的汽车很多都无人驾驶。

“源次郎先生，那就是完全自动驾驶汽车，最近很常见。”

信哉对坐在旁边的源次郎说道。

源次郎一直看着窗外的景色，听到信哉的话，把视线移向了信哉所指的地方。

“是啊，那还有什么意思，车就是要自己开才有意思的啊。”

“是这样的吗？”

信哉没有驾照，他不是很理解。

“这还用说吗，要是什么都让机器去做了，那人活着还有什么意思，不是什么事都是越方便越好的。”

“源次郎先生以前经常走这条线路吗？”

“是啊，每天早上都走这条路到筑地市场[1]去进货。休息日也偶尔会带着家里人走这条路出去玩。还是有车好，想什么时候走就什么时候走，想到什么地方去就到什么地方去。昭典说要用车，我今天才来坐巴士的，要不然我还想自己开车呢。”

“那怎么行，昭典先生不是说不让你开吗？你这么大岁数，开车太

1　**筑地市场是日本东京都中央区筑地的公设批发市场，从一九三五年开设一直运营到二〇一八年，关停后其功能由同步启用的丰洲市场取代。**

危险了。”

源次郎的儿子和儿媳妇不让他开车是因为他岁数太大。

“啧，说得好像你什么都知道一样。”

源次郎丝毫不怀疑自己的身体状况，不让他开车让他觉得很难受。

“啊，对了。”源次郎说着，在包里掏了一会儿，举着掏出的东西说道，“不过，不开车也有不开车的乐子，因为开车可没法喝酒啊。”

源次郎将一小瓶日本酒举到信哉面前。

“肯定没人愿意在完全自动驾驶的时代，因为酒后驾车被抓吧？”

他哈哈大笑着，像摸宝贝一样摸着酒瓶。

“确实，那就太没面子了。”

信哉也一本正经地点了点头。

工作日白天，湾岸道路上没有多少车。

自从完全自动驾驶汽车普及之后，事故和堵车都很少发生，而且在这个人口减少的时代，汽车的数量也在减少。路上向湾岸道路沿线工厂搬运物资的大型货车明显比乘用车数量更多。

过了下午一点，两人到了目的地。

下了巴士，信哉看到一大片松林。

信哉和源次郎拿上东西，走上了通往松林里的小路。

这条小路没有铺路石，白色的细沙渗进了信哉的皮鞋里。

路不好走，信哉走着路，还得看好源次郎。大概五分钟后，他们穿过了松林，视野一下子变得开阔了。

“好久没来了，真是个好地方啊。”

他们眼前是宽广的白色沙滩和东京湾。

刚刚穿过森林，强风就吹到了两人脸上。春季的海风不光带着潮香，而且显得十分和煦。

“真是好舒服啊。”

信哉也不禁赞叹起来。

他们来到了千叶的幕张海滨公园。

“源次郎先生应该早就看腻大海了吧？怎么想起来到海边来了？”

“你是不是傻啊，月岛看到的海和这里看到的海完全不一样。”

源次郎说着，把右臂举到左边向右一挥。

“月岛的海不自然，毕竟月岛本来就是填海造地搞出来的啊，海边还有混凝土护岸，实在煞风景。你看这里又是什么样子，多宽多敞亮啊。”

听源次郎这么一说，信哉也觉得确实如此。明明都是大海，却又如此不同。

旁边就是新干线的铁道，附近也有大规模的城市，可是这里的大海和东京不一样，还留有大自然磅礴的气势。

源次郎和信哉走向海边，坐在了突堤的边缘。

“嘿嘿，还是得有这个才行。”

源次郎说着，掏出了在车里拿给信哉看的日本酒。信哉也从芳江交给他的塑料袋里掏出了装在盒中的便当。

说是便当，其实就装在一次性塑料盒里，大概是芳江从店里卖的料理中选了一些。源次郎家的店里不光有文字烧，还提供海鲜铁板烧、炒面、什锦烧之类的料理。

不出所料，塑料盒里装着炒面、香煎贝柱、烤好的整条墨鱼，还有用铁板做的鸡蛋卷。

源次郎打开日本酒的瓶塞，把酒倒进了他带来的塑料杯里。

“光我自己喝，我过意不去。”

“我不会喝酒，不用在意。”

信哉是在撒谎，他那身体本来就不会醉。

信哉说着，掏出了一瓶茶。

状态不好的时候，源次郎做不了需要用手的细活。

不过信哉观察了一会儿，发现源次郎倒酒一滴都没有洒出去。

今天阿尔茨海默的症状果然没有出现，源次郎说话也条理清晰。

信哉决定把源次郎当成健康的人与他交谈。

“我以前经常和老婆子一起带着孩子们来这里。”

源次郎说着，倒好了酒，举起了杯子。

信哉发现源次郎面前摆着两个杯子，一个装着日本酒，另一个倒上了橘子汁。

“我们就是在这里野餐的。”

说完之后，源次郎一仰脖，喝掉了杯中的酒。

“没想到她俩都比我先走了。”

今天的源次郎有种平时没有的伤感。

他说的她们，应该是指步美和明海吧。

不过源次郎的表情却显得有些开心。

他从包里掏出了一束包在报纸中的花。

“这是芳江在院子里种的花。”

源次郎说着，把花摆在了果汁旁边。

“我家那口子和女儿，她们俩都喜欢花。”

说话，尤其是讲往事，对于阿尔茨海默症患者来说，是最好的复健运动。

刺激长期不用的脑，唤醒记忆，老人能重新想起当时有多么开心。

“多讲讲她们吧。”

听到信哉催促，源次郎显得有些难为情，不过也并不抗拒。

他和太太是相亲结婚的，提出求婚的是他的太太。两人好不容易才有了明海和昭典，而他们对孩子的溺爱让昭典的青春期给全家带来了一场磨难。开店的时候，他们没法连日休息，全家人出去旅行都没时间在外留宿。一家人本来商量好，等夫妻两人退休之后去旅行，哪怕不去太远的地方，比如只在房总的大海附近找个民宿住一夜。

源次郎还说了明海的事故……

“明海和昭典不一样，明明是个女孩子，却特别活泼。那天也是我们店的休息日，我们到这里来野餐。天特别热，很适合海水浴。我带着两个孩子下了海，当时昭典还是婴儿，第一次泡在海水里，他开心得不得了，可是……”

说到这里，源次郎停了停。

“没想到会突然起那么大浪头……眨眼间明海就被冲到了海里。”

那是一次在海边玩水时发生的事故，明海就是在这片大海丧命的。

从那天开始，源次郎一直在责备自己，怪自己没有看好明海。

他经常来到这里，向这片大海供奉爱女曾经喜欢的花，为女儿祈冥福。

步美还活着的时候，他们夫妻一起来，步美去世之后，他就自己来，直到今天。

“下周是明海的生日，要是她还活着，今年多少岁了啊……”

源次郎平时总是很豪爽，今天却显得特别伤感。

他的嘴角虽然带着笑意，可他的眼睛却满含着眼泪。

看到源次郎的这个样子，信哉不知道该说什么才好了。

他暗暗下定决心：

“我一定要一直陪着源次郎先生。”

3

这天，一辉来到了横滨站西口的游戏中心。

他平时会去那家设备齐全、梅本电子竞技事务所签约选手们专用的游戏厅，可是总去一个地方会腻，而且和他对战的永远是那几个人，他想换个环境训练。

一辉上午起得很晚，在车站前的快餐店把早饭和午饭一起解决，然后直奔游戏厅，到的时候已经过午。这家店里有六台《迷乱斗士XII》

街机，他选了窗边最靠里的一个座位。

虽然近期成绩不好，职业玩家毕竟是职业玩家，游戏厅的常客们都认出了一辉。再说这里是一辉居住的地方，他露面之后，游戏厅里热闹了起来，想和他对战的玩家都在对面的屏幕前排起了队。

一辉以他擅长的方式击败了一个又一个业余玩家。

因为过于专注，回过神来，他发现已经过去了四个多小时。

一辉看向对面，只见还有很多想和他对战的游戏爱好者排着队。看来是有人在社交网络上把一辉所在的位置贴了出来。可是他肚子已经饿了，而且手也疼了起来。看来离开被称为圣地的大规模游戏厅，在小型游戏厅中遇到的游戏爱好者水平低，他特意来了这里，训练的收获却不大。到了这里，一辉每次获胜都不忘对对手恶言相向的坏习惯也没有变。

本来，店里只是因为来了职业选手才热闹起来，因为一辉的坏习惯，现在气氛已经成了“非得让一辉吃点苦头不可”。

不过一辉还是所向无敌，他看着窗外的夕阳站了起来。

“再见，大家辛苦了。”

一辉向还在等着对战的游戏爱好者扔下了这句话，走出了游戏厅。

获胜的感觉就是好。

在比赛里总是赢不了，一辉一直憋着口气，这口气一出，一辉也觉得心情挺好。

他心想：“我果然是天才，我还能行，下一次大赛我一定要拿到好成绩。”

一辉也隐约明白，在与业余玩家的对战中取得连胜没有意义，不过一辉还是这样说服自己。

他走出游戏厅，向车站走去。

为了以最短距离走到车站，他选择了狭窄的小巷。

今天直接回家去，在家训练吧。

就在他这么想的时候，他感到后脑挨了重重的一击。

一辉被这一击打得倒在了地上。

他不知道到底发生了什么，龇牙咧嘴扭头看向身后。

只见身后的夕阳下站着一名男子。

一辉逆着光，看不清男子的长相。

他用手按住后脑，摸到了温乎乎的黏稠液体。一辉一看，只见手上沾满了血。

“你是一辉吧。”

男子说着，向前踏出了一步。他走进了大楼的影子，大楼挡住了夕阳，一辉看清了他的样子。

男子个子不高，长得很瘦，染成金色的头发比较长，刘海长得能挡住眉毛，下身穿着一条肥大的迷彩裤子，上身套着一件黑色的尼龙夹克，瘦削的脸上有一对发着凶光的眼睛。

一辉忍着疼说道：

“混蛋，你干什么！你是谁啊！”

“谢谢你在前段时间的比赛上陪我玩啊，我是和你对战的‘凯撒’。”

男子说着，又向一辉走了一步。

一辉还记得凯撒这个名字，前段时间在未来港的大赛上，一辉曾经和他对战，并且取得了完胜。比赛结束后，一辉说话难听，这个凯撒和他争执了起来，所以一辉还记得。这家伙弱得不得了，还很争强好胜。

工作人员制止了凯撒，当时什么事都没有发生。不过被工作人员架出赛场的时候，凯撒情绪非常激动，发出了不成话的怪声。当时凯撒那发了狂一样的脸浮出一辉的脑海。

“你让我在观众面前出尽了丑，我今天是来‘道谢’的。”

凯撒说着，又一次举起棍棒，向坐在地上的一辉挥了下去。

一辉记得凯撒用牙龙。不光使用棍棒这一点，他刚才说的台词也让人感到蹊跷，“我是来道谢的”这句话是牙龙获胜时才会说的台词。

这个混蛋，居然把自己当成牙龙了。

凯撒不停挥着棍棒。

一辉抱着头，拼命保护着身体。

趁着凯撒的动作在一瞬间变得迟缓，一辉攥住了棍棒。

一辉也是十来岁就开始混游戏厅的，迄今为止不知道打过多少次架。这种事他已经习惯了，要是挨了打，打回去就好。

一辉一攥住棍棒，凯撒马上失去了攻击的手段，乱了阵脚。

一辉没有放过这个机会，抬腿给了凯撒一脚，身材矮小的凯撒挨了这一脚差点跌倒。

“就这点本事，有什么好猖狂的！”

听到一辉的怒吼，凯撒向后退去。

可是一辉后脑挨了一棍，他受的伤也不轻。这毕竟不是格斗游戏，而是现实中的伤，不是开玩笑的。

一辉后脑的血流个不停，他感到视野变得模糊，忍不住单膝跪地，棍棒也从手中滑落。

凯撒看到他的样子，捡起落在地上的棍棒，冲一辉喊道：

“你不配跟本大爷这样说话，下次你可就没这么走运了！”

凯撒说着，跑出了小巷。

一辉迷迷糊糊地掏出了手机，拨通了报警电话。

4

信哉被大悟叫了出来，他们约好晚上六点在樱木町站前见面。

大悟本来没有手机，不过为了方便他替自己打工、看孩子，一辉给了他一部手机。

隆介不知道从哪里搞到了一部，他本来就有手机。两人都把自己的手机号告诉了信哉。

信哉觉得用不着手机，现在也没有手机，他把源次郎店里的号码告诉了一辉和隆介、大悟，以便他们有急事的时候能联系到他。

昨天，大悟把电话打到了源次郎店里。

信哉在站前广场等待，差三分钟到六点的时候，大悟来了，而隆介迟到了十五分钟。

“为什么要在这种地方见面啊。”

隆介明明迟到了，反而开口就发牢骚。

信哉本来想说：“你应该先说我迟到了，对不起。”不过他还是把话咽回了肚子里。

“怎么了？在这里见面不是很方便吗？”

“你看看那边，这里就在派出所旁边啊。”

两人看向隆介指的地方，只见那边是一座小小的两层混凝土建筑，入口有一位身穿警服的警官正拿着警棍站岗。

在这个时代，虚拟现实技术取得了长足的进步，而机器人技术也取得了惊人的发展。

如今在护理和施工等工作的现场，机器人越来越常见了。据说日本在这个领域引领着整个业界，不久前新闻还报道了一个名叫天野什么的年轻人工智能专家发明了划时代的技术，备受人们的瞩目。

最近人们经常能看到用于警卫的人形机器人，不过机器人依然只能辅助人类，外观看起来也显得很笨拙。

不过他们眼前的这位警官似乎是真人。

“在派出所旁边有什么问题吗？”

大悟把怀疑的目光投向了隆介。

隆介嘴里说着“没什么”，可是他明显对警官怀有戒心，背对着派出所。

“倒不是有问题，要是警官过来盘问我们，岂不是很麻烦。”

“要是没做亏心事，问就问呗。”

“吵死了。”

隆介是个急性子，大悟说的话让他不乐意了。信哉没有理会他们的对话，直接说道：

“那我们走吧，医院在这边。”

“对，区立樱木町医院。”

“那家伙到底在干什么啊，前段时间刚嘱咐他别惹祸。”

三人一起离开了站前。

为了不引人怀疑，信哉他们三人尽可能间隔着比较长的距离走着。

到达区立樱木町医院之后，信哉他们在护士站办好了简单的手续，向一辉所在的外科住院部三层走去。

三人虽然戴着口罩，可是眉眼长得一模一样。擦肩而过的护士看了他们两三次，看得信哉心里直打鼓。

信哉打头来到了房间门口，推开虚掩着的门走进了房间。

门左右各有三张病床，一共六张，有些地方被帘子挡住了，不过他们很快就找到了要找的人。他正躺在右侧窗边的床上，一脸不高兴。

“一辉先生晚上好，你还好吧？”

信哉打过招呼之后，只见一辉露出了很不乐意的表情：

“谁说让你们都来了，你自己来就行了啊。”

一辉指着大悟，大悟在替一辉打工，生活区域也离这里比较近。

“你只要去便利店给我买来换洗的内衣，顺便把钱取出来就行了。”

“对不起……”

大悟低头道着歉。

“你没有必要道歉，你去替他打工，他还不遵守约定。既然你不肯收敛，那就别让这家伙替你打工了。”

自从上次吵了架，隆介一直对一辉很严厉。

“好啦好啦。”信哉一边劝着，一边问道，“你没事吧？”

只见一辉头上缠着绷带，还用弹力网固定着。

“还好，开了个大口子，缝了三针。”

“三针!”

隆介惊呆了，叫了起来。

“怎么会搞成这样的？”

一辉没有回答信哉的问题。

大悟替一辉说出了他被凯撒打的经过。

一辉的火气又上来了，他在大悟说完之后，不屑地说道：

“什么‘凯撒’啊！‘凯撒’的意思是‘皇帝’吧？就那实力还‘凯撒’？他突然用棍子打了我，模仿牙龙用棒子，还说了牙龙的胜利台词，还真把自己当牙龙了，下次撞上看我怎么收拾他。”

“被人家打进了医院，还逞什么能啊。”

“你说什么？”

说完这话，一辉马上抱住了左肩。

一辉伤到的不光是头，而且光是挨打没能还手，非常没面子。他没有报警，也没有告诉结衣。

“真是的，明明马上就要比赛了，真是会给人找事，不过我明天应该就能出院了。大悟，能拜托你去便利店吗？车站前就有，替我去一趟吧，你们走吧。”

“我们可是来探望你的，有你这样说话的吗？”

“我可没求你们来，我只叫了大悟。”

一辉和隆介那架势就像马上要打起来一样。

“明白了，我们这就走，不过请听我说一句话。”

信哉插嘴打断了两人，拉过床边的圆凳，坐了下来。

信哉平视一辉，凝视着他的眼睛，说道：

"其实我现在正在照顾一位老人。"

听到信哉严肃的语气，一辉沉默了，他故意把视线转向窗外。

"这位老人叫源次郎，他患了阿尔茨海默症，病得越来越严重。他始终忘不了去世的妻子和女儿，可是他最近记忆开始变得模糊，他自己似乎也察觉到了这一点。他怕自己把什么都忘了，只要有空就会看过去的照片和相册，去一家人一起去过的地方。"

一辉皱起了眉头，把冰冷的目光投向了信哉。

"症状再恶化下去，他就没法继续在自己家里接受看护了，只能住进有人看护的养老院。不过我想给他养老送终，我希望他不会忘记和家人共度的快乐时光，想带他到和家人留下了回忆的地方去。所以我现在不能因为一辉先生乱来而消失掉，请你不要再不管不顾了。"

信哉严肃的态度让房间里瞬间鸦雀无声，同病房的其他病人不知道这是发生了什么事，都看了过来。

"我知道啊，今天打架是因为我认识你们之前发生的事，今后我会当心的。这样行了吧，快走吧。"

"拜托了啊。"

"不光是信哉，我们三人当中不知道谁会消失，我可不想被你殃及。"

听到隆介最后加上的一句，一辉咂起了舌头：

"我知道了啊，有完没完，我马上要比赛了，不要让我分心！"

一辉说着，拉过被子把脑袋蒙了起来。

5

周五，一辉时隔十天再次来到了梅本电子竞技事务所。

打架住院后的第二天，一辉就顺利出院了，从那天开始，他转遍了东京和神奈川主要的游戏厅。

除了横滨那家梅本电子竞技事务所签约的职业玩家都会去的游戏厅，全日本还有许多其他被称为圣地的游戏厅。在神奈川，除了横滨这家，川崎站前也有一家。而东京在全日本也算是圣地很多的地方，涩谷、池袋、锦系町、中野、町田都有，而被称为日本国内最大圣地的游戏厅就是新宿歌舞伎町的巨型游戏厅。

这家游戏厅是开发全息眼镜的虚拟软件公司直营店铺，有许多最新型街机，设置了五台三维全息投影机的店铺只有这一家。

一辉在这十天里，一直在用各种环境中的三维全息投影机玩游戏，想借此积累使用三维全息投影机比赛的经验，这可以说是一种武者修行。而昨天，他到最后一个圣地，也就是歌舞伎町的虚拟软件中心进行最后一站的修行。

走进格斗游戏训练室，一辉发现职业玩家前辈茸茸已经在里面了。

“一辉，好久不见。”

茸茸正一边看着同事打网络对战，一边吸溜着手中的杯面。他看见一辉来了，摘掉全息眼镜，一边大口吃面一边问道：

“明天是复仇战啊，你的状态怎么样了？伤不要紧了吧？”

一辉爱逞强，已经摘掉了头上的绷带，可是茸茸知道一辉遇袭的事。

不过，一辉竖起食指，指着天说道：

“完美，明天的英雄就是我了。”

茸茸一边喝汤，一边露出了坏笑：

“可别再搞得像去年一样了啊。”

听到茸茸的这话，一辉不屑地哼了一声。

“像去年一样。”

一辉不愿意回想那件事。

那是日本国内每年黄金周都会举行的电子竞技大赛，在国际电子竞技联盟的分级中属于甲三级。也就是说，这项赛事虽然不会决定日本冠军的归属，也因其历史之久和规模之大，被国际电子竞技联盟分级成了会影响世界排名的正式比赛。

一辉去年参加这项大赛的时候，在预选赛第一回合输给了第一次参赛的初中生。

因为他不擅长《迷乱斗士XI》，这样的借口是没有说服力的。

一辉是把整个人生献给游戏的职业玩家，而对手只是还在接受义务教育的学生。

后来茸茸在决赛中遭遇了那位初中生，漂亮地为一辉报了仇。

可是第二天的体育新闻对一辉是种耻辱。

“制造奇迹的初中生，把前日本冠军当成孩子耍！”

“十五岁神童获得亚军！预选赛把前日本冠军玩弄于股掌之中。”

而且这位初中生在接受采访的时候还说，这次比赛中最好打的对手就是一辉。

新闻中所谓的“前日本冠军”当然就是指一辉。

在这一年里，一辉一直发誓要在这次大赛中雪耻。

作为职业玩家，想要前进，只能用冠军来洗刷污名。

“对了，去年那个小鬼好像也会参赛。”

“我知道，对策我也已经想好了，不要紧。”

“你很有自信嘛，那我在决赛等着你。”

“当然，冠军是我的。”

格斗游戏是个人项目，就算是前辈，到了比赛中也是对手。

这一天是比赛的前一天，一辉只是来确认当天的详细日程。

他已经练得足够多了，没有什么可做的了。电子竞技需要高度集中精神，健康管理很重要。一辉虽然平时生活毫无规律，可这天也暂停了练习，打算回家好好休息。

他来到教练室，从梅本那里拿了参赛证，离开了梅本电子竞技事务所。

刚走出事务所，他口袋里的手机就响了。

一辉拿出来一看，只见上面写着“结衣”，他赶紧思考起来。

今天残机大悟是去“游戏第一”打工了，不过昨天他应该去见了晴辉。

最近他连自己的公寓都没有回，一直转战各地的游戏厅。大悟给他打了好几次电话，有时他正在打游戏，没法接电话，有时能接却不想接，结果一次都没有和大悟通过话。打工的事也好，陪晴辉的事也罢，一辉都全盘甩给了大悟。

在这种情况下，接了电话很可能会露出马脚，可是要是不接，今后也会很麻烦。

一辉无可奈何，只好按下了接听键。

“喂喂，一辉——”

“嗯，干什么啊，钱我还没准备好。”

一辉一心想尽快挂断电话，他故意用凶巴巴的语气说道。可是结衣一点都不在意，听声音就知道她很开心：

“这我当然知道了，晴辉想和你说话，我才打电话给你的。”

“晴辉吗？”

一辉不敢相信自己的耳朵。

晴辉虽然是一辉的亲儿子，可是从他出生之后就没有和一辉一起生活过，也几乎没有和一辉说过话。前段时间好不容易在游戏厅见了面的时候，晴辉也对一辉一点都不亲。

晴辉出生后，一辉听结衣说过，他体弱多病，经常需要去医院。这也是一辉退避三舍的原因之一，晴辉会让他没法把精神集中在游戏上。

考虑他们之间以往的关系，晴辉自己说想和一辉这个父亲说话，简直难以置信。

一辉能想到的只有大悟。

昨天他应该第一次去了川崎，在结衣出去打零工的几小时中，帮忙照顾晴辉。

想必就是那时候发生了什么吧。

可是那和一辉无关，他还是和以往一样不喜欢小孩子。

“喂喂……”

稚嫩的声音在手机中响了起来。

一辉慌忙把手机贴在了耳朵上。

“晴辉吗……怎么了？”

听筒中传来模模糊糊的声音，还伴着噪波，可能是晴辉没有把手机贴近耳朵，他还不太清楚怎样打电话。

“明天你有很重要的工作吧？”

看来大悟把比赛的事告诉了晴辉。

“没错，所以今天我要早点回去为明天做好准备。”

“加油，晴辉也支持你。”

听到意想不到的话，一辉不知道该怎么回答。

“嗯，是啊……没错……”

不知为什么，他连最简单的一句“谢谢”都说不出口。

结衣在晴辉身边，她似乎很高兴，可是一辉直到现在还糊里糊涂。

一辉拜托大悟去照顾晴辉，不过是为了搪塞结衣。

那只是因为他掏不出抚养费，暂时帮结衣照顾晴辉一下而已。

可是结衣把大悟当成了一辉，而且很高兴，觉得他终于开始尽父亲的责任了。一辉觉得这女子好奇怪，他们明明已经离婚了。

“我听晴辉说了，明天有比赛对吧，你可要加油啊，哪怕是为了抚养费。”

一辉心想：“马上要比赛了还来泼冷水。”他想到这，想尽快挂电话。

“知道了，没事了吧，我挂了啊。”

“告诉我明天是什么比赛？”

结衣本来就对游戏不感兴趣，他们还在一起的时候，结衣就对电子竞技业界没有丝毫了解。

"明天我还得去打零工，没法去给你加油，不过听听比赛的规模，不就能想象到能不能赢了吗，奖金额度也能猜个差不离。"

结衣说出这话，让一辉来了火。

"幕张电子竞技冠军赛！"

一辉愤愤地冲手机嚷嚷了一句，挂断了电话。

6

这天一大早，信哉来到了月岛的佃公园。

源次郎的家在月岛北端，这里是离他家最近的公园，而且这里和他平时打门球的月岛公园也连在一起。

源次郎说，月岛上本来有连成片的木制房屋，在第一次东京奥运会前后，这里变成了超高层大厦林立的现代化城市。随着朝阳升起，大厦在公园中投下了长长的影子。

信哉知道周末天气好的时候，源次郎早上必定会来这里散步。

他坐在河边的长椅上，等着源次郎来。

公园公共卫生间外的时钟已经指到了六点五分，天气晴朗，风也很和煦。想必源次郎很快就会来，就像被拍打护岸的波涛声吸引来一样。

听着水声，信哉想起了前段时间到海边去远足时的事。

源次郎的阿尔茨海默症尽管越来越厉害，可是他平时还是很快活的，唯独那天显得很伤感。

失去妻子，特别是因为事故失去女儿，一定给他造成了很大的打击。尽管那已经是很多年前的事了，可那些事直到现在还在源次郎心里，像没有愈合的痂一样刺痛他。

每次出去野餐都是当天回来，从没有带家人一起出去旅行过，这件事一直让源次郎非常后悔。

等有了时间——

人们总是这样说着，把事情往后拖，可是人生不知什么时候会发生什么。

想到的时候就是行动的时候。

可是他再怎么后悔，妻子和女儿也不会回来了。

回过神来，信哉发现单调的水声让他发起了呆，时间已经过了好久。

他扭身看了下公园里的表，只见已经过了六点半。

信哉透过树林看向源次郎家的方向，没有看到源次郎的身影。

就在这时，反方向传来了一声“信哉”。

他什么时候跑到另一边去了？

信哉回过头去，看到的不是源次郎，站在那边的是源次郎的球友——佐藤干货店的老板佐藤肇。

“佐藤先生，早上好，看到源次郎先生了吗？”

佐藤老爷子和源次郎是同学，他的头脑和身体都还很健康。

“没有，今早没看到啊。他可是一直等着那边的映山红开花呢，今天早上一下全开了啊。”

“你看。”佐藤说着用手一指。信哉看过去，只见粉色的映山红开得连成了片。

信哉走了过去，看到花瓣上的露水反射着阳光，看起来亮晶晶的。

“我记得明海特别喜欢映山红啊。”

佐藤老爷子好像也很熟悉已经去世的明海。

可是走到近处，信哉才发现有不对劲的地方。

映山红的一些花枝被折断了，花丛看起来像是开了个洞。

他仔细观察了一下，发现花枝的断口还很新鲜，依然滴着树液，看来折断还没多久。

“唉……总有这种没公德心的人在公园里折花。我和源次郎说过他们很多次了，他们就是不听，一点都不觉得自己做得不对。”

听到这话，信哉产生了不好的预感，他快步离开了公园。

跑出公园后，信哉直接去了源次郎家的店。

月岛的文字烧店很多都提供午餐，都会早早为开店做准备，不过现在还太早了。步美的店门还关着。

信哉绕到后面，按响了便门旁的门铃。

过了一会儿，源次郎的儿子昭典面带倦意现身了。

“信哉，这么早，怎么了？”

昭典还穿着睡衣，他半睁着眼睛，头发乱七八糟。

信哉虽然总是照顾源次郎，昭典还是露出了不耐烦的表情。

不过，信哉没有理会，直接问道：

“源次郎先生在家吗？”

“这么说来，他今天起得有点晚啊，平时总是天还黑着就起了。”

昭典说着，从便门回了屋里，直接拉开了一楼起居室旁边日式房间的拉门，这里是源次郎的卧室。

可是昭典说了一声：“咦？”

“老爸不在，他去哪儿了啊？”

就在这时，昭典的妻子芳江从二楼下来了：

“爸爸天还没亮就出门了。”

“去哪了？”

“我不知道啊，我起来上厕所看到他正要出门，只跟我说出去一下。”

“他说别的了吗？”

听信哉这么一问，芳江想了想说道：

“这么说来，爸爸看起来心情很好，他说要和大家一起出去，我还以为他说的是球友们。”

信哉好像想起了什么，慌忙跑向了外面。

源次郎家后门旁边有个小小的车库，步美送餐用的迷你面包车平时就停在这里。

信哉站在车库前愣住了。

卷帘门开着，本来停在车库里的迷你面包车不见了。

肯定是源次郎开走了面包车。

如果真的是这样，那他必须马上让源次郎停止开车，可是源次郎出门的时候没有说要去什么地方。

信哉突然想起来了。

“太太，源次郎先生是说要和‘大家’一起出去吧？”

“是的……”

这个“大家”让信哉想起了前几天和源次郎去远足的事。

“大家”肯定不是指球友们，信哉很清楚，今天源次郎没有和球友一起出门的计划。

那么是和谁一起出门呢？目前源次郎没有其他能称为“大家”的同伴。

这样想来，只有一种可能性。

所谓的“大家”，指的是源次郎的家人。

想到这里，信哉知道该去什么地方找源次郎了。

7

早上醒来，一辉觉得神清气爽。

弹簧吱吱嘎嘎响了一阵，他从床上起来了。他觉得身体很轻，伸展双臂拉伸了一下身体，职业病一样的肩酸今天也消失了。

今天状态很好。

一辉坐在床沿上，心里想着。

今天，一年一度的比赛在幕张举行。

就算茸茸不说，他也一定会为去年的失利雪耻。

最充分的准备，最好的状态，醒来的一瞬，一辉感受到了久违的自信。

在离婚前就租下的廉价公寓中，一辉穿好衣服，啃起了香蕉。他平时是不吃早餐的，可是比赛的日子和平时不一样。

电子竞技需要高度集中精神，大脑会飞快地消耗能量。

职业玩家必须多次进食，而且要摄取甜食，否则很快就会耗尽能量。集中力的下降意味着马上就会输掉比赛，一辉认定今天会是一场鏖战，所以在昨晚收拾好的背包里塞了糖和巧克力。

墙上的表指针指着六点半，开幕式是八点半，打出点富余，现在出发正好。

可是，当他拿起丢在床边的手机，脑袋沸腾了。

液晶画面上的时间是七点五十二。

他摇了摇手机，可是这样做对电子表没有意义。看来错了的是墙上的表，手机上的表是无线电自动对时的，不可能错。

现在马上就要到八点了。

他把香蕉塞进嘴里，抓起背包，蹬上帆布鞋，慌忙跑出了房间。

他全力冲刺，穿过公寓前的小巷，跑到了车来车往的路上，好不容易拦下了一辆出租车。

“到幕张展览馆，全速！”

出租车驶出樱木町，毫不犹豫地穿过了亮着黄灯的十字路口，只用十五分钟就上了跨海公路。

首都圈的堵车问题每年都在缓解，乘车出行变得很方便了，可是休息日的上午另当别论。人们都想开车出去玩，首都高速湾岸线车一定很多。

一辉本来还在想从樱木町到幕张，是该沿着东京湾走，还是上跨海公路到千叶，从反方向过去。

到桥头之前，一辉想了十五分钟，最终选择了跨海公路，他觉得绕到千叶北上总比通过人口稠密的东京路好走，而且东京湾旁边还有现在大受欢迎的“老鼠乐园”。

幸运的是车不怎么多，出租车很快便疾速通过了跨海公路。

屏幕上显示车费已经超过了一万日元，就算大悟在帮一辉打工，这也不是一笔小开销，他开始觉得自己为了省钱吃下的杯面都白费了。这三十分钟里，不知道有多少顿杯面凭空消失，而且还填不饱肚子，他觉得越来越焦急。

进入木更津之后，出租车向左转，一路直奔幕张展览馆。

一路很顺利，一辉觉得这样应该能赶得上比赛，便放下心来，可是进了千叶市之后，路上的车越来越多，快要到幕张的时候，路上已经堵得水泄不通了。

一年一度的幕张电子竞技冠军赛是一项人气很旺的赛事，电视台也会直播比赛。

这项国内赛事还会邀请海外的顶级职业玩家参赛，奖金总额高达三亿日元，到场观战的观众当然也很多。现在的车流都是向着赛场幕张展览馆去的。

这样想来，继续向前走，拥堵也不会缓解。

一辉请出租车司机走小路，把车开到离幕张展览馆几百米远的地方，可是前面已经没有路了，只有一条很长的阶梯。在这块高地上，能看到幕张展览馆就在前面。

“啊，到这里就行了。”

一辉说着，从口袋里掏出了手机。

车费是两万三千四百日元。

一辉用手机扫码，响起噼的一声，表示支付完成了。

这笔意外的开销让一辉心疼，可是现在顾不上那么多了。

既然这样，就算是拼了命，也得拿到冠军，赚到奖金。

一辉背上背包，沿着眼前的台阶跑了下去。

手机上的时钟显示，现在已经过了八点四十五分。

虽然赶不上开幕式，不过应该赶得上第一场比赛。

一辉平时不怎么运动，大清早冲刺让他相当难受。

道路通畅，赛场就在眼前了。

工作人员正在引导路上的车进入临时停车场。

一辉从车旁边冲了过去。

幕张的新城市中心刚刚建成没多久，规划得相当整齐，就像围棋棋盘上的格子一样方方正正。

机动车道是单侧二车道，人行道也很宽敞，许多游戏爱好者正从车站走向幕张展览馆，幸运的是能钻人缝跑过去。

可是，到了最后一个十字路口，一辉遇上了非常长的红灯。

只见人行道上的人越聚越多，大家都在等着信号灯变绿。不远处就有过街天桥，可是一辉现在争分夺秒，他脑子里没有上过街天桥的想法。

一辉跨过防护栏来到了机动车道上，人行横道上的警官吹着笛子提醒他不要违反交通规则，可是，他顾不上这么多了。幸运的是机动车道上车非常多，没有哪辆车能起速。一辉钻过车与车之间的缝隙，想跑到马路对面去。

可是，就在他钻到另一侧车道的时候，汽车碰撞的冲击声响了起来。

随后响起的是尖叫声。

一辉回过神来，转头去看的时候，他的身体已经飞到了空中。

周围喧嚣的声音从他耳朵中消失了。

他觉得一切都变成了慢镜头，然后昏了过去。

撞了一辉的车偏向侧面，蹭到了防护栏，冲向几十米的前方，撞上路标杆子后停下了。

车子前部撞得严重变形。

那是一辆白色的车，型号已经很老了。看它的黄色车牌就知道，它是一辆轻型迷你面包车。

开车的男子昏了过去，趴在方向盘上。

周围一片纷乱，时间好像停止了一样。

在场的两位警官分别跑向了倒在地上的一辉和司机身边。

“你没事吧！”

警官掰开变了形的车门向车内看去，发现面包车中是一位年迈的男子，头部流着血。

而旁边的副驾驶席上，放着一束用报纸包着的映山红。

8

睁开眼睛的时候，他看到的是并不熟悉的天花板。

前段时间也发生过类似的事。

他记得当时是比赛之后，他躺在医务室里。

这次想必也一样吧。

这样想来，他可能又没能取得冠军。

他用昏沉的头脑想着这些的时候，只听旁边传来了陌生的声音。

那声音很轻，是有规律的电子音。

一辉渐渐搞清楚了周围的环境，开始觉得这里不管怎么想也不可能是赛场的医务室了。

他没有回头，只是转动眼珠看着周围。

昏暗的房间包裹在深灰色中，到处放着冰冷的机器。

那些机器不是他熟悉的游戏机，它们颜色黯淡，外形设计也很简洁，怎么看都不是用来娱乐的机器，这使他想到了医疗器械。

想到这里，他总算想起自己在向幕张的赛场赶路。

比赛结果如何了？

他能想起自己向会场赶路，可是想不起来后面的比赛了。

最起码有一点是肯定的，那就是他没能取得冠军。

就在这时，一名身穿白大褂的男子映入了一辉的眼帘。

“你醒了啊，上山一辉先生。”

听到别人叫自己的名字，一辉想要回答，可他只是发出了轻微的呼吸声，没能说出话来。

“不用说话，上山先生，你知道今天是几号吗？”

一辉缓缓摇了摇头。不要说日期，他连这里是什么地方，他怎么会来到这种地方都不知道。

“你遇到了交通事故，急救车是三天前把你送到这里的。”

听到医生告知的难以置信的事实，一辉愣住了。

“正好你的家人来了，我这就叫他们进来。”

医生说着，走出了房间，回来的时候身后跟着两个人。

“真是的，你怎么老给别人添麻烦？”

结衣站在一辉面前，晴辉抱着她的腿。

“结衣，你怎么来了？”

虽然医生说是“家人”，但是准确地说，结衣其实不是他的家人。她没有理会一辉，继续说了下去：

“这是换洗衣物和保险证，还有手术费和住院费的单据。”

结衣说着，把许多文件摆在了桌子上。

“这是梅本先生送来的，你可别忘了谢人家。”

结衣和一辉同岁，可是她跟一辉说话的时候总用高他一头的语气。

他们还是夫妻的时候，结衣见过梅本教练几次，她说是梅本通知了她一辉住院的事。

听了结衣的说明，一辉这才明白发生了什么。

他似乎在赶往幕张赛场的路上被车撞了。

急救车马上把他送进了千叶县立幕张综合医院。

“开车的是一位有阿尔茨海默症的老人，他把刹车和油门搞反了，撞上了你。”

一辉心想：也就是说，是他运气不好，那车碰巧撞了他啊……

结衣继续说了下去：

“那位老人只是受了轻伤，不过媒体已经炸开了锅。他虽然是肇事者，可是被媒体抨击得这么厉害就太可怜了，人们都在质问为什么他明明有阿尔茨海默症还开车。”

确实，随着社会的高龄化，老人驾驶失误导致的事故也变得越来越多。

舆论对愈演愈烈的问题作出了敏感的反应。

“这老头子真是讨厌。”

“不过你没事就好。”

结衣小声沉吟着。在旁边看着他们的医生开口说道：

“发生了那么严重的事故，简直难以置信。你的头受到了严重的撞击，当场死亡都不奇怪，可是计算机断层成像和磁共振成像检查都没有发现异常，你也没有特别明显的外伤。接下来再进行一些简单的检查，只要没有问题，你很快就可以出院了。”

医生说完，再次凝视着一辉说道：

“真是奇迹……你要感谢你的家人。”

听到这话，结衣苦笑起来。

藏在结衣身后的晴辉走到床旁，问道：

“你会死吗？”

听到晴辉说出令他意想不到的话，一辉吃了一惊：

“我？我怎么可能因为这种小事死掉。”

可是晴辉继续说了下去：

“你要是死了就没法教我玩游戏了，我们不是说好回头一起去游戏厅的吗？”

一辉不记得自己和晴辉做过这种约定。

肯定是大悟答应他的。

一辉忍不住咂了下舌头，不过晴辉和结衣都不明白他是什么意思。

结衣好像想起了什么，突然打起了电话。一辉本来觉得与自己无关，望向了窗外，只听结衣一边说着“梅本先生”一边把手机递给了他。

一辉慌忙接过手机，把听筒贴在耳边，忍不住低头行起了礼。

“梅本先生，我刚才听结衣说了，看来给你添了不少麻烦……”

“没事，先不说那些，你没事就好。”

“我，比赛……”

“幕张的比赛当然是弃权了。不要想那个了，快点把身体养好。”

“非常感谢。”

梅本嘴上是在为一辉的身体担心，可是他的声音明显带着对一辉的失望。

一辉高中毕业后，梅本一直像父亲般关照他。

辜负了梅本的期待，这是最令一辉懊恼的。

他又没能成为英雄——

一辉挂断电话，把手机还给结衣。

“那就这样吧，我们先回去了，这段时间你不用陪晴辉了，快点把身体养好吧。”

“再见。”结衣说完，挥着手走出了房间。

晴辉追了上去，走出房间时，他显得很难过。

一辉心想：“我在干什么啊，给离了婚的前妻添麻烦，丢死人了。”

夕阳照进了只剩他自己的重症监护室。

他尝试着起身，发现浑身都疼，可是也不至于动不了。

今天先在这里过一夜，等明天医生批准了就出院吧。

一辉翻了翻结衣留下的包，发现办出院手续需要的东西都在里面。

就在这时，房门被敲响了。

一辉本来觉得不会再有别人来看他了，他吃了一惊，转过头去，看到一名长得和他一模一样的男子站在门口。看男子的表情和服装，一辉知道这是大悟。

“你在啊……”

“一辉先生没事吧？”

“是啊，还好。大夫说这是奇迹，我可是不死之身。”

一辉对大夫说的话毫不怀疑，他尽可能表现得满不在乎。

“怎么可能。”

“……”

“你确实出车祸死掉了。”

其实一辉也感觉到了。

“可是，我还活着呢。”

一辉这样说着，想赶走不好的预感。

可是大悟摇着头否定了他的话，说道：

“现在我还没法证明，不过一辉先生很快就会明白的。”

大悟说着意味深长的话，低下了头。

大悟他们是一辉的残机，如果大悟说的没错，一辉遇到生命危险，残机会代替他死去。

一辉想到这里，猛地抬起头来，只见大悟向他点了点头：

“我现在还在这里，说明消失的不是信哉就是隆介，肯定是他们其中之一——”

听到大悟的这番话，一辉倒吸了一口凉气。

第三章
STAGE.3

1

他的前面是一片黯淡无光的大海。

海浪撞在岸壁上碎成浪花，发出低沉的哀鸣。远处的巨大液货船上传来了粗重的汽笛声。

混凝土加固的岸壁上面长满了茂密的树木，路灯照亮的广场上有许多长椅，而现在长椅上没有人影。杆子顶部的钟显示现在是深夜一点三十五分。大栈桥和山下埠头之间的横滨山下公园迎来了一个宁静的夜晚。

宁静的公园中，三名一身黑衣的男子突然出现在公共卫生间。

三人都背着背包，穿着运动鞋，在黑暗的深夜中还戴着鸭舌帽。

他们当中的一员就是隆介，他看了看戴在手腕上的电子表。

“到时间了，走吧。”

隆介说完，三人出了山下公园。

隆介他们来的这个地方离山下公园不远。

这里市容整洁，道路宽敞，看起来就像欧洲的小镇。在现在的这个时间，周围基本看不到人影。

隆介停住脚步，抬起了头。

他面前伫立着一座历史悠久的建筑。

这座地上五层的建筑地基很宽，看起来四平八稳，上面伸出一座兼具瞭望台功能的塔，有着城堡一样优雅的轮廓。贴满它整个外墙的条痕流水石砖更是为它增添了厚重感。

为了这一天，隆介已经做好了全面的调查。

这是一座装饰艺术式建筑，有模仿建筑界明星弗兰克·劳埃德·赖特作品的意思，于昭和二年竣工，从建成到现在已有一百多年的历史，已经登记在了日本的物质文化遗产名录中。

横滨税关被称为“皇后之塔”[1]，横滨市开港纪念会馆被称为“骑士之塔”[2]，旧神奈川县厅本厅舍则被称为“国王之塔”[3]。

建筑本身已经太老旧，而且显得很狭小，厅舍办公部门已经迁移到了旁边的大厦中。即使如此，旧神奈川县厅本厅舍优雅的外观让它依然受到游客的欢迎。

隆介他们从正面抬头看了看建筑，确认附近没有人影，便摘掉鸭舌帽，戴上了事先准备好的露眼头套。

在隆介的示意下，他们小跑起来，不过因为穿着运动鞋，几乎没有发出脚步声。绕到建筑物后面，他们看到的是和正面完全不同的景象。

半年前，首都圈发生了比较严重的地震，尽管没有出现死者，还是有许多古老的建筑受损。

竣工超过一百年的国王之塔也一样，它背面的瓷砖大片剥落。隆介在电视上看到了建筑受损的新闻，修复工作是一个月前开始的。

隆介就是盯上了这一点。

这里虽然不再承担县厅的功能，但依然是物质文化遗产和观光资源，警卫工作做得很周到，安保系统也十分完善，平时很难溜进去。

可是前段时间化装成游客来踩点的时候，他发现为了修复墙壁，背面的外墙搭上了脚手架。

通往脚手架的入口有门，而且上了锁。可是在这二十一世纪，那扇门上竟然用着一个相当旧的挂锁。这样的锁就算是初中生也能打开。

隆介在外面的路上看向工地，没有看到警卫的身影。三人迅速靠近工地的入口，其中一个瘦小的男子攥住了挂锁，把手中的开锁工具插进锁孔，几秒后便响起了咔嗒一声。

---

1 皇后之塔的别称，是因为从空中俯瞰，其形状像英文字母中的 Q。

2 骑士之塔的别称，是因为从空中俯瞰，其形状像英文字母中的 J。

3 国王之塔的别称，是因为从空中俯瞰，其形状像英文字母中的 K。

隆介启动了手表上的秒表。

他竖起食指指向里面，然后又把竖着食指的手向里挥了两次，意思是“开始”。

紧接着，另外两人便跟着隆介溜进了门里。

他们进门一看，只见交错的金属管子形成的脚手架搭到了头上非常高的地方。

脚手架上的通道非常窄，路也都是金属板拼成的。三名男子的体重让金属连接的部分不断发出吱吱呀呀的声音。特别是其中一人个子很高，还挺着啤酒肚，那吱吱呀呀的声音听起来好像脚手架随时会塌掉一样。

可是隆介他们似乎驾轻就熟，不断向上攀登，一鼓作气爬到了脚手架最上面的一层。

他们一翻身，跳到了建筑上。

这里是国王之塔的屋顶展望台。

建筑里有很多从刚竣工时起一直放在这里的贵重陈设品，当然安装了很多监控。可是这屋顶四面都是垂直的墙壁，按说小偷不可能上得来。隆介已经确认过了，这里没有监控。

“开始了！”

听到隆介的信号，三人一齐摘下了背包。他们从里面掏出了绳索和保护带，还有带着许多口袋的马甲。

隆介先把保护带套在一身黑衣外面系结实，然后穿上了马甲，把许多铝罐一个接一个塞进了口袋里。浑身上下塞满铝罐之后，他把绳索一端扣在保护带上，然后把另一端系在了展望台的护栏上。

“我准备好了，你们呢？”

“准备好了！”

“没问题！”

三人都说完之后，他们一起翻到了护栏外。

他们的样子让人想到特种部队，他们放松绳索，很快便身手灵巧地下降到了目标位置。他们现在看起来就像用一根绳索吊在了国王之塔展望台的正面。

隆介他们眼前固定着巨大的用“神”字设计成的神奈川县县徽。

有点胖的男子从腰包里掏出扳手，松开了把县徽和外墙固定在一起的螺栓，把县徽揭了下来。

“挺轻的，先拉到展望台上去吗？”

“不，不能浪费时间，就这里吧。”

有点胖的男子遵照隆介的指示，把双手中的县徽翻了过来。

县徽的背面什么都没有画，他直接把背面向外，用带来的螺栓和钢丝绳把县徽重新固定在了外墙上。

隆介看了看电子表，发现他们进来之后到现在只过了十五分钟。

他们本来计划在进来后六十分钟内完成作战。

还剩四十五分钟。

隆介心想：不要紧，完全来得及。

三人把事先准备好的纸模板贴在县徽上，取出马甲中的铝罐，向着县徽喷了起来。那些铝罐是各种颜色的喷漆罐。

县徽的背面转眼便被喷得五颜六色了。

他们完成作战，把工地门口的挂锁重新锁好，悄无声息地离开了国王之塔。

到了路上，露眼面罩反而更惹眼，他们马上换成了鸭舌帽，好像什么都没有发生一样迈起了步子。

平时他们会尽快离开现场，不过这次的成果在远处也很容易看到，隆介控制不住自己的好奇心了。

“我们去正面看看吧。”

两人也表示同意，绕到了与他们藏衣服的山下公园相反的方向。

来到国王之塔正面之后，三人忍不住赞叹起来：

“噢噢！好棒啊！”

“这应该是到目前为止最棒的一次了吧？”

“可能是。”

三人视线的前方，是国王之塔正面的县徽。

聚光灯照着县徽，他们能清楚地看到自己画出的“艺术作品”。

他们画的是一幅猴子的画。

身穿西装的公猴子正在向一位人类女子索吻，女子脸上带着极不情愿的表情。

这构图是队长隆介画出来的，他们事先准备好了纸模板，以便到现场之后可以很快把画再现出来。只要用喷漆向着纸模版一喷，画的轮廓就会再现出来。

这一年里，县厅的性骚扰报道一直没有断，前不久县知事还因为女子丑闻落马了。在选举车中，他居然想强迫女子播音员与他发生关系。

丑闻被曝光后，不光神奈川县，整个日本都掀起了声讨的浪潮。

隆介他们的画就是讽刺这一丑闻。

在县徽上画画是违法的“涂鸦”，不过隆介他们非常认真。这幅画的质量太棒了，称之为涂鸦实在浪费。他们将其称为“讽刺画”“街头艺术”“游击艺术”。全世界各地都有人在进行同样的活动，他们在这个“圈子”里也是非常有名的团队。

“这是最棒的一幅画了吧？”

“哪里哪里，这样说就有点夸张了。我们最后还得去国会议事堂搞。”

“对啊。”

路上响起了三人的大笑。

就在这时，一名骑着自行车的警官靠近了他们。

“你们在干什么？”

"糟了！"

三人一齐跑了起来。

"站住!"

隆介他们的身影转眼便消失在了夜晚的街上。

2

深夜，一辉独自走在霓虹灯光中。

本来打算雪耻的大赛又不战而败，他没有颜面到梅本电子竞技事务所去。他受了伤，也没力气到太远的游戏厅去，于是他找了一家比较近，同事们又不会去的横滨市中心的游戏厅，在那里训练了一整天。

深夜游戏厅打烊了，他在附近一家拉面店填饱了空空的肚子，正步行返回他租住的公寓。

一辉沉着脸走在路上，他的脚步显得很沉重，头也抬不起来。

他回想起了大悟在幕张的医院中说的话。

信哉或隆介中的一个消失了。

他们说他们是一辉的残机，一辉觉得他们是在胡说，一直半信半疑地和他们来往。

他们说一辉遇到生命危险，残机会代替他死去。

这种说法太异想天开，一辉没法马上相信。

可是一辉在幕张经历严重事故，居然在鬼门关捡了一条命。

医院的大夫也说这是"奇迹"。

一辉还以为是自己命大，可是，似乎并非如此。

一个残机替他受死了?

前不久还和他说过话的人突然消失了，这实在太不可思议了，他跟不上节奏。

他们不是他的亲人，不是他的朋友，他们和他刚刚认识没多久，而且总是和他吵架。

即使如此，一辉想到“可能是自己导致的”，还是感受到了很大的压力。

一辉轻轻摇了摇头，硬把这种想法甩开了。

一辉心想：“我在伤感什么啊。”

什么残机不残机的，他们说的那些不可能是真的，他们更不可能为他而死。

那完全是他们的幻想。

他们只是碰巧长得非常相似而已。

还是这样想才对。

一辉抬起头，吸了一口晚上的空气。回过神来，他发现自己来到了与家的方向相反的山下公园。公园中的映山红正在盛开，被路灯照得红灿灿的。

总而言之，他现在需要做的是提升战绩。

幕张电子竞技冠军赛中丢人的不战而败，一定让事务所对他的评价进一步下滑了。这是一个只能用实力说话的世界，下滑了让它再升上去就好，仅此而已。

幸运的是他伤得不重，而且没有留下后遗症。

他现在只是情绪有点低落，可以说已经痊愈了。

他不能继续消沉下去了，大赛一场接着一场到来，夏天还有四年一次的世界杯。

山下公园是一座沿海而建的狭长公园，只要沿着公园向西走，就能回到他的公寓。

“吹吹海风，振作一下精神吧。”就在一辉这样想着，向前走去的时候，阴暗的树木之间跑出来两名男子，他们穿着一身黑衣，看起来非常可疑。

市中心有市内最大的欢乐街，治安也不好。

醉鬼打架、情侣争吵、飞车抢包、黑帮乱斗，这里就没有一天是安生的。

看到男子们的样子，一辉紧张了起来。

这一个月里他已经进了两次医院，算上未来港赛场里的医务室，他这个月已经见三次医生了。

他不想再惹上什么麻烦。

可是男子们对一辉开了腔。

“有魄力！真是一点都不慌！”

“怎么看都是深夜优雅的散步啊。”

这些家伙在说什么啊。

一辉丈二和尚摸不着头脑。

“而且已经换了衣服！”

“是真的，什么时候换的？”

他更糊涂了。换衣服？一辉早上出门时穿的就是这身衣服。

“那好，这次就此解散吧。”

“下次任务再见，我们等你联络。”

男子们对一辉说过之后，消失在了公园中的阴影里。

警车从公园旁边的路上跑了过去。

一辉心想：“莫非发生什么案子了吗？”

那些家伙是作案者？

总而言之，趁着还没惹上麻烦，赶紧回家吧。

一辉结束了深夜的散步，向家的方向赶起了路。

可是公共卫生间的暗处又跑出了一个一身黑衣的男子。

“呜哇！危险！”

男子看着身后跑着，没有注意到一辉，重重撞在了他的身上。

这一撞撞得两人都倒在了地上。

“好疼啊，你干什么啊！”

“吵死了，我没顾上看路啊！”

撞了一辉的男子说着，慌忙站了起来，想要逃跑。

一辉想让他等一下，男子回过头来，说道：

“一辉？”

男子说着，向一辉走了过来。

男子背后的路灯晃得一辉看不清他的脸。

不过男子摘掉鸭舌帽，走到一辉身边之后，一辉察觉到了。他看到了一张和自己一样的脸，从男子说话的方式很容易想到他是那三个人中的哪一个。

“隆介？你干什么呢？”

“等等，我现在顾不上慢慢说话，有人在追我。”

“谁？”

“当然是警察了！”

“你干了什么啊？”

隆介打算跑的时候，一辉抓住了他的胳膊，要求他说清楚。

隆介慌忙连珠炮一样说了起来。

“是工作啊，游击艺术，到各种地方去，把作品画在墙上。”

“涂鸦啊。”

“不要说涂鸦！这是艺术！”

隆介甩开一辉抓着他的手，想要逃走。

“刚才有两个穿得和你很像的家伙也跟我说话来着，他们是你的同伴吗？”

“他们跟你说了话？说什么了？”

“没说什么。我知道了，那两个家伙是把我当成你了。他们说等着下次任务的联络，然后就跑了。”

“你没说什么不该说的吧。”

“没说，我根本不知道他们说的是什么意思，只知道他们说了这话。”

听到这话，隆介不屑地哼了一声。

“我在这个圈子里可是个有头有脸的人物，你不要在我的同伴面前给我丢了面子，你可是长得和我一样。”

“我还想说你呢，要是警察盯上了你，会有麻烦的是我啊。”

一辉这样说着，察觉到自己已经认可了这世界上确实有残机。

想到这里，他突然回过神来：

隆介就在他面前，这么说前段时间的事故中消失的是——

可是就在一辉梳理思绪之前，身后响起了刺耳的笛声。

一辉回过头去，只见几个警官举着手中的警棍跑了过来。

“快逃！”

听到隆介的信号，一辉也忍不住跑了起来。

“为什么我也要逃？”

“没办法啊，不管我们谁被抓住，身份都会暴露的。”

一辉想着确实如此，同时也觉得有点不对劲。

“站住！”

一辉身后传来了怒吼声，他和隆介都赶忙加快了奔跑的速度。

一辉对短跑是有自信的，当然隆介似乎也和他一样。

“你这家伙，回头你得跟我说清楚。”

“吵死了，先逃了再说啊！”

两人穿过公园，混进了繁华街的人流中。

3

他们来到了横滨市中心的繁华街。现在已经是深夜了，不过路上还有很多人。

隆介和一辉在人流中钻过缝隙全速奔跑着。

到底跑了多久，一辉觉得他应该已经跑过了相当长的一段路，不过从时间来看，应该还没有跑多久。

他气喘吁吁地回过头去看，发现警察没有追上来。

看来他们已经把警察甩掉了。

一辉一边喘着粗气，一边问道：

“可是……你为什么……要去画什么……涂鸦啊。”

“不要说涂鸦！这叫街头艺术！”

看来隆介果然不是人类，他粗气都没有喘一口。

“街头艺术是诞生于美国西海岸的艺术，它本来是暴力团伙圈地盘用的‘标记’，不过早就发展成艺术了。”

两人都放慢了步子，有力气说话了。

“当初暴力团伙画‘标记’的行为被称为‘贴标签’，可是我们做的绝对不是‘贴标签’。”

“我连贴标签是什么意思也不知道啊。”

一辉气喘吁吁地把疑问扔给了隆介。

“就是画标记啊，做记号。比如萧条的商店街，不是常有卷帘门上画着古怪的字嘛，就是那个啊。”

听隆介这么一说，一辉觉得好像还真见过。这种涂鸦似乎成了社会问题，新闻也曾经报道过。

“年轻人的自我主张、虚荣心、时尚欲求是很强的。”

隆介用不同于平时的热情洋溢的语调向一辉说明起来。看来他真的非常喜欢街头艺术。

一辉则冷冷地听着。他觉得就算看起来再好看，那也是违法的涂鸦。

“我完全无法理解，涂鸦有什么好看的。”

“我才不想让别人管我的艺术叫涂鸦，还给我贴上标签。后来出现了一个男子，让这升华成了现代艺术。”

“啊，我好像听说过。”

“对吧？他是街头艺术领域最棒的艺术家，进入二十一世纪之后开始崭露头角，人们叫他‘银河’。他会跑到世界上的任何地方，在高层大楼的墙上、高速公路上、戒备森严的公共设施上留下他的作品。他那充满讽刺意味的创作风格简直太酷了！那家伙的作品还在拍卖会上拍出了惊人的高价。没人知道他到底是谁，没人知道他的行踪，他的名字当然也是大家取的外号。他就是把喷漆画升华到了艺术高度的先驱，也是我的精神领袖。”

隆介今晚的任务成功了，他话多了。

隆介懂事的时候，就在儿童养护设施中，人们告诉他，他是设施中的人从某处救出来的，不过他已经不记得了。“隆介”就是养护设施的工作人员当时给他取的名字，他没有问过这名字到底有什么意义。

他和园长、其他职员，还有同龄的孩子们一起生活，可是他总是感到孤独。

上了初中，他不回园的日子变多了，经常深夜在城里的繁华街上瞎逛。

当时隆介性情粗暴，整天在打架，发泄平日里积攒的火气。他不会受伤，某种意义上可以说所向无敌。他是残机，无所谓成年不成年，早早就学会了抽烟喝酒。

街头艺术也是当时街上认识的不良少年教他的。

一开始他看不懂那些画到底是在表现什么，不过知道世上有银河这号人之后，他突然对街头艺术产生了兴趣。

银河也是一个孤儿，想通过艺术向全世界诉说世事的不合理。

隆介在画遍全世界的银河身上看到了自己的影子，他对街头艺术更着迷了。

有一天，一直在园里和他一起生活的同学年女生突然消失了。

早上她还开开心心地去了学校，后来过了好几天都没有回园里。

他和她同岁，所以他和她之间的交流比和其他人更多。

她失踪之前曾经跟隆介说过“怪梦”的事。

“我最近经常梦到世界上的另一个自己出了事故。”

当时他只是随便附和了几句，可是她失踪之后，他突然开始觉得害怕了。

消失的这个女孩子肯定也是什么人的残机，本体出了事故，遇到了生命危险，所以她代替本体消失了。隆介也是一样，他说到底只是残机，他的本体不知在什么地方。证据就是隆介和那个女孩子一样，也梦到了一个和自己长得一样的男孩子。这一点让隆介无法接受。

对艺术来说，原创性是最重要的。

他没法忍受自己是残机，命运掌握在本体的手里。

而且他的艺术还一点都没有得到世界的认可。

生在到这个世上，他不想什么都留不下就消失掉。

这种想法变得越来越强烈，隆介跑出了儿童养护设施。

“我的目标是街头艺术的顶点。”

解释完之后，隆介说了这样一句有力的话。

一辉觉得好像在哪儿听过这样的话，他觉得隆介的想法看来和他很相似。

“可是能得到世界认可的只有很少一小撮人，还是算了吧。”

“吵死了，今晚我创作出了杰作，就等着看明天早上的新闻了。”

听隆介描述了他们在旧神奈川县厅舍画下的作品，一辉出了一身冷汗。

一辉本以为隆介只是在商店街的卷帘门，或者停车场的墙上涂鸦而已。

他无论如何想不到隆介居然在做这么惊人的事。

“可能就因为我们是分身，所以我们才明白吧。生在这个世上，不管做什么都要以顶点为目标。”

听隆介说出这话，一辉也觉得确实如此。一辉也在为了站到职业玩家的顶点而努力，应该说对他来说只有这一条路。

一辉想起小时候，他确实也很擅长画画，他画的画还曾经受到过称赞。难怪残机隆介会对涂鸦如此着迷。

来到樱木町站前，一辉的气总算喘匀实了。

只见大悟就在站前，好像正在等着他们二人。

时间已经过了深夜三点。

大悟看到和一辉在一起的隆介，说道：

“看来消失了的是信哉啊。”

“不会吧……”

得知目前的情况之后，隆介不知道说什么才好。

“他一直说不想消失的。”

大悟点了点头，继续说道：

“我调查了事故，驾车撞了一辉先生的中里源次郎先生是——”

“这我当然知道，保险公司的人不知道跟我说过多少遍了。”

“我不是想说这个。”

“那是什么……”

“信哉不是说了吗？他在照顾一个老人，说他想看着这位老人幸福地生活。开车的司机就是这位老人。”

一辉说不出话了。

他被信哉照顾的老人撞了，结果导致了信哉的消失。

“信哉为什么要因为你而死啊！”

信哉的死似乎让平时天不怕地不怕的隆介乱了阵脚。

“我觉得信哉毫无疑问是消失了。信哉告诉我的联络方式是中里先生家的电话号码，我昨天打过电话了，中里先生家里的人说事故之后信哉还没有露过面……”

隆介一脚跺在了地上。

“为什么我们的本体是你啊！”

一辉看得出来，隆介的愤怒中还带着恐惧。

“这下一辉先生愿意相信我们了吧。我们是一辉先生的残机，一辉先生遇到了危险我们就会遇到危险，请一辉先生一定要珍惜生命。”

一辉什么都说不出来。

看来信哉是真的消失了。

“今天我一直打工到了晚上，马上就要到我们约好的一个月了，一辉先生差不多该去打工了。”

他们认识还没多久，一辉却产生了一种莫名其妙的失落感。

他听着大悟的话，觉得头昏昏沉沉的。

这么说起来，遇到他们之后，距离大悟答应帮他打工已经过了一个月。

“还有，我们说好了，明天是每个月照顾晴辉的日子，明天、后天都不用打工，一辉先生去照顾他怎么样？”

听到大悟突然提出的建议，一辉慌了。

他的体能和游戏直觉都因为住院下降了，经过这几天的训练，好不容易有所恢复。在职业玩家这一行里，人们常说只要偷懒一天，就需要三天把损失补回来，一辉只想训练。

可是他得生活下去。

现在作为职业玩家的收入很低，是他自己决定要打工的。

实在不行，他可以去打工。

可是陪晴辉就是另一个问题了。

说实话，他根本不知道该怎么对待小孩子。

晴辉是结衣和一辉离婚之后生下的孩子。孩子出生的时候一辉就不在场，后来也没有好好跟孩子说过话，他作为父亲，甚至没有和孩子在一起住过。

他该怎样对待这样一个孩子？

“不要紧，最重要的就是相处。”

大悟说得好像他很懂。

这家伙应该只是前段时间陪了晴辉一次而已。

虽说如此，他也不能永远依靠大悟。他居然产生了这种想法，这让他自己也有点意外。

打工的工资还得很久之后才能领到，前段时间的大赛他又没能赚到奖金。

一辉很久没有付抚养费了，为了让结衣闭上嘴，他只能抽时间照顾晴辉。

“我先告诉你，我明天有事。”

隆介得知了信哉的死讯，还没缓过神来，不过他先把一辉的路堵死了。

“我一开始就没打算拜托你去。大悟，你明天有什么事？”

一辉已经听隆介说了，他在搞街头艺术。

信哉在消失之前一直在照顾老人。

他们在做完全不同的事，难以相信他们都是一辉的残机。

一辉有点好奇大悟在想什么。

“我没有什么事，我甚至可以继续帮一辉先生打工，我只是不想让晴辉太孤独。”

“晴辉……”

一辉身旁的隆介也在等他回答。

“晴辉需要父亲。”

4

第二天，一辉来到了横滨旁边的神奈川县川崎市。

昨天夜里很晚的时候，他和隆介、大悟见了面，决定由他去照顾晴辉。回到家之后一辉给结衣发了短信。

天亮的时候，结衣看到了短信，回信把见面的地点告诉了一辉。

一辉打开地图应用，跟着导航走了起来。应用上显示徒步走到见面地点需要二十分钟，川崎是一辉生长的城市，他很快就看明白了到底需要走多久。这点路不至于叫出租车，可是对平时不运动的一辉来说还是相当远。

车站前伫立着高层公寓和巨大的购物中心。一辉以前有时会到购物中心的游戏厅去，他对这一带很熟悉。

沿着购物中心旁边的主干道走了十分钟之后，景色渐渐变了。他没怎么到这一带来过，车站前的繁华不见了踪迹，可以看得到许多小小的独栋人家挤在一起。一辉走到多摩川岸边，沿河岸向北走了一段路之后，手机显示“已经到达目的地附近”并结束了导航。

一辉停下脚步，抬头看向眼前的杂居大楼。大楼一层雨篷的招牌上写着“便当·金村”。

店前的路很窄，站在这里会挡住来来往往的行人，可他又不是客人，也不好进店里。

一辉正在犹豫的时候，听到了一声劲头儿十足的“欢迎光临！”

一辉循声看过去，只见一位胖乎乎大妈头上扎着三角巾，正面带友善的笑容看着他。

“不是，我不是来买东西的——”

听一辉说完这话，大妈似乎全懂了，向店里喊了一声。

店里马上传来一阵纷乱的脚步声。

“一辉，我正等着你呢。”

从店里走出来的就是结衣，她和胖大妈一样，头上扎着黄色的三角巾。现在才上午十点，店里已经非常忙了。

“这位果然是结衣的前夫啊。”

“是这样的，他叫上山。”

“他和你说的一样，我一看就知道是他。”

大妈用一辉也能听到的音量说完之后，豪爽地笑了起来。

一辉有点好奇结衣是怎么说他的，不过听大妈那干巴巴的笑声就知道，结衣恐怕没有说什么好话。

“晴辉，来了！准备好了吗？”

结衣的声音响起，过了一会儿，一阵微弱的脚步声传了出来。随后前台旁边的门开了，门口站着面带笑容的晴辉。

晴辉穿着一条牛仔布短裤，上身是帽衫，背后的背包上印着动漫中的英雄人物。

“谢谢，每月一次也帮了我大忙了。”

结衣说着蹲在晴辉脚旁，帮他穿好运动鞋。

“到下午四点，拜托了啊。”

对一辉说完之后，结衣回到越来越热闹的店里去招呼客人了。

离开便当店之后，一辉不知怎么做才好了。

他没多想就答应了结衣照顾晴辉，可是他从来没有陪过小孩子。一辉和晴辉虽然有血缘关系，可是几乎没有说过话，和陌生人没什么区别。

上周大悟陪过晴辉一次，可能是当时混熟了吧，晴辉脸上带着一辉从来没有看到过的笑容。看起来晴辉把一辉当成了上周的大悟，他们毕竟长得一模一样，也难怪晴辉会搞错。

可是看着晴辉的笑容，一辉觉得很烦。

一辉最怕的是晴辉一直缠着他不放。这一点不光是陪小孩子的时候，只要是和人打交道，一辉就会有这种感觉。他想在自己喜欢的时候，到自己喜欢的地方，做自己喜欢的事，所以他才做了职业玩家，而且选择了格斗游戏这个个人项目。

店前就是多摩川，一辉先带着晴辉登上混凝土河堤，来到了宽敞的河滩绿地上。一辉平时总是闷在窗户都没有一扇的游戏厅，要不然就是走在夜里的繁华街上，这样的地方让他觉得很新鲜，冷冷的空气包裹着他们两人。可能因为这一天是周六，河滩上有许多情侣和带孩子的父母。

一辉瞥了晴辉一眼，发现晴辉依然面带笑容，不过只是默默看着他。

晴辉可能已经通过一辉给人的感觉发现他和上一次不一样，紧张了起来。

“下午四点还早呢，你想干什么？”

一辉眺望了河滩一会儿之后，承受不了沉默的重压，开口问起了晴辉。

只听晴辉毫不犹豫地小声嘟囔道：

“带我去游戏厅吧。”

一辉按照晴辉的要求，带着他来到了川崎站前的购物中心。这里有一家面向家庭的游戏中心，一辉以前也有时会来，不过三维全息投影机成主流之后，他就没再来过了。这家游戏厅里没有价格昂贵、操作复杂的三维全息投影机。

不过作为娱乐设施，这里的面积其实很大，而且该有的机种都有，比如各种街机、各种音乐游戏机、各种赛车游戏机、气垫球……

虽然晴辉要求去游戏厅，可是一辉也不能带晴辉到他的“职场”去，谁知道同事们会怎么说他。他从来没有告诉过别人他有孩子。

不过想到陪孩子还是到游戏厅，他在心里苦笑起来。

“为什么要来游戏厅啊？”

“上一次不是约好了吗，你说下一次见面会带我到游戏厅来。”

一辉不知道大悟这家伙为什么偏偏选了他工作的地方。

不过游戏厅在附近就有很多，而且一辉也是轻车熟路，总比去游乐园和电影院这类他很少去的地方要强。

“我家里有游戏机，可妈妈说绝对不能去游戏厅，我几乎没有来过。”

一辉能想象到结衣为什么讨厌游戏。

“可是小学里的朋友们都来玩，我总听不懂他们在说什么，一直想来一次呢。”

“你这么小的个子，恐怕还玩不了啊。”

“你教教我吧，你打游戏不是打得很好吗？妈妈跟我说的。”

结衣说他游戏打得很好啊。

一辉忍不住嗤笑了一声。晴辉好像不知道自己的父亲是职业玩家，结衣恐怕没跟他说过。这也难怪，他们分开就是因为游戏，她当然讨厌游戏了。

“你听好，我忘了以前跟你约定过什么，不过你可别让我费心啊，我要是觉得你麻烦，可是会把你扔下的。”

一辉觉得前途多舛，居然威胁起了小孩子。

晴辉刚才还面带笑容，他听到这话，脸上露出了惶恐不安的表情。

“你先看着我玩。”

一辉走到街机区，在一台机器前面摆上了给晴辉坐的折叠椅。

“你坐在这里。”

一辉说着，打开了几年前他主攻的二维游戏《迷乱斗士X》。

“创矢，胜利！”

游戏厅里的人们发出了欢呼声。

上午游戏厅里人还不多，不过回过神来，一辉发现周围已经有了三十多个人。

而人们的中心就是一辉和晴辉。

从一辉开始玩游戏，已经过三个小时。他一直在线对战，直到现在还一场未败。他选择的模式是“传说”，所以电脑给他匹配的是来自全世界的高手。

不过，这是两代以前的《迷乱斗士X》，很少有人像一辉一样花很多时间训练，在和他对战的对手中，年轻一代恐怕都是《迷乱斗士XI》发售之后才开始打游戏的“三维全息投影世代”。

看一辉玩游戏的人，要么和一辉年龄相仿，要么是带着孩子来的父母。因为这一天是休息日，也有不少中小学生。

“喂，这人好厉害啊！”

“我也经常玩十代，可最后的必杀技太难以置信了，简直不是人能用出来的。”

“现在几十连胜了？”

“从我开始看的时候算已经二十八连胜了……”

围观者中传出了赞叹的声音。

这些赞叹声其实让一辉觉得挺受用。

虽然在近期的大赛中没能取得好成绩，不过他毕竟曾经是世界排名非常靠前的顶级职业玩家，玩他熟悉的《迷乱斗士X》不可能输。

可是，与此同时，到落后于时代的游戏中心来，听着外行的赞叹洋洋得意，这样的自己也让他觉得很可悲。

我到底在干什么啊——

他心中的这种感觉越来越强。

他想再次成为日本最强的职业玩家，重新站到聚光灯的中心。

他还要站到世界的顶点。

为了实现这个目标，他一秒都不能浪费，必须不断训练才行。

可是他现在正在浪费时间。

这样的自己让他厌恶得不得了。

电脑正在为一辉寻找下一个对战对手，等待的时候，一辉看了一眼坐在旁边的晴辉。只见晴辉凝视着画面，静静地坐着，可能是人聚集起来之后让他觉得很热，他已经把帽衫脱掉了。

一辉看了看手机上的时间，发现已经过了下午两点。

他光顾着玩游戏，忘了让晴辉吃午饭，要是让结衣知道了，不知道她会怎么说他。

只要一辉集中精神打游戏，就会忘了时间。

一辉心想："我果然不是能看孩子的人。"

"你饿了吧？我们吃饭去吧。"

一辉本来只是打算给晴辉做个示范，结果一下子玩到了现在，这段时间里晴辉只是一直看着一辉玩。一辉本以为他早就看腻了，没想到晴辉嘟囔道：

"好厉害……好厉害好厉害，你真的打得很好啊，真的无敌啊！"

一辉已经很久没有听过别人用"无敌"来形容他了。

尽管出自孩子口中，这样的赞美还是让一辉相当开心。"无敌""天才""天下无双"——一辉最喜欢这样的词了。

"还好吧，和这样的对手打，打成这样很正常。"

晴辉用崇拜的目光看着一辉。

尽管一直在获胜，可是他也不能继续打下去了。

"我们先去吃饭吧，吃完了换你来玩。"

"嗯。"

一辉说着，拉起晴辉的手，让他站了起来。

"借过。"

一辉说着，拉着晴辉从围观者中钻了出去。他把正在连胜的游戏让给旁边观战的客人玩了。

他们好不容易从人群中钻了出去，离开了游戏厅。游戏厅中的灯光比较暗，购物中心的荧光灯显得很晃眼。

可能是人群的集中导致温度过高，一辉觉得有点头晕。出过事故之后，他的体能还没有恢复到最佳状态。

就在这时，一辉拉着晴辉的左手突然一沉。

一辉转过头去，看到晴辉瘫坐在地上。

"你怎么了？没事吧？"

“嗯，就是有点头晕。”

晴辉嘴上逞强，其实已经面无血色了。

这时一辉才想起结衣跟他说过，晴辉的身体很弱，千万不能让他累着。

一辉摸了摸晴辉的额头，发现他没有发烧。

5

这天，隆介正在独自绘制作品。

他来到车站前商店街的小巷，置身于看不到人影的投币停车场中，墙壁就是他今天的画布。

如果说前几天在旧县厅干的那一票活儿相当于在武道馆[1]开演唱会，那今天就和到繁华街外的小酒吧里演出一样。

干大活儿的时候，隆介会和街头艺术同好一起行动，不过平时他通常是孤狼一条。

不管画在什么地方，艺术就是艺术，懂的人自然能看懂。隆介有这个自信。

这一天隆介依然穿着一身黑衣，脸上戴着口罩，这就是他干活儿时的一身行头。

他从大背包中掏出纸模板，贴在砖墙上，再用黑色的喷漆罐子喷了不过三十秒，墙上便出现了一盆花。

花朵竞相盛开，只是有一朵枯萎了。这幅画的构图就是主人发现有一朵花枯萎，正打算把整盆花扔进垃圾箱里。

车站前的开发正进行得如火如荼，而在半个多世纪中，一直支撑

1　武道馆全称是日本武道馆，是为一九六四年举行的东京奥运会建设的体育馆之一。众多世界顶尖乐队和歌手都在武道馆演出过，这里对音乐人来说有“圣地”“最高殿堂”的象征意义。

着这个地区人们生活的商店街则日渐萧条，客人越来越少，想必迟早会消失掉。隆介的作品就是在讽刺这种状况。

黑色喷完之后，他用红色和黄色的喷漆使花朵变得更鲜艳了。

“好，完成了。”

完成这幅作品一共只用了五分钟，青苔斑驳的墙壁上出现了一幅艺术作品。

他已经用纸模板画过许多次这个主题了，不过今天的这幅画得相当不错。这种现场作画的感觉和蹲在画室里作画不一样，这就是街头艺术最大的乐趣。

他看了看手臂上的电子表，发现刚过下午两点半。

环视周围，他发现冷清的停车场中还是没有人影。他把随手丢在地上的纸模板收回背包里，把喷漆罐子也收了起来。

可是在他马上就要收拾完东西的时候，身后传来了说话声。

要是有人报警就麻烦了，隆介加快了收拾的速度，背起了背包。

几个孩子走进了隆介所在的停车场。

隆介藏在车后面，孩子们似乎没有察觉到停车场里还有另一个人。

“你什么时候让我们见他啊！”

他们看着像一群小学男生，其中一人大声说着。

“你老是说下一次下一次，我们都等烦了。”

“不要急，前段时间我们还一起玩来着，那时候——”

“你少糊弄人！”

隆介听到了咕咚一声闷响。

“好疼……”

“你也太夸张了，踢你一脚至于疼成那样？”

隆介从车之间的缝隙看了过去，只见三个男孩子正围着一个身材娇小的男孩子不依不饶。踢人的男孩子要比被踢的男孩子高上一头。

“下次你再不遵守约定，可就不是踢你一下了，明白了吗？下次让你掏精神损失费。”

“等等，这家伙家里是单亲妈妈，哪有钱给你。”

“我才不管呢，这家伙总是骗人，搞得我火大。再怎么穷，一万日元总能弄得到吧……”

“喂喂，小鬼人不大，诈起钱来怎么这么专业啊。”

隆介看不下去了，从车后面露出了脸。

孩子们吃了一惊，说不出话了。不过个子最高大，看起来像是头子的男孩子一点都没被吓到，他明明只是个小学生，吓唬人的架势却像模像样。

“这个跟大叔你没关系吧，一边儿请吧。”

“谁让我听见了，我总不能看着你们犯事。”

“喂，走吧。”

欺负人的三个孩子之一拽着小头头儿的袖子，小头头儿没有搭理他，瞥了停车场的墙一眼，问道：

“这是大叔画的吗？”

墙上是新鲜出炉的喷漆艺术画。

“是啊，没错。”

“涂鸦也是犯事啊，你应该被警察抓起来！”

“这不是涂鸦，这叫街头艺术。”

没想到男孩子们看了看彼此，噗的一声哄笑起来。

“这是艺术？分明是在模仿银河啊，要自称艺术家可不能模仿别人啊，大叔。”

“你说什么！”

“得拿出原创作品啊，原创作品！”

三人说着跑了起来，隆介本打算追上去，可是孩子们眨眼间就消失在了商店街。

“真是的，这些猖狂的小鬼——”

隆介不说自己也犯了事，反倒咂了咂舌。

他忍不住跟小孩子较真了。

他确实把银河当成偶像，不过他的作品绝对不是模仿。

原创对隆介这个残机来说代表着他的尊严——

可是那个坏小鬼的一句话还是深深刺痛了他。

隆介回头一看，受那三个坏小鬼欺负的男孩子被丢在了停车场。

他呆呆看着墙上的喷漆艺术画。

“这是叔叔画的吧？看起来很不错啊。”

哪怕开口的是个孩子，受到称赞依然是令人开心的。

“是吗？”

“嗯，我看不太懂，不过挺有意思的。”

“你挺懂艺术的嘛。”

隆介光顾着看那些欺负人的坏小鬼了，仔细一看才发现这个受欺负的男孩子虽然身材瘦小，但是长得很精神。

“你为什么任那些家伙欺负你啊，你倒是回嘴啊。”

“你是说礼音他们？他们没有欺负我啊。”

男孩子一边打量着墙上隆介的作品，一边说着。

可是他的腿刚才挨了一脚，又红又肿。隆介仔细一看，发现他的胳膊上也有一小块瘀青。

“让我看一下。”

“不要看啊……”

隆介没有理会孩子的抗拒，掀起了他汗衫的下摆。只见他的肚子上有许多瘀青和擦伤。

虽然他只是个陌生的孩子，不过隆介明白这非同小可。

“什么‘没有欺负你’啊，这不是欺负是什么。”

“没事的，是我不好，因为我没能遵守约定。”

“约定？”

隆介记得刚才那些坏小鬼也提到了约定，还说下次再不遵守约定就要这个男孩子好看。

“我说要带我爸爸来给他们看，可是一直没能遵守约定。”

“就为这个？他们为什么想见你老爸？你老爸是名人吗？”

男孩子沉默了片刻，然后抬起了头，他凝视着隆介，眼睛里掺杂着犹豫和坚定。隆介觉得好像在什么地方看到过这样一双眼睛。

“他很有名的，他可是日本冠军。”

“冠军？什么冠军？”

“游戏冠军，我爸爸是职业玩家。”

听到这个词，隆介全明白了。

“他们也喜欢游戏，说将来想成为职业玩家，还说想在奥运会上拿金牌。所以他们听我说了爸爸的事，就说想见我爸爸，可是我爸爸和我妈妈离婚了。我答应带爸爸来给他们看，可是我很少见到爸爸。”

男孩子解释一番之后，开心地继续说了下去：

“不过前段时间，我第一次和爸爸一起去了游戏厅。爸爸果然很厉害，所向无敌。”

可能是回忆起了当时的事，孩子的眼睛中好像放射着光芒。

看到他的那双眼睛，隆介确信了。

“你老爸叫什么？”

“上山一辉——”男孩子得意地说道，“他在二〇一八年的格斗游戏世界大赛上打进过八强。”

听到孩子说出这个名字，隆介慌忙把手搭在了口罩上。

他长着和孩子的爸爸一模一样的脸。

确认口罩在脸上戴得好好的，隆介这才松了口气。

6

“上山先生，请送到十二号房。”

“……”

吧台上放着可乐和可尔必思苏打水。一辉一声不吭地把杯子放在了托盘上，拖着沉重的身体向着十二号房走去。

他小心翼翼地端着，不让托盘倾斜。这天刚开始上班的时候，他就把杯子掉在地上摔碎了，收拾玻璃碎片，然后用拖把擦地，那样子实在丢人。不习惯的工作让一辉胳膊上的肌肉抽筋，腰也疼了起来。

一辉来到房间前，敲了敲门，走了进去。

震耳欲聋的声音顿时穿透了一辉的鼓膜。

“久等了……”

房间里是两对高中生情侣，大概是同一所高中的同学。四个人看起来都很轻浮，明显是习惯了吃喝玩乐。其中一个男生正攥着麦克风狂吼。扬声器中正播放着快节奏音乐，这首歌是动画电影的主题曲。

一辉把他们点的饮料放在了茶几上。

没想到正在唱歌的男生隔着麦克风开口说道：

“我说，大叔，你挡住屏幕了。”

一辉一看，发现自己正好横在男生身前，挡住了屏幕。

“啊，对不起……”

“别道歉，快让开啊！”

“居然在高潮的时候进来了，真是外行。”

一个女生不依不饶地说了起来，她应该是这个男生的女朋友。

一辉哪里受得了这气，他感觉头脑发热，不过在怒气眼看要决堤的时候，他还是忍下了。

他必须忍耐，好不容易开始打工了，他不能被炒掉。

“打扰了。”

继续留在这个房间里，他说不好什么时候会爆发。他忍着怒气，快步离开了房间。

他一个月前面试通过之后，打工的事就全盘甩给了大悟。

大悟似乎把工作做得很好，今天是一辉第一次亲自出勤，领班却相当信任他。

可是，一辉这天是第一次上班，一切都得从零开始学习。

大悟一般上早班，不过今天打工的人人手不够，一辉被安排在了晚班。一辉从下午四点开始上班，过了不到一小时，大悟替他建立起的信任已经烟消云散了。

他一直在犯各种错，客人也不停投诉他。

他回到员工区，前台的电话又响了起来。

在这里做零工的岛崎是一辉等打工者的领班，她接起电话，听到刚才的高中生来投诉一辉。接完电话之后，岛崎狠狠瞪了一辉一眼。

她终于失去了对一辉的耐心，决定让他去洗餐具。

歌厅和料理店不一样，这里的厨房很小，当然，洗餐具的地方和家里没有多大区别，一辉弯下腰开始工作。

冷水使他的手越来越凉，渐渐失去了知觉，而不高不低的洗碗池子也让他腰疼了起来，他看表的频率越来越高。

到了晚上十点，一辉不习惯的工作已经让他的身体发出了惨叫。

“差不多到时间了，上山先生可以收工了。”

“非常感谢……”

听到岛崎的话，一辉心里的石头才落了地，放松地舒了一口气。

一辉能整天闷在房间里不停地玩游戏，可是他没有自信把这份工作坚持下去。

“上山先生，你没事吧？”

一辉摘下围裙，打算去更衣室，岛崎问道。

岛崎是附近的一位主妇，在这里做零工，好像总是上晚班。她已经在这里工作了很久，店长总是把新人交给她来带。

“还好吧，就是有点累了。”

“今天的上山先生有点不对劲，平时你干活很麻利的，你是不是身体不舒服？”

岛崎虽然是上晚班的，不过她作为领班总是提前一小时来，下午三点出勤，上班时间会有一小时和大悟重叠在一起。

她好像真的有点担心，把手伸向了一辉的额头。

“没有，我没有不舒服，我还有事，先告辞了。”

一辉说着，慌忙跑出了更衣室。

一辉拖着沉重的身体，咬着牙走到了家附近。

他打工的“游戏第一”就在离家最近的车站站前大厦里，平时显得很近的路，他今天却觉得格外遥远。

十分钟就能走完的路，他足足花了三十多分钟。走过住宅区狭窄的道路，再拐个弯，差不多就到家了。

他回去之后不打算吃饭，也不打算洗澡，只想一头扎到床上。

他这样想着，抬起头来，只见他的公寓前有一个可疑的人影。

那个一身黑衣的男子坐在马路牙子上。

路灯下的男子发现了一辉，他站了起来。

“隆介？你怎么来了？”

平时替一辉打工并照顾孩子的大悟会到他的公寓来。

可是，这次站在他公寓前的是隆介。

“我还想问你怎么了，你都站不稳了。”

“是啊，没想到打工这么辛苦。真亏大悟能坚持下来，这么辛苦的工作时薪一千一百五十日元，简直没法干。”

“要工作就得吃苦。”

“你有什么资格说我啊。”

要是平时，一辉早就吼了起来，可是今天他已经累得不行了，声音也有气无力。

“别说没用的了，到底有什么事？你怎么到这里来找我了？要是有麻烦事，还是等改天再说吧。”

“对了，我是有事要告诉你才来的。”

“果然是有麻烦事？”

“不是麻烦事，是晴辉的事。”

听到儿子的名字，一辉的脸色变得阴沉了。

他之所以变了脸色，其实不是因为担心儿子，而是因为不想惹麻烦上身。

“晴辉怎么了啊，前段时间我陪过他了啊，虽然他突然不舒服，搞得我被结衣狠狠说了一顿。再说了，大悟倒还好说，你怎么也认识晴辉啊。”

一辉现在开始自己打工，大悟有空了。一辉本来和结衣说好，每个月照顾晴辉一天，不知道大悟想起了什么，擅自联络结衣，告诉她每个月可以多去几次。一辉得知之后发了火，怪大悟自作主张，不过大悟答应的事得让他负责。

“今天我碰巧遇到晴辉了，在他放学回家的路上。”

隆介告诉一辉，他正在搞街头艺术的时候，碰巧晴辉经过，他和晴辉聊了聊。

“我当时戴着口罩，他不知道我是谁。”

把当时的情况大致说了一遍之后，隆介说道：

“那家伙在学校受人欺负。”

“啊？”

一辉一向争强好胜，从学生时代起，他就和受欺负无缘。

他班里也有不严重的霸凌现象，不过一辉与欺负人的一方和被欺负的一方都没有牵连。毕竟他整天泡在游戏厅里，很少去学校，这倒也理所当然。

所以，他以为晴辉也不会受人欺负。

“不会吧，为什么？”

“那几个孩子应该是他的同班同学吧，不过其中一个块头比他大得多，岁数说不定比他大。那几个孩子一看就不是省油的灯，我去拦着，他们居然对我口出狂言然后逃掉了。”

一辉从来没有考虑过孩子的事，他不知道该如何是好。

“是吗……”

“还是不要把麻烦惹上身，交给结衣来处理为好吧。”一辉只说了这么句话，打算走进房间。

只听身后传来了隆介带着怒气的声音，他已经很久没有这样和一辉说过话了。

“你真是个人渣啊，你要说的就是这个？你儿子可是受人欺负了。”

“我会告诉结衣，那家伙应该会想办法解决的。”

“他可能是因为你才受欺负的啊。”

“啊？为什么是因为我啊？”

“他说他爸爸是职业玩家之后，其他孩子就开始刁难他了啊。”

隆介把事情的来龙去脉告诉了一辉。晴辉答应让同学见一辉，可是总也没法兑现诺言，同学们认定晴辉是在吹牛。

“你跟我说这个有什么用，我们离婚了，抚养权在那家伙手里。”

“只要你想见，随时可以见你儿子啊，是你自己不去见他。”

“我还要训练呢，没时间照顾孩子，这事与我无关。”

隆介发现一辉脑子里只有他自己，一时哑口无言。

“好吧，是吗，看来跟你说了也是白说。不过这事让我撞上了，我就不能不管，再说那些小鬼虽然只是孩子，可是他们侮辱了我的艺术，我要用我的方式解决问题了。”

隆介的眼睛里燃起怒火。

隆介虽然说话不好听，可他生性单纯。他见到熟人遇到困难，向来没法不闻不问。

“你要干什么，你可别把事情闹大了。”

“我要干什么和你没关系吧。”

隆介说得丝毫不留情面。

“没你想得那么简单，别人会把你做的事当成我做的，因为你是我的残机。”

“现在你想起你是我们的本体了？放心，我不会直接伤害他们的。”

隆介说着，脸上露出了坏笑。

“我有我做事的方式——”

7

两天后的深夜，隆介来到了川崎站前。

“那我就先回家了。”

“好，谢谢。回去的时候我坐电车就行了，你走吧。”

末班车的时间早就过了，而打车太容易被查到行踪。所以隆介请玩街头艺术的同伴用摩托车把他送到了川崎。他特意让帮忙的朋友把他放在车站前，剩下的路他打算自己走过去。

手腕上的电子表显示现在的时间将近深夜三点，这是隆介事先决定的行动时间。

隆介沿着站前的主干道来到了一处寂静的住宅区。他的注意力更集中了，他不能在这里让居民看到他。

隆介小心翼翼地走着，总算来到了一处舒缓坡道中段的气派宅子前。宅子离大路还有一条马路宽的距离，所以显得很安静。这个时间在这里干活儿，想必是不会被人发现的。

隆介当然早就踩好了点，这座宅子的水泥墙像城墙一样高，还有足够停两辆车的车库，那又宽又大的卷帘门就是最棒的画布。

他心想："开始吧——"

隆介把背包放在了地上，从里面取出了整套画具。

他左手拿着纸模版，右手拿着黑色的喷漆罐，凝视着又宽又大的卷帘门。

车库旁边的牌子上写着"野野村"。

这里就是欺负晴辉的几个坏孩子的小头头儿——野野村礼音的家。

很容易查到这孩子的家在什么地方。隆介只是对走出校门的孩子说要找一个霸道的男生，所有孩子都说出了"野野村礼音"这个名字。

看起来这孩子家里很有钱，于是他仗势欺人，肆意妄为。他的父母也是所谓的怪物家长，老师拿他没辙，只能任他胡闹。

隆介是白天来踩点的，他发现这孩子的家住在大宅子里，还有一个非常适合他作画的大车库。深夜来干活儿应该不会有人来碍事，而且白天会有不少人路过这里。这个地方对隆介来说是最棒的舞台。

隆介盯着卷帘门看了一会儿，不慌不忙地把纸模板固定在了他看好的位置。作画的空间大了，构图的难度也会变大。隆介脑海中出现了完成后的画作，开始利落地喷起了漆。

只要开始画了，他就不会再犹豫。

他拿起一张又一张事先准备好的纸模板，拿起又放下不同颜色的喷漆罐。他最常用的黑色喷漆罐，这次带来了五罐之多，画布这么大，需要用的喷漆和纸模板也会更多。

这么大的作品，如果是平时，他会叫上同伴一起来画的。

不过他和野野村有私怨，所以从一开始就没打算叫载他到川崎的朋友一起。隆介心想："本大爷要自己完成这幅画。"

隆介专心致志地画着他的作品，没有一丝停顿。

隆介聚精会神，提前完成了纸模板喷漆作品。

不过画着画着，隆介一时兴起，把纸模板摞在地上，双手拿起喷漆罐，退后几步看着整个卷帘门。他那样子看起来就像西部剧中即将迎来一场决斗的英雄。

紧接着，隆介开始拿着喷漆罐信手喷了起来。

他打算创作的作品已经画好了，而且完成度也足够高。

可是隆介的艺术想象力还没有发挥完。就像有什么在背后推着他，他拿着油漆罐喷个不停。

回过神来，他发现天已经蒙蒙亮，不知什么地方传来了鸟的鸣叫声。

“很好，完成了！”

他画了三个多小时。

平时的街头艺术作品最多只会用上一小时。

隆介觉得灵感来了，一直画到了自己满意为止，所以才消耗了这么长时间。

不过三个小时的努力没有白费。

隆介从卷帘门前向后退了几步，欣赏着大功告成的作品。

“真是不错啊！这算我的代表作了。”

隆介看着刚画出来的作品，独自笑了起来。

一幅壮观的绘画展现在他面前。

他觉得这幅画好像活着会动。以前他忘我地作画的时候，也有过几次类似的感觉。

他自己亲手绘制出的画会在不知不觉间脱离他的控制，自己动起来。这不是错觉，隆介眼中，那些画是真的会动，他只能认为那些画是有生命的。

隆介从口袋里掏出了最新款的手机。隆介居无定所，没法办电话卡，他请玩街头艺术的同伴帮他办了电话卡，每个月付话费给同伴。

他用手机给眼前的作品拍照。

隆介想尽快让同伴们看到它。

朝阳越升越高，可是隆介全神贯注地玩手机。

他把照片传到了他介绍自己街头艺术的主页上。

他自己的评语只有“神作”这两个字。

他玩街头艺术的伙伴们恐怕还在睡觉，不过等他们醒来的时候，肯定会很快发现这幅画。隆介很期待朋友们看到这幅画后发出的感想。

可是刚传上去，还没等到朋友们反应，就有陌生人给他点了一个“赞”。网友们迅速的反应让隆介兴奋了起来。

紧接着，点赞处的图标不断闪烁，十个、二十个、三十个“赞”像潮水一样涌来，后来势头有增无减，几分钟里就超过了三百个。

看到前所未有的良好反响，隆介不禁攥住了拳头。

他觉得这幅画一定会是一幅杰作。

他正要跳起来高声叫好，只听有人问道：

“你在干什么？”

宅子的房门敞开，礼音的母亲牵着贵宾犬走了出来。

隆介没想到这家人有遛狗的习惯。

他太专注于创作自己的艺术作品，忘了时间，这确实是他的失误。可是他踩点的时候，这家人并没有出去遛狗。

“怎么了？”

紧接着，礼音的父亲也从大门后面探出了头。

这对夫妻来到门外，看到车库卷帘门上的喷漆画，都惊呆了。

“这是你画的！”

隆介慌忙把落在地上的工具塞进背包里，想要逃走。

可是礼音的父亲已经看明白了这是怎么回事，他从身后一把抓住了隆介的肩膀。

隆介腿脚麻利，总能逃掉，他曾经多次甩掉过追赶他的警察。

他挣脱开，打算快步跑起来。

可是野野村家的男主人不依不饶道：

“混蛋，站住！”

礼音的母亲也搅了进来，想要按住隆介。男主人拽着隆介的左手，想把他的左手扭到背后。礼音的母亲伸出手要拽隆介的口罩和鸭舌帽。今天干活的地方是没有警卫的独栋人家，隆介没有戴露眼面罩。

周围已经足够亮了，几人扭打时，隆介的鸭舌帽和口罩都被拽掉，两人都看清了他的脸。

隆介和夫妻二人对视的瞬间，他扭过身子，甩开被扭到身后的手臂，抓着他手臂的男主人也被甩得向后退去。夫妻两人都坐倒在地上。

隆介没有放过这个机会，马上和他们拉开了距离。

“站住，你这混蛋！”

夫妻两人尖利的叫声响彻寂静的住宅区。

隆介脱险之后，全力冲刺跑掉了。

8

在公寓门口遇到隆介后的一周，一辉每一天都在起早贪黑地训练和打工。

他以前从没打过工，现在还是经常犯错，不过身体已经开始一点一点习惯了，没有再像第一天那样累得筋疲力尽，回到家之后倒头就睡。前一天一辉打完工回到家就握住了游戏摇杆，一直训练到了现在。一辉擅长的创矢的超必杀技，必须经常练习，让身体记住出招的节奏。

回过神来，他发现窗外的天已经亮了。

他训练得太专注，结果练了一个通宵。

他现在肩膀很酸，眼睛也很疼。

幸运的是，他今天不用去打工，不打算去事务所，不需要去陪晴辉，他难得可以自由支配今天的时间。

一辉想着差不多得睡会儿，便结束了游戏，打开了电视机。他从冰箱里取出了一瓶饮料，没有倒进杯子里，直接喝了起来。

电视上正在播早上的新闻娱乐节目，最近体育栏目经常播电子竞技的新闻。

体育新闻的头条通常是棒球或足球，而每次电子竞技大赛临近的时候，都会在后面播出电子竞技选手的特辑。一辉的前辈茸茸的世界排名很靠前，他不光在事务所发布的介绍片里登场，也经常出现在电视上。

马上就到体育新闻了，他最近没能在大赛上取得好成绩，看对手们打得风生水起会让他觉得很恼火。

不过他也没有关电视，而是看着一条新闻出神。

“下一条新闻，昨夜川崎市〇〇町的民宅发生了大规模火灾，经营公司的野野村卓先生的住宅彻底烧毁，因为强风的影响，周围的三栋民宅被引燃，烧掉了一半。这次火灾的起火点在野野村先生家中，其八岁的长子吸入了烟雾，被送到了附近的医院，据说只是受了轻伤。”

结衣住的地方就在川崎市〇〇町。

不过从电视上无人机拍摄的空中画面来看，着火的地方似乎是车站附近的一处住宅区，虽然在同一个町，不过和结衣似乎没有关系。

可是播音员继续说道：

“起火的住宅周围没有火灾隐患，警察和消防认为有可能是人为纵火，已经展开了调查。”

出事的地方毕竟在结衣家附近，一辉觉得有点担心，便打开了手机上的新闻应用，在应用里找到了火灾的报道。应用上的报道和电视上的基本一样，不过读者评论栏里有人写下了关于“涂鸦”的留言，说火灾现场有很大一块涂鸦。

读到这里，一辉心里马上打起了鼓。

他想起了上一次见面的时候，隆介最后说的话。

明明刚通了宵，可他酝酿的睡意一下子烟消云散了。

一辉抓起夹克，冲出了公寓。

他坐上电车，来到了川崎站。从樱木町坐日本铁道的电车不用换乘，不到三十分钟就能到川崎站。

在车上，一辉用手机查到了火灾发生地点的具体地址。他使用地图应用的导航，走向了现场。

走了一会儿之后，他发现许多人聚在僻静的住宅区一角。

失火的人家坐落在小丘陵的半山腰，位于坡道中段。主干道已经拉上了警戒线，旁边还站着一位穿警服的警官。

一辉站在警戒线前，定睛看了过去，只见几十米前方的火灾现场还在冒烟，附近除了两辆大型消防车之外，还停着急救车和几辆警车。

一辉在这么远的地方也看得出火灾的规模，起火人家的两侧、后面的人家都被烧了。起火的人家有一座高大的大门，还有一个混凝土大车库。

一辉定睛一看，只见卷帘门上画着他好像在什么地方看到过的画。

“你也来了啊——”

突然听到有人搭话，一辉吃了一惊。

他转过头去，只见戴着口罩的隆介站在他的身旁。

“我说你，那是……”

“没错，那是我的作品。”

失火人家的车库卷帘门上有隆介的喷漆艺术画。

而且那是能放下两台车的大车库，卷帘门也很大。那宽大的画布上画着壮观的涂鸦。

涂鸦的主题似乎是日本的传说，身强体壮的恶鬼们正围成一圈，欺负中间一个瘦小的孩子。它们手中拿着铁棍，瘦小孩子的脖子上缠着锁链。

卷帘门上的画精致得让人不敢相信是用喷漆画上去的。

“那画很不错吧，我用那幅画来讽刺欺负人的家伙。”

“莫非那家就是……”

“那家人带头欺负晴辉，我不是说我会以我的方式解决吗？”

“那也用不着搞得这么夸张啊！你做得太过火了，火也是你放的？”

看到事情闹得这么大，一辉忍不住喊了起来。

“别吵吵，没看到警察啊！”

隆介说着，压低声音解释道：

“我怎么可能会放火啊，我只是在搞艺术创作而已。”

“那怎么会搞成这样了啊。”

“好吧，我确实没想到会发生这样的事。起因是我画得兴起，创作出了一幅‘神作’——”

隆介说着，掏出了手机。

“画着画着，我预感它会成为一幅神作，于是专注过头了。那天那小鬼笑话我的作品是涂鸦。

结果我花了太多时间，房子里的人出来发现了我，我差点乱了阵脚。不过这画很不错吧，我一高兴，就拍了张照片发到了社交网络上。然后，你看——”

隆介说着，把手机举给一辉看。

手机上显示着隆介在社交网络上的页面。

最上面就是隆介画的这幅画。

点赞的数量把一辉吓了一跳。

发出去还没多长时间，点赞已经超过了三十万次。

“隆介先生你好厉害，它的标题是什么？”

“这构图和用色都计算得分毫不差，太美了！”

“它在什么地方？我想直接去看实物。”

“卖给我吧！我出一千万！”

“干得漂亮！”

“这画很酷。”

一辉只是扫了一眼，就看到了无数评论在称赞这幅画，其中有很多评论都是外国人发的。

“我回过神来，发现很多人都转发了这张照片，还有很多人说要看实物，然后就出现了我没有想到的情况。”

隆介举着手机，把画面向上滑。

一辉也察觉到了，评论的矛头渐渐发生了变化。

“这幅画的主题是‘霸凌’吧？”

“这个车库应该在这个位置吧？”

这条评论下面还贴心地附上了详细的地图和地址。

“我知道这家人，他们姓野野村，在那附近可是有名的惹事精。”

“这家的儿子欺负过我家孩子。”

“我家孩子也是！”

“这家父母到他们儿子小学的校长室闹过事。”

“我的孩子也在那所学校上学，我也听说过。他们要求校长换老师，还要求老师特殊关照他们儿子，简直蛮不讲理。”

“这家的孩子（礼音）诈过我儿子钱。”

“好过分，他还是小学生吧。”

后边是无数这样的评论，这一家人的真名也被贴出来了。

看来不只是晴辉受过礼音的欺负。

隆介的画成了导火索，受过欺负的孩子的父母在社交网络上闹了起来，这家人被推上了风口浪尖。

这家的父母也不是省油的灯，又是向校方施压，又是闯进邻居家里抱怨对方扰民。因为这家人平时品行不端，现在虽然是涂鸦的受害者，却还是成了众矢之的。

“然后就发生火灾了。”

看这样子，这次火灾毫无疑问是有人纵火。

想必纵火犯是被这家孩子欺负过的孩子的父母，要不然就是附近的某个和这家人有过节的居民。不，甚至可能是瞎凑热闹的人看了喷漆艺术画，纵火等着看好戏。

“听说有人放火把他们家整个烧掉了！真是活该。”

“自作自受，一点都不值得同情。”

从今天早上开始，评论区尽是对受害者一家人的抨击。

匿名留言让人觉得不用负责任，所以网友丝毫不留口德。

人们想到什么就说什么，一辉看着看着，开始觉得不舒服了。

火灾的直接原因不是隆介，这让一辉松了口气，不过他心中的怒火还是涌了上来。

“这么说来元凶不就是你吗！怎么办啊，搞出这么大的事来。”

“确实，我是没打算让事情闹得这么大，不过我只是创作了一幅艺术作品。这就叫自作自受。”

“你的涂鸦会成为铁证的，你在这个圈子里不是很出名吗？你可是自己也吹嘘过的。你听好，我长得可是和你一样，你做了事要负责的是我。要是警察从涂鸦查到了你，最终认定我是纵火犯怎么办啊！”

“你担心过头了，那怎么可能啊。”

一辉明显慌了神，他再一次看向了烧掉的人家。

“再见了，继续留在这里说不定会惹上麻烦，我走了。”

“你等一下啊。”

一辉说完这话，只见隆介回过头来，面带平时很少见的严肃表情说道：

“我会离开神奈川的。”

听到他突然说出这话，一辉不知道说什么才好了。一辉默默凝视着隆介，只听他继续说道：

“残机和本体离得太近果然会很麻烦，我说不定不会再见到你了。”

"你要逃啊！"

隆介惹出了这么大的乱子，现在居然想逃掉，要是警察怀疑上了隆介，所有的麻烦都得由一辉来解决了。隆介的不负责任让一辉的火气更大了。

"什么？我才不会逃呢！正相反，我决定不再总惦记着你过日子。"

"什么意思啊？"

"我今后要作为我自己，而不是作为你的残机生活下去，我要成为大艺术家。"

隆介说着，回过头来又加了一句：

"我想我们不会再见了，你可要珍惜你的生命啊。"

"怎么突然说起我了？别想搪塞我。"

"吵死了，你听着！我不会总是惦记着自己是你的残机了，不过这事实依然不会变。我们有我们的人生，我们可不想因为你胡闹而消失掉。信哉肯定也是这样，你想象过他有多么不甘心吗？"

隆介的声音颤抖着，不过他并没有含着泪。

他平时很少表现出来的一面震慑住了一辉。

"我这么说不光是我们不想死，你也应该更认真地想想家人！对你儿子来说，父亲只有你一个。你的前妻也是，你知道她多担心你吗？人生只有一次！你也该认真想想了！"

隆介说完这话，转身走了。

9

一辉离开火灾现场，来到了车站的站台。

今天不用去打工，也没有约好照顾晴辉。毕竟昨晚通了宵，一辉本打算回家去补个觉，可是大脑太兴奋了，他觉得自己睡不着。

他心想："好久没去过梅本电子竞技事务所了，去露个面吧。"

他现在不想独自一人待着。

早上发生的一系列意想不到的事情让他的心脏现在还在狂跳不止。

他没想到隆介的涂鸦会闹出这么大的事来。

总而言之，幸运的是没有人在这场火灾中丧生，可是那个被送到了医院的孩子是不是平安无事？一辉虽然担心，但是到医院去看那孩子恐怕不是个好主意。

确实，欺负人的小鬼做得不对，纵容他的父母也有很大的问题。

如果隆介告诉一辉的都是真的，看来这一家子是相当恶劣的麻烦制造者。

不过那和放火是两码事。

就算这家人是整个街区公认的问题家庭，也不该烧掉他们的房子，更不要说火把他们邻居的房子也烧坏了。

“二号线电车即将进站，请站在白线内——”

车站里响起了熟悉的站内广播。

一直在沉思的一辉抬起了头。

他心想：“总而言之现在还是老实点吧。”

必须避免在游戏厅大闹一场，与对手打架之类的事。

必须避免与警察接触。

警察一定会根据留在火灾现场的涂鸦查出隆介与火灾有关。

他们一旦查到隆介必然会来找一辉。他说不定会因为涂鸦的事受罚，不过火灾与他无关，这一点他必须说清楚。

昨晚他一直在家里玩游戏。

当然是一个人在家里。

不幸的是没有人能给他提供不在场证明。

不对，他在夜里去过一次便利店。

便利店的监控应该拍下了他才对。

那是几点来着？

如果纵火一事正好是在那个时候发生的，那监控记录就是他的不在场证明。

就在他想到这里的时候……

“就是你吧，在那里涂鸦的——”

他背后突然传来了女子的声音。

一辉惊得回过头去，只见后边站着一个不是三十大几就是四十出头的女子。

她穿着白色罩衫，颜色柔和的印花长裙，穿着一双米色的半高跟鞋。这身有春天情调的打扮乍一看很柔美，可是女子脸上的表情和她穿的服装截然相反。

她的脸显得有点长，脸颊也不饱满，薄薄的嘴唇让人看着就觉得她是个神经质的人。

她眼窝深陷，眼睛瞪得滚圆，一辉没法看出那双眼睛中包含着什么感情。

“涂鸦的就是你吧！”

女子又重复了一遍，语调比刚才还要强硬。

警察已经查到他了啊。

一辉有一瞬间产生了这样的想法，可是看起来并非如此。

看这女子的打扮，她肯定不是女警官。

一辉突然发现她脸上有一道黑。

想到这道黑是“炭黑”的时候，一辉后脊突然一凉。

“我是野野村家的人，你在我家涂鸦。”

一辉记得有涂鸦的车库旁边挂的牌子上确实写着“野野村”。

“野野村太太？”

女子没有回答，只是低下了头。她低着头说了起来：

“后来我们查了那幅画，马上就知道是你画的了。你还贴心地在网上介绍你以前的活动。”

隆介确实也说了，他被“看到了”。一辉没想到他说的是脸被看到了，而且身份也被查到了。

这个女子当然以为一辉就是作案者。

“你为什么要那样做？”

“啊？”

“你到我家来涂鸦，在网上到处说我们的坏话，最后甚至放火。”

说到这里，女子抬起了头。

女子的脸不再面无表情，被憎恨的火焰灼烧得面容扭曲。

“礼音他……太可怜了，现在还在医院接受治疗……”

女子已经认定了一辉就是涂鸦的人，也就是纵火犯。

“就因为你！就因为你，我们失去了一切！我绝对饶不了你。”

“我——”

就在这时，下行的快速列车进站了。

紧接着，女子用力把一辉推了出去。

这座车站本来是有防护栏的，可因为改装工程的需要正好撤掉了。

一辉的身体从没有防护的站台上飞到了空中。

电车车头出现在站台一端，这时，一辉的身体从站台上消失了。

站台上响起了尖叫声。

刺耳的刹车声紧接着响了起来。

上午，川崎站陷入了混乱之中。

10

“大夫，他好像醒了。”

听到护士的声音，身穿白大褂的医生走了过来，低头看向了一辉的脸。

“上山先生，上山先生，听得到吗？”

"是的，这里是医院吗？"

一辉显得格外冷静。

"没错，这里是川崎市急救医疗中心。"

说完之后，医生嘟囔着"难以置信……"然后对护士做出了指示。

一辉枕着枕头，想把用不上力气的身体撑起来。

可是身体不听他的使唤。

不过他最近一而再再而三地进医院，这让他变得异常冷静。

这次他清醒之后，发现自己又被各种医疗设备包围着，躺在重症监护室里。

护士走出了病房，过了一会儿之后，两名身穿西装的男子走了进来。

"我是川崎警察署的真山。"

"我是川崎警察署的葛城，这次好险啊。"

听来者说出"好险"，一辉慢慢回忆了起来。

结衣家附近一座民宅发生了火灾，这座民宅是晴辉同学家，而隆介的涂鸦导致这座民宅被人纵火。

一辉在火灾现场遇到了隆介，听他详细说明之后，正打算回到横滨。

他在车站等车的时候……

想到这里，一辉的心脏突然剧烈跳动起来。

没错，在车站，一辉遇到了欺负晴辉的孩子的母亲，她说这一切都是一辉的错，然后突然把他推下了站台。一辉还记得快速列车的头灯冲向他的那一幕。

他毫无疑问是被撞了。

可是他现在躺在床上。

他浑身伤痕累累，可是手脚都还能动，看来没有受严重的伤。

他为什么没死——

出了那么严重的事故，他不可能活得下来。

想到这里，他混乱的头脑终于清醒了。他得出的结论就是隆介。

前段时间的交通事故也是一样。

那些家伙说的没错，只要一辉遇到了生命危险，他的残机们就会代替他消失掉。那次交通事故中消失的是信哉，而这一次……

肯定也有其中之一消失了。

“你刚出了这么大的事，我们也不想跟你说这个，不过你的身体恢复得差不多了，我们就得逮捕你。”

“啊？”

突如其来的宣告让一辉跟不上节奏。

另一名刑警解释了起来：

“你也知道昨天川崎市〇〇町发生了纵火案吧？那起案子的起因是车库门上的涂鸦。我们经过调查，发现那涂鸦是你画的，我们还得请你说说你和纵火案的关联。”

刑警说着，亮出逮捕令给一辉看。

看来他出事故昏过去的这段时间里，他担心的事已经成了现实。

一辉现在被当成了涂鸦犯，而且还担上了纵火的嫌疑。

“总而言之你先养好身体吧，不要做伤身体的事，千万不要想从医院里出去。我们会在房间门口安排一位警官。”

这位警官负责盯着一辉，不让他逃跑。

两位刑警说完这话，离开了房间。

一辉心想：“逮捕啊——”

他打量着病房里的床，重重地叹了口气。

他以前也惹过许多麻烦，经常受警察的关照，可是还从来没有被逮捕过。

面对只在新闻和电视剧里听过的单词，一辉乱了阵脚。

可是一辉还没有理清头绪，护士又开口说道：

“您一定很累了，不好意思，还有另外一位想见您。”

听到这话，一辉紧张了起来。

上次在幕张出事故的时候结衣来了。

紧接着出现的是残机大悟。

这次来的也是他们吗?

不管怎么说，上次事故到现在还没过去多久。

残机们一直说让一辉“当心”，他却接连出事故，一辉觉得有点没脸见人。

可是门打开的时候，来者让他意想不到。

“梅本先生！”

一辉所在的梅本电子竞技事务所的社长兼主教练梅本站在门口。

“一辉，你没事吧？”

梅本面带阴郁的表情走进了病房。平时他总是穿着针织衫和牛仔裤，打扮得很休闲，这天却穿着西服，甚至打着领带。

“刚才我听警察说了。”

听到梅本的这句话，一辉已经全明白了。

想必不是梅本去问警察，而是警察来问梅本了。梅本是一辉所在的公司的社长，警察是来找他询问一辉的情况，难怪他穿着西服。

“你为什么要做涂鸦这种事啊，你不会做警察说的那种事吧？”

“当然不会。”

“警察说的那种事”指的是“纵火”，涂鸦的事一辉也想否认，可是就算他说出“是残机干的”，恐怕也没人会相信。

“好吧，总而言之现在先协助警察调查吧。”

“是……”

梅本说着，把他带给一辉的点心放在了床头柜上。

就在这时，一辉想起了结衣的面孔。

上次一辉出了交通事故，被送进医院的时候，就是梅本告诉了结衣。

“请问，这件事告诉结衣了吗？”

“毕竟不是小事情，我没有告诉她。”

听到这话，一辉放下了心。要是知道他发生了这样的事，谁知道结衣会把他当成什么。

一个离了婚的女子怎么看他，一辉并不在乎，可是他不想让别人把他当成罪犯。

“请不要把这件事告诉那家伙，可以吗？”

“我明白了。”

梅本回答着，坐在了折叠椅上，好像从肚子里挤出话一样开口说了起来：

“其实还有一件事，我必须跟你说。”

梅本以前是偶像级的职业玩家，他是事务所的社长，现役职业玩家们却把他当成大哥一样尊敬。平时总是平易近人的梅本今天却一脸严肃，他给人的感觉让一辉产生了不好的预感。

“对不起，我给事务所添麻烦了，夏天的大赛我一定会拿出好成绩回报事务所的。”

“不，不用了。”

“啊？”

“梅本电子竞技事务所决定解除和你的合约。”

这话一辉其实猜到了。

他把视线从梅本身上移开。

“你还是高中生的时候，是我让你加入了事务所，把你带上了这条路。十多年过去了，开心的事和难过的事都发生了不少，可是你现在是嫌疑人，我不能让你继续留在事务所里，电子竞技界的整体形象也会受到影响。”

“可是……”

“不用再多说了，这是我作为社长的决定。”

第四章 STAGE.4

1

一周之后，总算重获自由的一辉来到了横滨。

他出了事故住进了医院，不过和幕张那次事故一样，他奇迹般地生还，而且没有受严重的伤，因此，为了以防万一，进行了细致检查之后，一辉就出院了。

可是他没法马上回家。

住院那天来找他的两名警察把一辉带到了川崎警察署。

住院第二天出院之后，他马上就被拘留，开始接受日复一日的调查。

着火的人家附近的监控拍到头戴黑色兜帽的男子与那家的两个人扭打在一起，最后逃走。刑警把监控拍到的画面给一辉看了，可是录像的清晰度太差，没法看出那到底是谁，不过嫌疑人很像一辉，这一点是不会有错的。

一开始，警方不光认为野野村家的车库涂鸦是他干的，还认为纵火的也是他。

可是一辉坚决地反驳了警察的猜测。

放火那天，他打完工回到家之后，一直在自己家做游戏的训练。没有人能给他提供不在场证明，可是他没有说谎。

他很后悔当天没有去事务所，事务所里有许多职业玩家同事，想必茸茸前辈一定会帮他作证的。

被拘留三天之后，他才总算撇清了放火的嫌疑。

樱木町站前便利店的监控拍到了当天晚上七点，一辉到便利店里买东西，然后提着便当走向了他自己家的方向。这一点和一辉说的一样。

当然，纵火是当天半夜发生的，这段监控录像不能算是完美的不在场证明，不过樱木町站附近的监控没有疑似一辉的男子深夜现身的记录，而一辉没有私家车，也没有叫过出租车的证据。

随后，住在火灾现场附近的一名男子被逮捕了，他才是真正的纵火犯。

这名男子是野野村家的儿子和晴辉就读的小学中家长教师联谊会的会长。

据说野野村礼音的父母每个礼拜都会找他投诉，搞得他焦头烂额。

他在精神上被逼得走投无路，甚至开始去医院治疗，这次纵火就是他的精神疾病偶然发作导致的结果。

纵火的嫌疑总算撇清了，可是关于涂鸦，一辉无从辩解。

后来一辉才知道，隆介自称街头艺术家，在神奈川、东京、千叶，甚至大阪、福冈活动。特别是在神奈川县内，他作案过许多次。他在街头艺术圈子里相当出名，甚至有人在自己的博客里介绍他的作品。

作案的次数越多，证据也就留下得越多。

他作案的地点附近的监控经常拍到戴着口罩的男子，而且可以看得出都是同一个人。这当然算不上是决定性证据，可是，致命的是指纹。

隆介在干活的时候当然戴着手套，不过收工玩手机的时候摘掉了手套。就在这时野野村家的人出现，他慌忙把东西塞进背包里打算逃跑，而其中一个喷漆罐掉了出来。隆介捡那个罐子的时候没有戴手套，指纹当然留在了上面。

学生时代，一辉不去学校，总是泡在游戏厅里，惹出过很多次事。他当然也被警察盯上，训话过很多次，当时警察就采集了他的指纹。

不知该说是理所当然，还是该说一辉运气太差，看来残机身体的细节也和本体一样。警察数据库中涂鸦犯的指纹和一辉的指纹一样。

一辉几次差点把“残机”这个单词说出来，不过他最后还是没有说。

这种话他就算说出来，也没有人会相信。搞不好警方会认为他有问题，强行把他送进专门的医院里。

他这是第一次被逮捕，警方决定不起诉他，今天早上，他在被拘留一周之后，迎来了久违的自由。

走出横滨站之后，一辉直接来到了梅本电子竞技事务所。

仔细想来，一辉已经有很长一段时间没有到事务所来了。他迈着沉重的步伐走进入口大厅，负责接待的员工注意到了一辉。一辉轻轻低头行了个礼，不过对方没有跟他打招呼。

一辉直接去了三楼的格斗游戏训练场。

他打开门之后，发现现在还是上午，已经有许多同事来训练了。即将迎来第一次在东京举办的世界杯，所有人都全身心投入了训练。

一辉走进门的时候，所有人都转头看了他一眼。一辉明明已经很久没露面了，却没有一个人跟他打招呼。

格斗游戏的同伴就是这样的，说是同事，其实都是对手。

一辉想着，继续向训练场中走去。他打开了自己的储物柜，把自己的东西装进了他带来的纸袋里。他的东西主要是街机摇杆之类的游戏机周边器材，还有他一直扔在储物柜里的帽衫和夹克之类的衣服。

这是他十多年来流血流汗的训练场，仔细一看，他发现自己到过这里的证据用一个纸袋就全装下了。

一辉抬起头，发现他加入之后一直很关照他的茸茸正在房间里面的屏幕前训练。

“茸茸前辈……”

一辉打过招呼之后，茸茸摘掉了耳麦，开口就说道：

“噢，一辉，听说你被炒了啊。”

听到茸茸毫不客气的说法，一辉来气了。

他以前不知有多少次帮茸茸练成了新招数。

茸茸竟然一点都不感恩，这让一辉吃了一惊。

可要是现在和他吵起来，丢人的只能是一辉。

“我是自己要辞职，我又不能永远做职业玩家。”

一辉为了维护尊严，撒起了谎。

听到这话，茸茸的目光马上犀利了。

"所以你才不行啊。"

"啊？"

听到茸茸咂着舌头说出这话，一辉的火气一下子来了。

他怒气冲冲，正打算反驳的时候，茸茸说了最后一句话：

"不过现在再说什么也没用了，你不是要辞职了吗？这十年辛苦你了，保重啊。"

他差点破口大骂，可是许多同事都在周围听着。

而茸茸已经戴上耳麦，重新开始玩游戏了。

一辉在马上就要爆发的时候忍了下来，走出了房间。

今天社长梅本去外国出差了，不在事务所里。一辉本来想最后跟梅本打个招呼，可惜他无法如愿。他来到前台还了自己的储物柜钥匙，还是没有人跟他搭话。

就这样，一辉告别了从高中起就心怀期待的梅本电子竞技事务所。

这天晚上，一辉来到了横滨的山下公园。

他走出事务所之后，无处可去，漫无目的地走到了这里。

在面向大海的长椅上坐下的时候，太阳还没有落下去，回过神来，他发现周围已经彻底黑下来了。

这时已经是五月下旬，室外的气温也不低。不过即将进入梅雨季节，天空阴沉沉的，好像随时可能下起雨来。风不大，不过浪很高，海浪每次拍打在护岸上，都会发出铁块撞在一起般的闷响。

回过神来，一辉发现已经下起了细雨。

即使如此，一辉还是没法离开这个地方。

黑暗中，波浪对面，远处的大型液货船上亮着小小的灯光。一辉盯着从左向右缓缓移动的光点，陷入了回忆之中。

一辉是小学三年级开始玩游戏的。

一辉的父母在他还不懂事的时候就离婚了，他是母亲抚养大的。

为了维持母子二人的生活，一辉的母亲在酒吧工作，晚上他当然得自己看家。傍晚送母亲出门工作，他会把母亲事先做好的晚饭用微波炉加热吃掉，洗好澡，钻进冷冰冰的被窝里睡觉。

早上醒来的时候，母亲已经回来了，不过大多数时候都烂醉如泥，已经在起居室的沙发上睡着了。他每天都会就着凉面包片把牛奶喝下去，跟睡着的母亲打声招呼，然后去上学。

可能是觉得这样的儿子太可怜，为了让他自己看家的时候不寂寞，母亲给他买了一台电视游戏机作为生日礼物。

游戏机可以连上网，在网上和素不相识的人对战，使用专用的麦克风还能与对方对话。

一辉现在还记得，他不仅不再觉得独自看家的夜晚令他寂寞，反而为发现了新大陆而兴奋不已。

每天晚上他都会一直在家里玩游戏，到了学校和同学聊游戏也会聊得很开心。

渐渐地，同学开始邀请他去游戏厅。到了游戏厅之后，他感受到了更大的冲击。

当时“电子竞技”这个新词出现了，国内也诞生了职业玩家，正处在空前的游戏热潮之中。国内大赛开始在日本各地举办，世界大赛的奖金也变得越来越高。

在这个时期，一辉第一次去了横滨的游戏中心，而他就是在这里，见到了后来成立梅本电子竞技事务所的梅本光春。在人们心中，梅本光春是日本第一位职业玩家，经常上电视和杂志，一辉当然也知道这号人物。

一辉之所以吃惊，并不是因为见到了名人。

让一辉惊讶不已的是梅本光春的强大。

这个时期的格斗游戏中最受欢迎的是《迷乱斗士Ⅴ》，它在这个阶段还没有三维全息投影功能，只是全电脑动画游戏而已。可是它的逼真度和华丽的舞台效果俘获了一大批游戏迷，世界各地都开始举办《迷乱斗士Ⅴ》的赛事。

当然，在游戏厅中《迷乱斗士Ⅴ》也是最受欢迎的，职业玩家梅本来了之后，所有玩家都想和他对战，对面的游戏机前，想和梅本对战的人已经排成了长龙般的队。

当时，梅本使用的是挥舞巨大镰刀的仙人角色“鹤鸣老师”，人们都把这个人物称为“鹤”。鹤鸣老师的跳跃力、攻击力都不算高，可是发动攻击的速度非常快，就算对方拉开足够的距离，鹤鸣老师的镰刀也会突然伸过来，可惜不是谁都能用得好，并不是很有人气的人物。

可梅本是身经百战的，不管遇到外行人还是半职业玩家，他都不会手下留情，用他那练得炉火纯青的招数很快解决战斗。

令一辉着迷的不仅是梅本的强大。

梅本是没有固定战斗方式的。

面对不同的对手，梅本会使用不同的战斗招式，用出令人意想不到的连招。当然，面对比较克制鹤鸣老师的人物，他也有被压制的时候，可是他会在生命值无限接近零的情况下上演奇迹般的大逆转。

梅本不仅是一位强大的选手，梅本对一辉来说是一位“令人着迷的顶级玩家”。

他希望有朝一日能追上梅本，他也想在世界的大舞台上享受全世界的称赞，成为天下第一，成为英雄。

这就是一辉的梦想。

可是一辉的梦说碎就碎了。

他的偶像梅本邀请他加入了梅本电子竞技事务所，而今天他被炒掉了。

他对茸茸撒的谎刺痛着他自己的心。

他不是主动辞职的，而是被他的偶像梅本炒掉了。

一辉已经不是职业玩家了。

他成为英雄的梦也不可能实现了。

本来就只有游戏的一辉，现在什么都没有了。

雨下得越来越大，水珠沿着一辉的脸向下淌着。

承受不住涌上心头的感情，一辉不再看着大海，他低下了头。

泪水掺在顺着他的双颊向下流的雨水里。

呜咽通过他的喉咙脱口而出。

刚才眼前漆黑的大海突然闪过了他的脑海。

要是能在这里结束一切，或许就轻松了——

不过一辉没有付诸实施。

连一了百了的勇气都没有，这样的自己让他失望极了。

他拼命咬紧牙关，不让自己吼叫起来。

2

一辉拖着沉重的脚步，在细雨中不停走着。

走到樱木町的时候，一辉浑身已经湿透了，被淋了一个透心凉。

他沿着住宅区狭窄的路向前走，来到了公寓前。

他看到那里有一张熟悉的脸。那个人抱着膝盖，坐在一辉公寓外的台阶上，他是最后的残机大悟。

看到他的样子，一辉忍不住倒吸了一口冷气，呆立在了雨中。

那次列车事故中，他本不可能活下来的。

毫无疑问，残机中的一个消失了。

这一点他毫不怀疑，不过被拘留的时候他没法确认。

而现在他确认了。

消失了的是隆介。

三个残机中，最想“活下去”的就是隆介。

一周前，他们告别的时候，隆介说过的话闪过了一辉的脑海。

隆介明明说他要离开神奈川继续追梦……

一辉呼出了屏住的那口气，闭上了眼睛。

接二连三摆在眼前的现实让他来不及接受。

一辉连跟大悟搭腔的力气都没有了，紧接着，大悟注意到了一辉。

“一辉先生，欢迎回来！”

大悟吃了一惊，向着一辉跑了过去。

可是一辉没有反应。

“真是太倒霉了啊。”

大悟肯定知道川崎的放火事件，毕竟事情闹得那么大。

问题是结衣，她虽然不怎么看社交网络，不过事情毕竟出在她的家附近，放火事件本身她肯定是知道的。

不过媒体没有实名报道涂鸦犯，希望她不知道“上山一辉”与这次放火事件有关……

大悟似乎察觉到了一辉在担心什么，他说道：

“请不要那么担心，结衣小姐不知道放火事件的实情，你被拘留的时候，我也去照顾晴辉君了。”

一辉松了口气，不过他还是一言不发，默默走过大悟身旁，拖着湿漉漉的身子走上了楼梯。这座两层公寓每层有四间屋子，一辉的屋子在第二层最里面。

一辉从口袋中掏出房间的钥匙卡，碰了一下门把手下边的认证器，随着一声脆响，锁开了。一辉走进了房间，后边的大悟也走了进来。

如果是平时，他一定会大吼“不要进来！”可是这天一辉什么都没有说。

大悟似乎也不打算再说什么。

他从换衣间里拿来毛巾，默默递给了一辉。

“换洗的衣服在什么地方？”

一辉好像丢了魂一样，身穿湿透的衣服瘫坐在了沙发上。大悟瞥了什么都不打算说的一辉一眼，开始东张西望。

他发现床上扔着一套绒衣绒裤，洗衣筐里扔着还没洗的内衣。

“总而言之，这样下去一辉先生会感冒的，换上这些衣服吧。”

大悟硬生生地把一辉的夹克拽了下来。一辉这才用毛巾擦起了身体，开始换衣服。荧光灯下，他脸色苍白，好像随时会倒下一样，他嘴唇发紫，咳嗽的声音也发闷。

一辉从小就有哮喘，平时正常的生活中显不出来，可是身体一出问题哮喘就会发作。成年之后，他的哮喘一年大概会发作一两次，为了以防万一，他平时一直备着类固醇吸入剂。

大悟在洗脸池旁找到了吸入剂，帮一辉拿了过来。他是第一次进一辉的房间，可是好像很清楚什么地方有什么东西。

“我把这个放在这里，觉得难受就吸一下吧。”

他为什么知道一辉有哮喘？

一辉低头看着地板，没有就脑海中闪过的疑问继续多想，然后沉吟道：

“完了——”

“什么完了？”

“什么都完了，我被事务所炒了。”

一辉的声音很小，小得让人很难听到。

“可是一辉先生还活着啊。”

“啊？”

听到一辉的反问，大悟直勾勾地看着他说道：

“多亏了隆介，一辉先生这不是还活着吗？”

听到意想不到的回答，一辉有一瞬间愣住了。

现在的一辉顾不上考虑残机的问题。

“我已经一无所有了，不要管我了！”

一辉说着，一头扎到床上，用被子捂住了头。

隔着一层被子也看得出，一辉的后背在微微发抖。

轻快的乐曲在一辉耳边响起，他缓缓睁开了眼睛。

他躺在床上，看着自己一眼就能尽收眼底的小房间。一辉在兼作咖啡桌和餐桌的小桌对面，发现了站在厨台前的大悟的背影。他似乎正在用菜刀切什么东西。

明明把被子盖到了脖子，一辉还是觉得身体很冷。他抑制不住胸膛中涌出的咳嗽，好几次咳得喘不过气来。听到他的咳嗽声，大悟看向了他：

“一辉先生，你醒了啊？夜里你好像发烧了，不要紧吗？”

一辉看了一眼墙上的表，发现现在是上午九点。他已经好久没有一觉睡足十小时了，他觉得浑身无力，所有关节都在疼，他又咳嗽了起来。

“你干什么呢啊？”

“干什么？做饭啊，一辉先生昨天在雨里走路，果然感冒了。”

大悟说着，重新转向了一辉平时只是用来煮开水的厨台。

一辉抬起昏沉沉的脑袋，看了看周围，发现这房间已经变得不像他的房间了。

他本来把衣服扔得满地都是，吃完的杯面和便利店便当的包装占满了桌子。现在那些东西都不见了，屋里的一切都井然有序。看来是一辉睡着的时候大悟把房间收拾好了，显示器前的“游戏区域”也变得干净整洁。

“谁拜托你给我收拾房间了，不要做多余的事。”

一辉发出了有气无力的声音。

特别是他的“游戏区域”，东西摆放的位置都有一辉自己的道理，他最不愿意让别人擅自碰。

“可是一辉先生发了烧动不了，有什么办法啊？继续放着不管，一辉先生会被垃圾埋起来的。”

昨天的现实又变成一波浪潮，扑向了一辉的脑海。

他现在已经失去了一切，想独自一人待着。

他希望大悟赶紧离开。

回想起来，还没离婚的时候也是这样的。

结衣总是毫不客气地侵犯一辉的领域，大悟就像那时的结衣一样。

可是他的身体不怎么听他的使唤，他没有力气硬把大悟赶出去。

就在这时，大悟从厨台上端过来一个小锅，放在了咖啡桌上。

“我熬了粥，尽可能多吃一点吧。如果一辉先生打算回头再吃，记得先用微波炉热一下。还有，感冒药我也放在这里了，总之好好休息吧。”

一辉面向墙侧躺着，大悟向背对他的一辉说完这番话之后，走向了玄关。

“以后我继续打工。我说一辉先生是身体出了点问题，所以这段时间没能去，蒙混过关了。”

大悟说着，笑了笑。

“不能再让轮班表上开天窗，总而言之，一辉先生养好身体之前，我先去吧。”

一辉闭着眼睛，没有回答。

大悟也没有再说什么，走出了房间。

后来几天，一辉的感冒一直没好，他始终卧病在床。

一开始他只是发烧，稍微有点咳嗽，可是第二天晚上，严重的哮喘突然发作了。

就算是这样，一辉也不想去医院，他用药店买到的感冒药和哮喘吸入剂撑了过去。

可是不知什么时候，一辉的哮喘恶化，结果引起了肺炎。

这段时间中，一直是大悟在照顾一辉。他一边操持家务，一边照顾一辉，而且还一直打着工。

直到整整一周之后的一天晚上，一辉才总算能起床了。

一辉没有拜托过大悟，可是大悟每天打完工之后，都会回到一辉的公寓来，为一辉煮粥，喂一辉喝药，照顾一辉。晚上大悟会一直抱着膝盖，坐在房间的一个角落。

这一天和往常一样，一辉明明没有拜托大悟，大悟却准备起了晚饭。这天大悟做的是炖菜。

“一辉先生应该吃腻粥了吧？不多少吃点肉，身体会变虚弱的。”

一辉坐在床边，把咖啡桌拉了过去。

他向碗里看了看，发现那是一碗有足量蔬菜的奶油炖菜，上面还放着两根香肠。

一辉发现大悟居然连炖菜都会做，吃了一惊，不过并没有说出口。

一辉自己从来不做饭。虽然隆介说过，残机也有自己的个性，可是大悟明明是他的分身，却和他有这么大的差异，这还是让他很吃惊。

一辉对奶油炖菜的做法一无所知。

“我从书上学了不少东西。”

大悟好像读懂了一辉的想法一样回答着。

“这个礼拜我一直上早班，而且每天都去，工作也适应多了。”

大悟向一辉报告着打工的情况。

“适应”这个词让一辉觉得有点奇怪。

一辉第一天去打工的时候，店里的前辈对大悟已经相当信任了，那现在还有什么“适应”好讲。前辈们当时虽然表达得很低调，不过明显对一辉很信任。

“等一辉先生身体好了之后，就得替我了啊。”

一辉没有搭大悟的茬，而是拿起勺子吃起了炖菜。老老实实吃大悟给他做的东西让一辉很不爽，可是他已经很饿了。

现在一辉要是去打工，考虑到其他人很信任他，他笨手笨脚的样子一定会非常惹眼。一辉脑海中闪过自己挨训的样子，顿时厌烦得不得了。如果可能，他希望大悟能一直替他打工。

“对了，明天后天都不用打工。我已经很久没有去照顾过晴辉，明天该去了，一辉先生去不去？”

“你替我去吧……”

一辉想也不想就说出了口。

信哉之后，隆介也消失了。

一辉也被事务所解雇。

他甚至还被警方逮捕了。

因为身体不好一直没有想的问题，现在接连浮现在了他的脑海中。

一辉还没能整理好自己的思绪。

他完全无法想象今后自己会怎样。

他想作为职业玩家成为世界第一，这个梦现在破碎了。

他连自己都还没有安排好，怎么去照顾孩子呢？

一辉觉得浑身没有一丝力气。

不安突然涌上心头，他重重叹了口气。

“可是……”

大悟好像有些不满。

看到大悟的样子，一辉提醒道：

“我会去打工，会把钱付给结衣。可我没法去照顾和我分居的家人。”

一辉把碗端到嘴边，一口气把剩下的炖菜吞了下去。

睡觉的时候他出了一身汗，现在浑身黏糊糊的，难受极了。

他站了起来，走进洗澡间，粗暴地关上了门。

3

第二天，一辉起床的时候，已经过午了。

他以往也经常睡一上午，不过那都是因为他为了游戏训练熬到了深夜。昨晚因为感冒没好，他一直睡到了晚上十二点。

一辉看了一眼，发现咖啡桌上有烤面包片和煎蛋，马克杯里倒好了速溶汤料，连装满热水的水壶都准备好了。

咖啡桌一角放着一张字条，上面写着："我去见晴辉了。"

一辉从床上起来，发现一直持续到昨天的倦怠感烟消云散了。

听从大悟的安排让一辉很不爽，不过他肚子饿了，很快便把大悟准备好的饭全吃了下去。

打工的地方今天休息，大悟去替他照顾孩子了，而且他不用去梅本电子竞技事务所。

一辉想着时间空出来了，不知什么时候已经伸手按下了显示器的电源。

他打开了游戏机，把街机摇杆握在了手中。

二十年来形成的习惯太可怕，一辉回过神来的时候，发现自己已经开始玩游戏了。

头脑中的一角，他很清楚自己继续玩游戏没有意义。

不加入国际电子竞技联盟和日本电子竞技联盟的加盟事务所，作为职业玩家能参加的大赛就非常少了。当然也不是完全没有，可是没法成为种子选手，只能作为普通参赛者从预选赛开始打起。这样参加比赛是不可能得冠军的，而且作为顶级职业玩家的尊严也不允许一辉参加预选赛。

可是除了衣食住行，他把一切都献给了游戏。

只要有空闲时间，他就会玩游戏。

这已经成了一辉的条件反射。

对他来说，这样的行为就和呼吸一样自然。

可是他连上网络，开始了对战，却发现自己玩不进去。

这并不只是因为他作为职业玩家的选手生命已经结束了。

回过神来，他发现自己想起了信哉和隆介。

最后一次见面的时候，信哉说他想守着那个对他来说很重要的人，所以他无论如何不想消失掉，恳请一辉不要以身犯险。

隆介得知信哉的死讯，慌了神。

隆介有想作为艺术家在世上留名的梦想，他或许十分怨恨自己生为残机的命运。也许正是因为他为自己是“本体的替身”这一现实而烦恼，才会有那么强烈的愿望，想实现这个梦想。

是他结束了隆介的一切——

一辉一直认为他只靠自己活着。

他从来不会思考别人会怎样。

离婚之后，就算是前妻和亲儿子也一样。

人独自一人来到世上，也会独自一人离开人世。

那么人应该按照自己喜欢的方式活着。

他一直这样认为。

可是回过神来，他却发现自己在想信哉和隆介的死。

他们死后，那强烈的愿望会何去何从?

“春来，胜利！”

显示器中响起了宣告对手胜利的播报声。

一辉把摇杆放在地上，怅然若失地走出了房间。

离开公寓之后，一辉来到了多摩川的河滩绿地。

以前他给大悟买了廉价手机之后，把大悟的手机和自己的手机同步了。只要打开地图应用，就能看到大悟的位置在地图上显示成一个红星。

他穿过站前繁华街，经过住宅区，来到了河滩绿地。途中经过了结衣打零工的便当店，不过他没有进去看。

她不知道放火事件，后来结衣也没有联系他，这说明梅本遵守约定，什么都没有告诉她。多亏了大悟频繁地与结衣和晴辉见面，他们现在依然过着和以往一样的生活。

一辉现在实在没有与她见面的力气，他依然拖欠着抚养费，要是让她知道他连工作都丢了，不知道她会说出什么来。

一辉在清爽的晴空下，沿着河堤向上游走去。

河滩绿地上有棒球场和足球场，这一天是礼拜天，带着孩子的父母们正在尽情享受着户外活动的乐趣。

走了一会儿，一辉看到手机上的红色星星与他现在的位置已经很近了。他抬起头来，发现面前是一座公园，大悟和晴辉就在公园里。

一辉自己也不知道为什么要到这里来。

他玩着玩着游戏，突然觉得想来看看他们。

在打工的地方，大悟非常优秀，家务他也都会做。

那么带孩子又如何？

一辉想看看大悟是怎样与晴辉相处的。

反正他已经被事务所炒了，时间有的是。

一辉没有戴帽子也没有戴口罩，没法遮住脸。

当然，大悟陪着晴辉玩，也没有挡着脸。

他们长相一样，一辉当然不能上去搭话。所幸公园旁边有一座混凝土建成的高大卫生间，一辉躲在墙后面，看着大悟和晴辉。

“来啊来啊，接下来咱们爬那个吧！”

“真的？晴辉自己爬吧。”

“我不！一起爬。”

晴辉用手指着非常粗的绳索编成的攀爬架。那个巨大攀爬架呈圆锥状，架顶有十米之高。

晴辉拉着大悟的手，把他带到了攀爬架旁边。晴辉可能是经常来这座公园，很快就沿着攀爬架向上爬了起来。

“快点快点！”

“等一下……”

大悟小心翼翼地抓住绳索，一边确认落脚点没问题，一边慎重地向上爬了起来。

爬到一半，大悟就用双腿夹住了绳索，再怎么努力，也没法继续向上了。

早早登到架顶的晴辉开始指挥起来：

“那样不对！你得用左手抓住上边的绳子，右脚踩住那里！”

大悟按照晴辉的指示做了之后，这才调整好了姿势，不过他看起来好像很怕登梯上高，爬到晴辉附近便停了下来。

“我就到这里吧。”

“真拿你没办法啊。”

一辉也很恐高，在这一点上，大悟似乎和他一样。

晴辉看着大悟战战兢兢的样子，大声笑了起来。

一辉看到这一幕，觉得有一种奇怪的感觉油然而生。

长得和他一样的男子与他的儿子开心地玩耍着。

一辉和晴辉没见过几次面，他还是第一次看到晴辉笑得那么开心。

迄今为止，他从来没有做过一件父亲该做的事。

对职业玩家来说，没有可以浪费在家人身上的时间。

事到如今，他也不打算重新来过。

即使如此，看到两人在一起玩耍的样子，他还是忍不住想了起来。

如果大悟真的是晴辉的父亲，那晴辉一定会更幸福。

如果他不是职业玩家，是不是也可能有这样的人生？

最起码，对现在的晴辉来说，大悟更像是一个英雄。

一辉先一步回到公寓，正玩着游戏，过了一会儿，大悟也回来了。

“我回来了，身体感觉如何？”

打开门之后，大悟大声向房间里问道。

“嗯，我已经好了。你回来得好晚啊。”

“是啊，晴辉不肯放我回来。一辉先生的感冒已经好了，对吧？”

一辉把视线从显示器上移开，瞥了大悟一眼，只见大悟非常高兴，脸上带着笑容。

看来他没有察觉到一辉去看他和晴辉了。

一辉没有理会大悟，继续玩起了游戏，不过他根本没法集中精神。

“一辉先生，晚饭吃了吗？”

“在便利店买了便当。”

大悟听着一辉的回答，收拾起了一辉扔在咖啡桌上的便当包装。

“总是吃这种东西对身体不好，一辉先生得尽可能自己做饭才行。”

“……”

一辉装作聚精会神地玩游戏，大悟说的话他左耳进右耳出。

大悟也没有再多说什么，很快转向了厨台。

水管的哗哗声从大悟对面响了起来。

虽然一辉用便利店便当凑合了一顿晚饭，可是洗碗池子里还堆着杯子和勺子之类的东西。大悟什么都没有说，默默洗起了餐具，他这样子就像自己硬送上门的媳妇。

一辉握着街机摇杆故意问起了他明明知道的事。

“你今天都干什么了？”

“今天去照顾晴辉了，昨晚我不是说了吗？”

“这我当然知道，我就是问你们到哪儿了，去干了什么。”

大悟有一瞬间停下了手里的活儿。

“我带他到河滩绿地上的公园里玩了。男孩子就是喜欢玩，我们在公园里玩了四个小时。”

一辉回想起来大悟和晴辉融洽的样子。

大悟明明是一辉的分身，却非常擅长哄孩子。

这是一辉无论如何做不到的。

隆介以前说过，残机是本体的分身，基本能力和本体相同，不过因为生长环境不同，形成了不同的个性。

隆介与一辉确实有相似的地方。

一辉也算是比较擅长画画的，而逃跑的时候腿脚利索这一点他们也很像。

可是信哉和大悟是一辉完全无法理解的。

信哉说他一直在照顾老人。

一辉可没有这样的一面。

和小孩子玩得那么开心的大悟也一样。

做家务的能力也好，打工的能力也好，大悟和一辉完全不同。

不过他们都是一辉的残机，想必只是一辉没有察觉到，他其实隐藏着和他们一样的一面。

一辉只是觉得十分不可思议。

“你吃饭了吗？”

一辉马上察觉到自己问了很奇怪的问题。

“你本来就不需要吃饭啊。”

“没错。本来有点晚了，结衣小姐叫我一起去吃饭，不过我还是推掉了。”

“为什么？”

“我有点担心一辉先生的身体，而且我觉得一辉先生可能会发火，说让我不要做多余的事。”

确实，如果是以前，他可能会这样说的。

和已经分手的妻子处好关系也不会有什么好事的。

结衣肯定只是想让他尽快掏出抚养费来。

大悟似乎也开始渐渐搞明白了。

“你一直在什么地方做什么？”

“我不是说了，和晴辉一起——”

“我不是说今天，我在问你的身世。”

一辉凝视着显示器问着。大悟刷着餐具，开口说了起来：

“我其实，完全没有小时候的记忆。”

“……”

“我最早的记忆，是自己在街上漫无目的地走着。我现在还清楚地记得当时的事，那是盛夏的一天，当时的我大概十岁。我在热辣辣的太阳下走着，走到的地方就是川崎。”

大悟开始讲他的身世之后，欢快的气氛明显消失了。他恐怕是把当时的心情和往事一起想了起来。

“什么啊，从那时候起你就在我附近了啊？我老家也是川崎。”

“是的，我就是在那时候第一次看到一辉先生的。我走到的地方是一所小学，当时大概正是暑假期间吧，下午操场上，小学生们正在踢足球比赛。

“当时参加比赛的孩子里就有一辉先生。一开始我吃了一惊，因为看到了一个和我长得一模一样的孩子，而且一辉先生在那场比赛里表现得非常好。”

确实，小学生时代，一辉曾经加入过当地的足球队。

当时他已经对游戏非常着迷了，不过也喜欢在外边玩。在那个时代，一辉经常充当队伍中的领袖。

一辉没想到大悟那么早就在关注他了。

“不过，我最惊讶的不是一辉先生和我长得很像，而是我曾经在梦中梦到过那个场面。到达那所小学之前，我已经连续走了好几天，到了晚上，我就会到附近的公园之类的地方睡一会儿。在我睡着的时候，好几次梦到了那场足球比赛。其实我早就本能地察觉到了，不过这下我确信了，我是‘残机’，正在踢球的那个孩子就是‘本体’。”

一辉不知怎么回事，突然觉得大悟很可怜，没法扭头看向他。

“后来我一直远远地看着一辉先生。我性情阴郁，而且不起眼。可是一辉先生这个本体和我不一样，一辉先生是班里的红人，同学们都喜欢一辉先生。”

大悟说着，转向了一辉，用闪闪发亮的眼睛凝视着他。

“说实话，我觉得我很骄傲。我虽然什么都不是，可是和我长得一样的一辉先生是一颗闪耀的星，是我心目中最亮的星，就和一辉先生的名字一样。”

“当时你为什么不来找我？”

“要是那时候跟一辉先生说了这种事，一辉先生肯定不会信的吧？再说，残机是不能给本体添麻烦的。所以我决定在幕后支持一辉先生。一辉先生还记得当时转校走的朋友吗？”

听到大悟突然提起来，一辉唤醒了朦胧的记忆。

说到小学生时代转校走的朋友，一辉只能想到一个人。

“中岛大悟——”

大悟看着一辉点了点头：

“没错，我发现了一辉先生和那孩子非常要好。因为妈妈要出去工作，对当时是‘留守儿童’的一辉先生来说，他就是最好的朋友。当得知他要转校到北海道去的时候，一辉先生非常难过。当时我还没有名字，因为想变得和大悟一样，就把‘大悟’当成了自己的名字。”

一辉一直没有察觉到，大悟的名字和他小学时代的好友名字一样。

“我对一辉先生的一切都很熟悉。从十几岁时向世界大赛发起挑战，到结婚、离婚，还有最近的事……

“一辉先生的梦就是我的梦，我希望一辉先生能做我绝对做不到的事，只要能帮助一辉先生实现梦想，我什么都愿意做。”

大悟放下了手中的餐具，整个身体转向一辉说着。

明白大悟的想法之后，一辉想到了一件事。

一辉刚和残机们相遇时，主动表示愿意替一辉打工的也是大悟。

他毫无怨言，认真地打工和做家务，赚到的钱全部汇进一辉的账户。陪晴辉的事也一样，这世上没有比陪小孩子更麻烦的事了。可是大悟的脸上没有一次露出过不乐意的表情，晴辉也很亲近大悟。

与大悟相比，现在的自己又如何呢？

年近而立，他依然蜗居老旧公寓中的一个小房间里。

一辉现在的状态，和他二十岁时设想的十年后的自己相去甚远。

现在的他不管怎么看也称不上英雄，这样的自己让他觉得很可悲。

一辉把视线转向了低着头的大悟。

为本体奉献的人生啊……

一辉自己脑子里始终只有如何作为职业玩家取得更好的成绩。

他心想：“我是绝对学不来的。”

“我说你，以后就住在这里吧。”

一辉说出的话让他自己都觉得意外。

一辉之所以说出这样的话，当然是因为他失去了一切，正处在人生低谷，不过大悟寄托在一辉身上的梦想，也真的让一辉觉得很高兴。

不过一辉有着绝不服软的脾气，他没法坦率地表达自己的感情。

所以他向大悟提出了这样的建议。

听到一辉的建议，大悟的笑容回到了脸上，随后开口这样说道：

“好的。”

4

一辉已经很久没去“游戏第一”打工了。第二天，一辉觉得身体已经基本恢复，他决定去打工。

这天本来是休息日，早上，打零工的前辈岛崎给大悟打来了电话，说上早班打工者中有一个突然请了假，店里现在很需要人手。

“游戏第一”的歌厅是从早上十点开门，凌晨四点打烊的，工作人员们三班倒。事到如今已经无关紧要，不过一辉当初把游戏训练看得最重，避开了训练效果最好的晚班和夜班，基本上只安排了早班。早班是从上午十点到下午四点。

大悟要去陪晴辉，而晴辉是下午两点半放学，所以一辉先出了家门。

一辉已经去打过几天工，差不多适应了歌厅的工作。

不过一辉去的次数毕竟没有大悟那么多，他还是很担心自己能不能做好。可是为了生活，他没有别的选择。

刚到歌厅，领班岛崎就跟他搭起了腔：“不好意思啊，突然叫你来。”

一辉总是犯错，岛崎却一直耐心地教他，他面对岛崎横不起来。

这六个小时在周一的白天，客人也比平时更少，可是对于大病初愈的一辉来说，体能上还是很吃力的。

可是他的工作能力要是和大悟差得太多，别人恐怕会觉得不对劲。他要是再被这里炒掉，那就没法生活下去了。

一辉拼命对客人表现得热情，在员工区努力洗餐具。

时间接近傍晚，来唱歌的学生开始变多了，其中也有态度很猖狂的家伙。

一辉忙里忙外接待客人，从他的年纪来看，担任店长也一点都不奇怪。而客人们不认识职业玩家一辉，在他们眼里，一辉不过是一个“在歌厅打工的大叔”。

学生们点单的时候当然不会对一辉用敬语，这让一辉觉得自己很可怜。

一辉怀着这样的心情干着活，不知什么时候已经到了下午四点。

卧病在床的一周让他的体能下降得非常明显，一辉带着和打工第一天一样的疲惫感，走向了更衣室。

这时，领班岛崎向他开了腔：

“上山先生，辛苦了。”

“辛、辛苦了，我先走了。”

“你今天给人的感觉和平时不一样了啊。”

听到岛崎的话，一辉心里一惊：莫非是他和大悟的不同暴露了？

“是这样吗？我病刚好……”

“不是，我是说你虽然犯错不少，不过一个投诉都没有。”

“回头见。”岛崎说着，转身走了。一辉向她的背影微微低头行了个礼。

一辉走出“游戏第一”的大楼时，车站前的太阳还很高。

进入六月之后，现在是天最长的时节。梅雨季节即将到来，不过现在这个时节的天气是最宜人的。

一辉尽量不让自己想，可是不管什么小事，都能让他联想到游戏。

他打工的“游戏第一”其实是主营游戏厅的，他到那里打工本来也是觉得或许能用最新型的游戏机训练。这份工作让他总是不时想起游戏的事来，不过现在回想起来，他觉得还好自己被分在了歌厅。

一辉还想起了每年这个时期梅本电子竞技事务所举行的集训。

七月八月是学生们放暑假的时期，全国各地，乃至世界各地都有众多的电子竞技赛事举办。

尽管没有国际电子竞技联盟指定的甲一级大满贯赛事，甲二、甲三级的高水平大赛还是有很多的。

为了备战，一辉在梅雨季节，一般会住在事务所，整天泡在游戏中，集训最大的目的是与同事交换情报，提升技术。

不过，一辉是一匹孤狼，他总是独自训练，几乎没有和同事交流过。

集训是梅本的命令，他没有别的办法，只好参加。他也就和茸茸交流了。

就算是这样，初夏的味道还是会让他想起每年例行的集训。

去年的这个时期，他也一直泡在梅本电子竞技事务所里。

今年他本来也是这样计划的。

被炒掉之后，他反而羡慕起了能去集训的同事们。

虽然麻烦，能参加集训，就代表着他是可以去海外参赛的第一集团的一员。

特别是今年夏天有大满贯赛事，想必这次集训一定正进行得如火如荼。

电竞界最权威的四项大满贯赛事中，有两项每年都会举行。

迪拜杯是每年一月。拉斯维加斯在一百年前就成了公认的赌城，这里集中了所有娱乐项目，而这里举办的拉斯维加斯杯在每年秋天。

剩下的两项大满贯赛事之一是四年举办一次的夏季奥运会，下一次在后年。

而一直以来电竞界的最高荣誉，就是夏季奥运会和两年举办一次的世界杯。

主办夏季奥运会的国际奥林匹克委员会提倡的是参与精神，其中的电子竞技项目允许职业玩家参赛，不过年龄限制在二十一岁以下。

可是国际电子竞技联盟主办的世界杯没有年龄限制。这项赛事尽管有种子选手制度，不过基本上谁都可以参加预选赛，是一项公开赛事。

这项赛事参加者众多，所有人都拥有平等的机会。

所以世界杯显得更加权威，其优胜者会名震整个世界，成为名副其实的游戏界世界第一。

而且今年的世界杯将第一次在东京举办，决赛圈的比赛将在东京巨蛋举行。整个电子竞技圈都陷入了狂热之中，梅本和茸茸自然也不例外。

可是一辉被排除在外了。

他不想带着阴郁的心情回到家里。

一辉自然走向了车站，乘上了各站停车的上行列车。

他又来到了川崎多摩川的河堤上。

暮色渐浓，河滩绿地上，高中生们正在进行社团活动。棒球社、足球社、田径社长跑项目的选手们正在操场上跑步。

一辉走过选手们喊着口号跑步的操场，来到了以前大悟陪晴辉在攀爬架上玩耍的公园。

他本以为大悟和晴辉已经到了该走的时候，不过他们还在公园里。手机上的地图应用显示，代表大悟的红色标记一直待在公园里。

一辉和上次一样，躲在卫生间的影子里看着大悟和晴辉。

他看到公园里不光有大悟和晴辉，还有几个与晴辉年龄相仿的小孩子。

孩子们围着大悟跑着。

看来他们是在玩游戏。

一辉病刚好，这天他戴着口罩。他刚刚得过哮喘引起的肺炎，吸入冷空气对他来说是有害的。这样一来，他就不必担心被人发现，说他和大悟长着"同一张脸"了。

"太赖皮了，叔叔！不是说好要数够一百的吗！"

"我数够了啊。"

"骗人，怎么可能那么快数完。"

"别耍赖，老老实实被抓住吧。"

"太孩子气了。"

"什么！"

这些孩子似乎都是晴辉的同学。扔在长椅上的几个学生包上，放着许多一模一样的学生帽。所有帽子侧面随风摆动的丝巾都一样，说明他们是一个班的。

其中一个孩子个头比其他孩子大一圈，他对大悟不依不饶。

大悟也一本正经地反驳着。

不过他们并不是真的生气了，所有人脸上都始终带着笑容。大悟从背后抱住了那个孩子，似乎是在挠他的两肋。男孩子说着“别挠我！”，笑着扭动着身体。周围的孩子也开始起哄，晴辉则抱住了大悟的手臂，想把那个孩子救出来。

其他孩子也紧随其后，扑到了大悟身上。大悟虽然是成年人，也实在对抗不过这么多的孩子，放开了搂在怀里的孩子，仰面倒在了地上。

“怎么能这样啊，你们要遵守游戏规则，为什么扮鬼的人会受到攻击啊？”

“很正常啊，村民发怒了，开始了反击！”

“你们把规则改得太多了！”

听着滚得浑身是土的大悟的抗议，孩子们笑了起来。

就在这时，下午五点的报时声响了起来。

“啊，不好了！再不回家妈妈要说我了。”

“我也是，得去补习班了。”

随着报时声，孩子们冲向长椅，纷纷背上学生包，跑出了公园。

“再见啦，回头再一起玩吧！”

大家挥手告别之后，公园里只剩下了大悟和晴辉。

“我们差不多也回去吧，妈妈在店里等着你呢。”

“嗯。”

晴辉点了点头，露出了满脸的笑容。

那是一辉从来没有看到过的笑容。

玩得尽兴之后，小孩子就会露出这样的笑容吗？

一辉现在明白他们为什么总是到这个公园来了。

结衣打零工的便当店离这里很近。只要是晴天，大悟就会带着一辉到这里玩，等结衣工作结束之后，大悟再带晴辉到便当店，让结衣带着晴辉回家。

“我先去尿尿。”

晴辉说着，向一辉躲藏的卫生间跑了过来。

一辉慌忙藏到了墙后面。

幸运的是，晴辉没有发现一辉，直接进了卫生间。

可是大悟发现了一辉。

大悟显得有些惊讶，随后举起手向他挥了起来。

一辉要说话只能趁现在。

他从卫生间的墙后出来，走向了大悟。

“一辉先生来了啊，工作怎么样了？”

“还好，没出什么问题。你要陪孩子玩到什么时候啊？”

“我这就回去。”

大悟说到这里好像想起了什么，停了一下之后说道：

“接下来我们换换吧？”

“啊？”

“请把晴辉送回去吧。”

“不行，不行，我不行啊，你帮我送吧。”

平时总是很忠诚的大悟没有理会一辉的话，突然向河堤走去。

“我突然想起来有点急事，现在不去就来不及了，晴辉就拜托你了。”

“你等一下啊！”

大悟说完这话之后，眨眼间便消失在了河堤另一边。

就在这时，晴辉回来了。

“咦？你刚才穿着这样的帽衫吗？”

一辉虽然急忙摘下了口罩，不过毕竟是突然和大悟换了过来，他的衣服和刚才大悟穿的不一样。大悟刚才穿的是汗衫。

“啊，你说这个啊。我觉得有点冷，刚才穿上了。”

“是吗。”晴辉只说了这样一句话，把手伸向了书包。一辉心想：“到底是孩子，还好他没有继续问下去。”

只见晴辉没有把书包背起来，而是打开书包，从里面取出了一张卷成筒状的画纸。

“这个送给你。”

晴辉说着，把筒状的画纸举到了一辉面前。

画纸上系着红色的丝带。

“这是什么？”一辉说着，解开丝带，展开了画纸。

他看到了一个蜡笔画出来的人脸。

“那是爸爸。”

这让一辉吃了一惊。

他不是为晴辉的礼物吃惊。

他吃惊的是晴辉刚才说的话。

那是一辉从来没有听过的词。

爸爸——

儿子上了小学二年级才第一次叫爸爸，这听起来有些古怪。

“不过我画得很不好。”

一辉摇了摇头。

“怎么会呢。”

他没有撒谎。

晴辉的画中，人脸画得很标准，颜色用得也很巧妙。一辉觉得小学二年级能画成这样已经很不错了，莫非是来自隆介的遗传？不对，是他自己的遗传，一辉觉得脑子有点乱。这张画上的人物面带笑容，想必是以大悟为模特画出来的，绝对不是一辉。

一辉虽然明白这一点，想到晴辉画的是父亲的肖像，他还是觉得很开心。

一辉想着有没有什么东西能当还礼，便摸起了身上的口袋。摸着摸着，他想起了自己把鸭舌帽塞进了裤子后面的口袋里。

他把鸭舌帽掏出来看了看。那是很久以前，他在世界大赛上打进八强时拿到的纪念品。金色线在深蓝色的布面上绣出了大赛的名字和日期，还有意思是“八强”的一行英文。

一辉一直很珍惜这顶鸭舌帽，可是他现在已经不是职业玩家了，这顶帽子对他来说已经失去了意义。

他觉得这正是个好机会，可以断了自己的念想。

“晴辉，这个送给你。”

晴辉接过鸭舌帽看了起来，他似乎还不认识英文，不过猜到了那代表着什么。

“这是很珍贵的帽子吧，可以吗？”

“是啊，我已经不需要了。”

“谢谢！”

晴辉马上把帽子戴在了头上。

“我会珍惜它的。”

晴辉说这话的时候，他看着一辉的眼睛是闪闪发光的。

就在这时，远处传来了呼唤一辉和晴辉的声音。

一辉转过头去，看到结衣正在河堤上挥手，她身旁停着一辆装了儿童座椅的自行车。

“妈妈！”

晴辉背上书包，向着结衣身边跑了起来。

一辉也跟在晴辉身后走上了河堤。

“妈妈的工作结束了？”

晴辉抬头看着结衣。

“嗯，刚结束。我们回家吃饭吧。”

“嗯。”

晴辉说着，自己爬上了自行车的儿童座椅。

“辛苦了，今天谢谢你了。”

结衣向一辉行了个礼。

这时，结衣发现了一辉握在手里的东西。

“那是什么？”

“啊，这是晴辉给我的。我的肖像画，一点都不像吧？”

一辉为了掩饰他的难为情，故意这样说着。

“我可不会这样笑。”

结衣摇了摇头：

“不会，很像的，最近一辉经常笑。”

最近一辉被败北感打击得很久没笑过了，结衣说的应该是大悟吧。

“我说，今天一起吃晚饭吧？”

结衣偏头看着一辉的脸，提出了这样一个建议。

一辉还记得大悟说他上次拒绝了结衣的邀请，他拒绝有他不需要吃饭的因素，而现在结衣又一次提出了邀请。

可是一辉不是很想去。

他不知道结衣到底在打什么主意，说不定是可怜他这个落魄的职业玩家，他不想接受前妻的施舍。

“嗯，一起吃晚饭吧！”

一辉正打算推掉的时候，晴辉先喊了起来。

“店里给了我好多做好的菜，我们俩吃不完，一辉也来帮忙吃点吧。”

结衣说完之后，没有等一辉回答就推着自行车走了起来，而晴辉已经坐好了。

5

他们继续向多摩川上游走了一段路，来到了结衣和晴辉的住处。

一辉是步行的，结衣为了不把他甩下，推着自行车，没有骑上去。

走了十五分钟左右，一辉看到了一座古旧木制独栋小房子。

简陋的砖墙围着一个与这座小房子很不搭调的小院子，院子里的树木十分茂盛，枝叶遮住了当中的小房子。

红色的镀锌板屋顶下，是涂成了和风沙墙的墙壁。

两人分居以来，一辉还是第一次到这里来。

现在是结衣和晴辉两人住在这里，不过这里本是结衣生长的地方。

一辉和结衣结婚后，也在这里生活过很短的一段时间。

这座小房子让他感到十分怀念，同时也唤醒了令他不愉快的回忆。

刚踏进玄关，一辉就感到一股生活气息刺激着他的鼻子。

那是有人住了半世纪以上的房子特有的气味。

走过玄关宽敞的三和土进了屋，穿过昏暗的走廊，就能看到木板铺成的餐厅和餐厅对面的日式起居室了。虽然房子不大，但是向庭院敞开的起居室看起来很亮堂。

一辉虽然不愿意来，可是晴辉开心的样子让他彻底失去了提出回家的机会。

到家一个小时后，电饭煲煮好饭的提示音响了起来。

“呜哇！果然厉害！又赢了啊。”

结衣准备晚饭的时候，晴辉拉着一辉在电视机上玩起了在线游戏。

他们玩的不是格斗游戏，而是赛车游戏。晴辉当然没有全息眼镜，连街机摇杆都没有，他们用的是普通的手柄。

一辉已经做了二十多年的职业玩家，不管什么游戏都是拿起来就能玩得好的。

只要掌握了诀窍，不管什么游戏他都能很快玩得比一般人好。

他已经和网上匹配到的高手们玩了一个小时赛车，还一次都没有输过。

“你真是天才啊，接下来玩这个吧！”

“还要玩吗？饶了我吧。”

“对啊，晴辉，饭已经做好了，吃饭吧。”

“什么嘛！”

晴辉虽然有点不乐意，不过他应该也饿了，很快坐到了餐桌旁边，一辉也坐了过去。

餐桌上摆着好几大盘便当店给结衣的菜。

“这是男爵土豆做的可乐饼，这是油炸豆腐塞肉馅，这是中式海蜇拌豆芽，啊，我做了晴辉最喜欢的白萝卜和油炸豆泡的味噌汤。”

“太好啦！我开动了。”

晴辉大声说着，狼吞虎咽地吃了起来。

“慢点吃，一辉也别客气，吃吧。”

结衣说着，给一辉的碗里盛上了满满一碗饭。

晴辉很快就吃完了碗里的饭，回到了电视机前。

他又开始玩吃晚饭前就在玩的赛车游戏。他肯定是看一辉玩得那么好，自己也想试试。

说实话，一辉最近没什么食欲。

他小口吃着结衣摆在餐桌上的菜。

旁边的结衣也慢慢动着筷子。

他现在正和前妻在她的老家吃饭，而且他自己还是失业人员。

他觉得自己好可悲，他想赶紧回家。

可是结衣好像想让他停下这种想法一样，小声沉吟道：

“听说你从事务所辞职了？”

一辉伸向大盘子的筷子停住了，他看向了结衣。

“是啊……你知道了？”

“嗯，前段时间梅本先生告诉我的。不是快到集训期了吗，我想跟梅本先生道个谢，就打电话给事务所，然后他就告诉了我。”

既然结衣已经联系过梅本那就好说了，想必梅本已经把事情都告诉了她，省得一辉再向她说明事情的经过。梅本跟结衣说的是一辉“辞职了”，这让一辉觉得松了口气。

“说实话，自从进化到三维全息投影之后，游戏就变得没意思了。格斗游戏在所有游戏中本来是最公平的项目，所有人都在同一起跑线上，所以训练最勤奋，天分最好的家伙会赢。可是三维全息投影不是这样，外行只要花钱提升等级，也能战胜职业玩家，需要运算的数据量太大，导致程序经常出错，搞成了这样，认真训练反而显得很蠢。”

一辉编造起了借口。

这是为了不让结衣得知真正的原因。

让一辉没想到的是，结衣没有再问下去。

她平时可是会不断追问“为什么”的。

“一辉，你还记得我们第一次见面的时候吗？”

结衣说着把手里的饭碗放在了桌子上。她把目光从一辉身上移开，看向起居室里的晴辉，继续说了下去：

“那是高一那年春天，一辉在以前车站前的那个游戏厅里打架，我看到了。”

那时，一辉经常因为游戏打架，他不知道结衣说的到底是哪一次。

“我路过店门口的时候，听到里面很吵闹，不知为什么觉得有点好奇，就进去看了看。我发现一辉在和一个大人争吵，于是问了问旁边看热闹的人，他们说那个孩子打游戏输给了那个大人，却说那个大人作弊而不依不饶。当时一辉面红耳赤，怒气冲冲。”

一辉努力想回想起来，好像确实有过这样的事。

当时的一辉已经是这一片儿人称所向无敌的游戏高手了。想必就算对手是大人，他也不愿意承认自己输了。

“我以前从来没有见过为了游戏这么较真的人，所以吃了一惊。第二天我去了学校，发现一辉居然也来学校了，那时你脸上贴着一大块创可贴。”

结衣回想起了当时的情景，扑哧一声笑了出来。

“所以我去跟一辉搭话了，说昨天在游戏厅看到了你。一辉，你还记得你是怎么说的吗？”

说实话，他已经完全不记得了。

“你说‘我要成为英雄。’我吃了一惊，没想到已经上高中了，还有说这种话的孩子，毕竟这年头就算是幼儿园的孩子说出这种话来也会难为情的。”

一辉听着结衣的讲述，也觉得难为情了。

“我没有说过那种话。”

“你说了，我记得很清楚。你说你要成为英雄，你不要做失败者，绝对要成为巨星……”

这确实是他有可能说出口的台词。

可是他现在已经被事务所解雇了，不管他说过什么，都无关紧要了。

结衣肯定也只是在笑话他吧。

“我当时非常感动。”

“啊？”一辉吃了一惊，听到这句意料之外的话，他看向了结衣。

“当时的同学们不是都显得很懂事吗，学着看大人的脸色，遵守规矩，取得好成绩。我本来也觉得沿着大人们规划好的轨道生活下去才是正确的。可是一辉和我们不一样，我们的这种想法，你一点都没有，不管周围的人说什么，你也会把自己认准的事做到底。”

当时结衣是优等生。

她从来没有像一辉那样翘过课，她是班长，成绩也很好。

一辉一点都不知道，她居然是这样看自己的。

他觉得很难为情，没法直视结衣的脸。

他板着脸，看着结衣身后的厨台。

“就在那时候，那次事故发生了——”

结衣说到这里，闭上了眼睛。

她总是高高在上，精神得让人觉得心烦，不过偶尔会像现在这样思考起来。她说的“那次事故”指的是她父亲的突然离世。

本来结衣是在这座房子里，和父亲以及祖父母一起生活的。结衣的母亲在她很小的时候就去世了，是父亲把她抚养大，她又是独生女，所以他们一家是四口人。

可是高一冬天，结衣的父亲出了事故，去世了。

一辉听说那是一次巴士坠崖事故。

结衣的父亲去东北出差，他乘坐的巴士途经的高速公路发生了路面冻结。车上有司机，可是司机让还处在开发阶段的人工智能自动驾驶，结果人工智能的操作出了错。

在当时的情况下切换到自动驾驶模式是很不正常的，后来人们才查清楚，司机是因为劳动时间过长睡眠不足，切换到自动驾驶后打起了瞌睡。

当时巴士只是过一个舒缓的弯道，但在打滑后失去了控制，坠落谷底起火了。

现在回想起来，一辉觉得结衣的父亲一定没有能替他死去的残机。

昨天还很精神的人，回过神来已经不在了。

现在的一辉两次失去了自己的残机，他很明白结衣当时的心情。

她一定还有很多想和父亲一起做的事。

她想和他一起走走，想和他一起吃饭，想和他聊天……

这一切的可能性都在那一瞬被斩断了。

老师和班里的代表都参加了结衣父亲的葬礼。

一辉不是班委会的成员，本来没有必要参加葬礼，可结衣总是很关心他，他有点担心结衣，也赶去参加葬礼了。

到了殡仪馆，一辉发现结衣的祖父母正在和参加者说话。一辉问过之后，他们告诉他结衣已经回了家。

随后一辉来到了她的家。

那是一辉第一次到这里来。

他并不是有什么事。

当时的一辉整天玩游戏，不好好去学校，还总是惹是生非，唯一会跟他搭话的就是结衣。他想着自己曾经夸口说要“成为世界第一”，虽然觉得很难为情，还是希望自己能为她做点什么。

可是刚上高中一年级的一辉能为伤心欲绝的同学做的事很有限。

他想了很久之后，最终挤出了一个不高明的方案。现在回想起来，一辉还会为自己的决定感到羞耻，并觉得肯定有更聪明的做法。

一辉来到结衣家门前，按响了门铃之后，她来到了玄关口。

“一辉，怎么了？”

结衣的表情显得很平静，可是脸色苍白得令人惊讶。

这时，一辉把他的背包举到结衣面前说道：

“一起玩游戏吧。”

背包里装着一辉从自己家带来的游戏机和游戏。

没想听到这话，结衣大声哭了起来。

班里最像个小大人的结衣，那时候把脸都哭花了。

“对不起，你肯定没有玩游戏的心情啊——”

一辉很后悔自己提出了这么个不合时宜的建议。

没想到结衣哭着，抱住了尴尬地站在门前的一辉。

她没法找到语言表达自己的感情，只是不住大声哭着。

这天晚上，一辉和结衣就在这所房子里一直玩着游戏，直到结衣累得睡着为止。

不知什么时候，结衣的脸上流下了一行泪水。

现在晴辉就坐在他们当时坐的地方玩着游戏。

当时他们两人的影子就像残像一样和晴辉重叠在一起。

当时一辉作为职业玩家已经开始崭露头角了。

接受梅本的邀请之后，一辉向着梦想迈进了一大步。

结衣高中毕业之后，进了护士专科学校学习，她始终忘不了失去父亲的悲伤。

或许也有这方面的因素，结衣很早就产生了强烈的结婚愿望，平时总是说想组建一个温暖的家庭。她说就算没钱也没关系，只要能生活在一起就好。

当然，当时还很年轻的一辉并不是很想结婚，可是他拗不过结衣强烈的意愿，被她生拉硬拽着，在二十岁那年结了婚。

他们没有举行婚礼，一辉甚至没有送结婚戒指给结衣，因为当时的一辉一文不名。

一辉曾经夸下海口“等拿到冠军奖金就给你买戒指”，结果直到离婚，直到现在也没能兑现。

只要是游戏的事，一辉是非胜不可，绝对不会放弃，他每天会把很长时间花在训练上。虽然他玩的是游戏，不过结衣或许就是喜欢他决定做就会做到底的性格，所以才下定决心和他在一起。

可是自从高中毕业，走上职业道路，开始专注游戏之后，一辉对于游戏的认真起了反效果。一直能给一辉带来乐趣的游戏成了他沉重的负担。

拿到好成绩，报答梅本的恩情，这个念头给一辉带来了巨大的压力。

他开始不顾家庭，一心扑在工作上，对胜利的执着让一辉越来越自私，他开始觉得家人是工作的累赘了。

越是想赢，他的状态越差，越是无法取得好成绩。

落入低谷，失利一次接着一次，一辉的心变得不再平和了。

他开始每天向结衣发泄无法取胜带来的怒火。

一开始结衣还忍耐着，可是这种忍耐最终也到了极限。

某天的一次败北成了两人吵架的契机，一辉说了狠话之后，就去外地参赛了。

可是两人之间的裂痕已经无法填补。

现在回想起来，当时结衣的身体状况也不好。她要到专科学校上学，还要做家务，她只好减少睡眠时间来学习，而且那时晴辉已经在她的肚子里了。

从外地参赛回来之后，一辉没有回到结衣等待的家里，而是租下了现在的公寓。

后来结衣发现自己怀孕了，她做了一个决定:退学独自生下晴辉。

晴辉是比预产期早一个月出生的早产儿，刚出生就进了重症监护室，医生甚至告诉结衣：

“做好最坏的准备。”

晴辉活了下来，开始健康成长，可是这时一辉和结衣已经分开，和结衣一起生活的祖父母也在这期间去世。结衣开始在这座房子里当起了单亲妈妈，独自养育晴辉。

一辉不经意地看向电视前的桌子，发现上面堆着很多难懂的书。这些书全是护士国家考试需要的备考教材。晴辉出生之后，结衣为了独自一人养育他，暂时停止了学习，看来她还没有放弃成为护士的梦想。

打零工、做家务、养育孩子，还有学习。

看来这将近十年的时间里，结衣一直过得相当辛苦。

护士这样的梦想确实像是结衣会有的。

她把体弱多病的晴辉看得比自己的生命还重。她曾经失去过父亲，一定是不想再尝到当时的悲痛。

“不过，你最近变了啊。”

结衣讲完了过去的事，她瞥了正凝视着参考书的一辉一眼，突然说出了这样一句话。

“你经常来看晴辉，而且他也变得跟你很亲了。”

不对，晴辉是跟大悟亲，不是跟一辉亲。

“是啊，我不做职业玩家了，很闲的。”

一辉还在死要面子，没想到结衣沉吟道：

“你不是辞职了，是被事务所解雇了吧？”

一辉心里一惊，看向了结衣。

“梅本先生始终说你是‘辞职了’，不过后来高桥先生告诉了我。”

一辉脑子乱了一下，不过很快就想起“高桥”指的是茸茸。

“他说你一直成绩不好，而且总是出事，被事务所解雇了。”

一辉撇着嘴露出了走形的笑容。

“是啊，看来你什么都知道了啊……那就好说了。我一时半会儿是付不出抚养费了，不过我会照顾晴辉的，你就别逼我——”

“这样真的好吗？”

“啊？”

“你就这样放弃游戏了吗？”

“你这是怎么了？总说让我别再做职业玩家了的不是你吗？我现在在打工，不过我总会找一份正式工作，然后就能用工资付抚养费了，这不正是你希望的吗？”

“我根本不在乎什么抚养费！”

正玩游戏玩得着迷的晴辉也吃了一惊，看向了结衣。

“我希望一辉能永远全身心投入一件事，就像那天晚上，一辉教完全不会玩游戏的我诀窍时一样。游戏对一辉来说是这样才对吧，那一辉还是应该继续下去啊，哪怕没法得冠军也好，哪怕不是职业玩家也好，哪怕干着其他工作也能继续挑战的吧！”

悲伤让结衣的眼睛中满含着泪水。

“我和一辉分开不是因为一辉没法获胜了，不是因为缺钱，是因为一辉放弃了，一辉觉得自己的巅峰已经过去了，觉得我是累赘，没法和我一起战斗下去……”

"……"

"别放弃梦想，我们也会和你一起挣扎，一起努力的，有朝一日实现它吧。就算日子不好过，只要能向着同一个方向努力，我们就是幸福的。要是没钱了，我们一起打工不就行了吗，所以不要把我们当成你逐梦路上的绊脚石。"

一辉的手被结衣握住了，他抬起了头。

可是他还是没法鼓起勇气。

"可是梅本先生也放弃了我，我现在不是事务所的一员，不是职业玩家，已经'游戏结束'了啊。"

这不是一辉的真心话。

就算是现在，梦想依然在一辉心中延续着。

正因如此，他才什么都做不下去，像死了一样无精打采。

可是，他已经被自己儿时以来的偶像放弃了，他不想出更大的丑。

听到他说出这话，结衣用力拽住一辉的双手喊了起来：

"失败有什么不好的？失败多少次又有什么关系！失败不能说明你是失败者！真正的失败者指的是放弃了的人！不管失败得多惨，只要没有放弃，就没有结束！"

喊完之后，结衣哭了起来，哭得和她父亲葬礼那天的晚上一样。

看到结衣的那张脸，一辉觉得自己心里好像有什么东西一下子炸开了。

他一直强忍着。

游戏已经结束了。在一辉心目中，所谓的"英雄"就是"最强者"，就是无所不能的神，就是突然现身扭转乾坤的超人。

可是一辉没能成为英雄。

即使如此，人生还要继续下去，他必须继续向前迈步，去做自己接下来能做的事。

"那时候的一辉，是英雄啊……"

“那时候”指的是结衣父亲葬礼那天的晚上。

听到这话，一辉的脸不由得皱起、扭曲了起来。

刚才他脸上还带着不屑的笑意，回过神来才发现大颗的眼泪已经沿着他的脸颊流了下来。

一辉第一次在别人面前哭。

以前他不管在游戏上输得多惨，也从来没有哭过。

在前妻面前，他藏不住可怜的自己了。

第五章
STAGE.5

1

夜里很晚的时候，一辉回到了樱木町的公寓。大悟正在房间里等着他。

“欢迎回来。”

平时他还会问“吃饭了吗？”不过这一天，大悟只是安静地坐着。

一辉环视房间中，发现整个房间都被收拾得格外干净，所有东西都擦得一尘不染。洗干净了的餐具整齐地排列在洗碗池子旁边的餐具筐里。

大悟一定是猜到了结衣会把一辉叫到家里去吃饭。

他一定是料到会是这样，才在公园和一辉对换的。

在一辉回来之前，大悟把家务都做完了。

“一辉先生回来得有点晚啊，一直和结衣小姐还有晴辉在一起吗？”

“是啊……”

把刚才发生的事告诉大悟太难为情了，一辉趁着大悟没开口问，先把话题岔开了。

“我累了，要睡觉了，明天你有安排吗？”

“我没有安排，需要我做什么？”

“明天是打工的日子，你替我去吧。”

“啊？真的要我去吗？”

“你和我工作的方式差太多，领班岛崎前辈已经开始怀疑了。”

打工也好，照顾孩子也好，大悟都做得很完美。

要是不把大悟和他之间的差距消除掉，他去的时候迟早会露馅的，他无论如何不能丢掉这份工作。刚才结衣对他说“找到能全身心投入的事”，一辉现在还不知道自己会找到什么，不过他得做好眼前的事。

“我也会去那里坐坐，化了装应该不会被看出来。”

第二天，大悟早上十点就去歌厅打工了，过了一会儿，一辉也离开了家。

一辉穿上了以前穿过的超肥牛仔裤，配上一件黑色帽衫，脚上是从衣橱里面翻出的高中时代穿过的篮球鞋。他现在的样子乍一看和隆介一样，其实一辉就是照着隆介的打扮化装的。只要一辉打扮得像说唱歌手，给人的感觉就和看起来像穷学生的大悟不一样了。最后一辉戴上了黑色口罩，把鸭舌帽松松垮垮地扣在了头上。

一辉看到洗脸池子上镜子里的自己，嘟囔道："完美。"

来到熟悉的前台的时候，一辉发现岛崎正在那守着。

"欢迎光临，一位吗？"

"对……"

"方便问问您打算玩多久吗？饮料畅饮三小时套餐最超值。"

岛崎不愧是领班，招呼客人的方式和教科书一样。

尽管一辉戴着口罩，还是不敢看她的眼睛。他明明早就记住套餐菜单了，还是看着那张表，装出犹豫不决的样子。

就在这时，拿着拖把的大悟来了，他脖子上挂着员工专用的围裙。平时一辉也会穿围裙，这没什么稀奇的。

大悟似乎刚完成早上的例行打扫，回到前台来了。

他小声嘟囔了一句"欢迎光临"，从岛崎身旁走了过去。走过去的时候，大悟的视线和一辉撞在了一起，他轻笑了一下。

"那就这个吧。"

一辉说完之后，岛崎把他带到了一个房间里。

进了房间之后，一辉无事可做了，他并不是因为想唱歌才来的。一辉打算先点些喝的东西，便在房间里的平板上点了可乐。

过了一会儿，大悟端着托盘来了。

"打扰了。"

敲过门之后，大悟麻利地打开了沉重的隔音门，迅速地钻进了房间里。

他麻利地单膝跪在茶几旁边，把托盘上的玻璃杯放在了一辉面前。杯垫和吸管的位置也好，为了不挡住屏幕而俯身的体态也好，大悟的一举一动都那么流畅自然、迅捷准确。

大悟的动作太自然了，如果是以往的一辉，他不会有丝毫感想，不过他现在在和大悟打着同一份工，深切感受到了大悟和自己的不同。

“你干得相当不错啊。”

百闻不如一见，前辈不管怎么指导，他都学不到点子上，不过看到自己的分身工作的样子，他一下子就明白了自己该怎么做。

“刚才岛崎前辈拜托我安排轮班表了。”

管理轮班表就意味着要预测店里什么时候客人多，什么时候客人少，决定工作人员的人数，问好所有打工人员可以上班的时间，决定接下来的一个月如何轮班。

“你等一下，那不是店长的工作吗？”

“不是，好像一直是岛崎前辈在做。我从来就没有见过店长。”

那个秃子才是店长，他果然是个饭桶。他把正式员工该做的事都丢给了打零工的岛崎，而且基本上没有来过店里，他到底在什么地方干什么？

问题不在于那个秃子。

大悟接受了这项工作，也就意味着迟早有一天，一辉也得做。

询问所有工作人员什么时候有空，然后调整所有人轮班的时间，他首先得去和所有人说话，这是一辉最不擅长的工作。

“您玩好。”

说完这话之后，大悟快步离开了房间。

后来一辉又装作上厕所、借铃鼓，好几次走出了房间，去观察大悟怎么工作。

就在一辉从卫生间回来经过吧台前的时候，赶上一个带着年幼女儿的年轻母亲因为歌厅里的歌不全来投诉。年轻母亲正在前台对岛崎不依不饶。

年轻母亲想要的是现在首映的动画片的主题曲，她说就是女儿想唱那首曲子，她们才到这家歌厅来。可是这首曲子还没来得及在歌厅上线，菜单里没有。

跟在歌厅打零工的人说这种事情没有什么用，年轻母亲歇斯底里地叫喊着，她只是在故意找茬。

一辉正在旁边看热闹，给客人送完东西回到前台的大悟向岛崎伸出了援手，说道：

“这位客人，非常抱歉，这首曲子还没有上线。我查了一下，曲子将在七月三日发售，歌厅里也会从当天开始上线的。今天您先取消套餐，等歌曲上线之后再来如何？如果您不嫌弃，可以拿上一张折扣券，到时候再用。”

大悟面带笑容跟年轻母亲说着。

年轻母亲听到“折扣券”三个字，心情似乎转好了，她没有取消套餐，和女儿一起唱满了两个小时。

这天，大悟从歌厅打完工回家之后，一辉把自己的感想告诉了他，得到了他的建议。

第二天，一辉去打工，大悟则化装成客人去观察一辉工作的状态。

晚上他们在家里开起了“反省会”。

他们就这样交互工作了五天，一辉和大悟之间的差距渐渐拉近了。

以前一辉的自尊心绝对不允许他向残机求教。

他现在却能很自然地问出口，最起码在打工、做家务、带孩子方面，大悟比他强。

连续打工的第五天是大悟出勤的日子。

下午一辉去看了大悟怎么工作，三个小时后回到了家里。

一开始，一辉本来觉得看一次就足够了，结果去了三天，这三天一辉一首歌都没有唱。

还要再过一个多小时大悟才会回来。

一辉不经意地一看，发现他已经很久没有碰的游戏机被大悟收拾得干净整齐，摆在显示器的前面。一辉从事务所的图书室里拿回了介绍海外对手的资料、解说《迷乱斗士Ⅻ》的必杀技种类的杂志、事务所的教练和分析师们整理出的战略资料，这些东西现在都分门别类整理好了，整齐地排列在书架上。这应该都是大悟做的。

一辉从其中抽出了一个文件夹，只见里面放着很多数字多功能光盘。这些光盘中似乎拷贝了网上的视频，光盘面上写着日期、比赛名称、对战对手和比赛结果。这些光盘全是一辉过去的主要比赛的记录。

一辉信手拿起其中一张，放进数字多功能光盘播放器里播了起来。

只见显示器上出现的，是大约十年前的一辉。

看来那是东南亚的一场大赛，一辉在淘汰赛中杀进了八强，正在和当地的选手对战。

那场大赛是在一辉和结衣刚结婚的时候举办的。

一辉把头发染成了金色，向外界表示他处在战斗模式。镜头给了一辉一个特写，屏幕上的一辉杀气腾腾，凶狠地盯着对手。

比赛方面，对手处在上风，一辉已经连败两局。淘汰赛是五局三胜制，接下来再输一局，一辉就将输掉这场比赛。

或许是连败让一辉在精神上受到了打击，他操纵的创矢并不出彩。新的一局刚开始，创矢的生命值就被对手打到只剩下八点，而对手正打算发动最后一击。

如果一辉的状态非常好，就算是在这样的绝境中，他也能完成翻盘。只要创矢最擅长的超必杀连续技击中了对手，他就能实现逆转。

当然，一辉也是这样打算的，可是在紧要关头，他竟然出现了低级的按键失误。

创矢没能放出超必杀连续技，在原地一动不动，成了对手的活靶子。

那次大赛，一辉就这样止步八强了。

看完大概十五分钟的比赛之后，一辉飞快地按下了停止键。

这场比赛他记得很清楚。

他害怕后面的事情也被记录在了视频中。

后来，一辉向裁判提出了抗议，要求重赛。

他主张对手使用了禁用的必杀技。

可是一辉自己记得很清楚，对手并没有犯规，他只是不想承认自己的按键失误，故意刁难对手。

当然，对手、观众、裁判，甚至一辉的队友都不赞同一辉的主张。

裁判的决定当然是“抗议无效”。

开始出口伤人的一辉是被梅本硬拽下舞台的。

苦涩的记忆被唤醒了，一辉脸色苍白。

当时他那样杀气腾腾，就算能赢的比赛也赢不了……

就在这时，大悟回来了。

“我回来了。”大悟说着脱掉了鞋，紧接着戴上了围裙，打开冰箱拿出食材，摆在了厨台上，打算做晚饭。

一辉把数字多功能光盘收进了文件夹里，他庆幸没有让大悟看到他在看自己那段视频，于是开口向大悟说道：

“辛苦了，岛崎前辈今天也出勤了啊。你刚打了两个月工，看起来已经像是副领班了。”

听到一辉的夸奖，大悟露出了笑容：

“对了，我今天已经把下个月的轮班表发给店长了，我们也要每周上五天班。”

时薪一千零五十日元的工作，一天六小时，一个月二十天整，这样算下来，一个月能有十五万日元左右的收入。

对于二十岁就得过一千多万日元冠军奖金的一辉来说，他人生中第一次体会到工作居然是一件这么辛苦的事。说实话，这点钱只是勉强够他吃饭，怎么想也没法付抚养费给结衣和晴辉。

“嗯，我知道了，我得挣钱才行啊。”

一辉带着认命的心情沉吟着，不过他马上想起了一件事，向大悟提议道：

“对了，今天是发薪日吧，咱们偶尔出去吃一顿怎么样？我请客。”

没想到大悟的视线冷漠。

“请客……一辉先生请不要忘了，工资里也有我工作的那一份。”

“是啊，这倒是……”

“还有，不能去外面吃饭，收入里有五万日元要付抚养费的。”

“喂喂，你打算靠打这份工付抚养费啊？付了房租和水电费，还能剩下多少啊？”

樱木町的位置对于职业玩家来说很方便，可是房租也很高，就算是这座老旧的公寓，一个月也得花掉七万日元。

“只剩三万怎么活得下去啊。”

“一辉先生忘了算话费，我们两人的话费算在一起是一万，剩下两万日元。”

听到这话，一辉沉默了。

在这种计算方面，大悟是比一辉强的。

一辉马上放弃了出去吃饭的计划，继续玩他玩到了一半的游戏。

“一辉先生又开始玩游戏了啊。”

听到大悟提起，一辉这才回过神来。

这么说起来，自从离开事务所之后，他一直没有碰游戏，这时不知为什么突然想玩了。

他打开的当然是《迷乱斗士Ⅻ》。

“是啊……话说，谢谢你帮我整理资料，是你干的吧？”

“是的，一辉先生把从事务所里拿回来的资料都放在了纸箱里，已经堆成了小山，现在还没有全部整理完。”

“事到如今，整理不整理都无所谓了啊……”

一辉露出了自嘲的笑容。

“我只是有空就整理一下而已。”

大悟好像还想说什么，不过他没有再开口，转向厨台做起了饭。很快，厨台那边便传来了菜刀清脆的声音。

一辉操作着创矢，向大悟背后说道：

“我记得明天要陪晴辉吧？”

“是啊，看轮班的情况，该我去了。”

一辉顿了顿，这样说道：

“要不然明天我去吧。”

听到他的提议，大悟转过了头来。

“一辉先生怎么突然说出这种话来了……”

“我毕竟不能永远依赖你。我看了几次你是怎么陪晴辉的，大概明白该怎么做了。我想趁着还没忘，复习一下。”

听了这番话，大悟凝视着一辉说道：

“明白了……”

2

第二天，一辉从结衣那里接了晴辉，两人第一次同乘电车来到了横滨站。

过了西口的公交中心，前面就是横滨儿童乐园。从婴幼儿到小学低学年的孩子都会来这里，而且这天是周日，到处都是带孩子来玩的父母，热闹非凡。

这里和成年人也会去玩的游戏厅不一样，有使用立体光雕和三维全息投影的游乐设施、让孩子画的画变成动画片的剧场，还有著名动漫角色的表演，拥有大量适合小孩子的游乐项目。

一辉和晴辉付了入场费之后，马上到了体验型动画剧场。

一辉和晴辉都像隆介一样擅长画画。

用工作人员提供的纸和笔画好画交上去之后，短短二十分钟，他们的画就会变成动画片，放映在他们面前的银幕上。

“给你纸和笔，时间不多，赶紧画啊。”

“嗯。”

“你想好画什么了吗？”

“来之前我就想好了。”

“画什么？”

“保密，放出来就知道了，爸爸呢？”

“我？我不用画吧。”

晴辉马上把纸铺在桌子上，握起了红色的笔。他背对一辉挡着画，不让一辉看到。

“钱都掏了，爸爸也画吧！不然太浪费了。”

晴辉分明还是个孩子，说出话来还挺有道理。

“好吧。”一辉嘟囔着，突然想起了什么，问道：

“对了，你最近和朋友们怎么样了？我听说里面有个挺坏的孩子？”

“你是说礼音？”

“是啊，我听说他家着火了，他也住院了。”

“是这样的，爸爸怎么知道的？他出院之后就搬家了。”

“是吗……”

一辉想起了在川崎站站台上，礼音母亲面露癫狂的神色。

不过话说回来，孩子没事就好。

只要孩子没事，别的什么都可以从头再来。

可是想到这里一辉又产生了一个疑问。

那孩子真的没事吗？

就像他曾经有三个残机一样，看来所有人都有残机。

一辉也不知道那孩子是本体还是残机，如果他是本体，就算遇到了生命危险，残机也会代替他消失掉，这样他就有可能不会死去。

一辉想起了他和隆介告别的时候，隆介脸上那落寞的表情。

信哉和隆介想必都不想消失吧？

信哉说他还有使命，隆介说他还有梦想，他们那么想活下去……

对了，那晴辉如何呢？结衣呢？晴辉和结衣还有几个残机呢？

一辉感觉到了一阵像胃食道逆流一样的痛苦，他看向了晴辉。

“画好啦！我去交。”

为了不让一辉看到，晴辉把画按在肚子上，向剧场侧面工作区的前台跑了过去。看着晴辉的样子，一辉觉得更加不安了。

后来，一辉也及时画好了画，过了一会儿，动画上映了。

眼前的幕布拉开后，周围暗了下来，提醒即将开演的铃声响过后，银幕上出现了数字。

“三、二、一——”

伴随着轻快的音乐，一只巨大的食肉恐龙在银幕上登场了。不对，那只恐龙不光有些畸形，脑袋上还戴着一个碟形天线一样的东西，肯定不是现实中存在过的恐龙。

一辉他们座位左前方的一家人拍着手笑了起来，看来这恐龙是这家的孩子画出来的。

恐龙之后，孩子们创作的动画角色接二连三地在银幕上动了起来。一辉甚至无法想象，在短短二三十分钟的时间里，工作人员们怎么制作出这么流畅的动画。直到前一个时代，制作动画还是非常消耗时间和劳动力的工作。

“来了！”

就在一辉想到这里的时候，晴辉喊了起来。

晴辉指向了银幕，只见银幕上登场的是《迷乱斗士》中的人物创矢，他标志性的红色围巾在他脖子上飞扬着。这个创矢毕竟是用笔画出来的，没有游戏中的立体感，可是有一种无法形容的风格。

紧接着，魔物角色牙龙也出现在银幕上，两个角色战斗了起来。一辉仔细一看，发现创矢的长相和游戏中的创矢有点不同。

那长长的脸和凶悍的眼神简直和一辉一模一样。

“我以爸爸为模特把他改了改，有意思吧？”

晴辉一边说着，一边拍着手笑了起来。

后来一辉画的画也登场了。

一个头上长着角的鬼孩子挥舞着金属棍棒，不过仔细一看就知道鬼孩子不是在战斗，而是用金属棍棒当球棒打棒球。

“那是什么？爸爸的画？好奇怪！”

晴辉虽然嘴上说奇怪，其实还是被人物有趣的动作吸引了，是动画的力量帮了一辉一把。

那是隆介最后的作品。

那车库门上的画中，鬼们以多欺少，把一个孩子当成奴隶来欺负。

可是一辉的画中，鬼和孩子在一起开心地玩耍。当然，一辉画得没有隆介那么好，不过这也算是他对隆介的吊唁。

播完一辉的画之后，放映结束了。周围渐渐明亮起来，人们伴着嘈杂的话音纷纷站了起来。

一辉打算带着晴辉到下一个游戏项目去，在结衣的工作结束之前，他们应该能再玩一会儿。

可是就在这时，一辉突然察觉到有什么不对劲。

他好像感觉到了视线。

一辉四处张望，想看看视线到底从何处而来。

他发现在他们坐的那排座位最右边，有一名戴着口罩的男子看着他们。

可能是发现一辉已经察觉到了他的视线，他赶忙起身走出了剧场。

一辉心想："那是大悟，不会错的。"

他可能是担心一辉，所以来看他了。

可是一辉还是觉得有什么不对劲。

这和他这个本体去看大悟打工完全不同。

大悟到底来看什么？就算一辉发现了他，他也犯不着扭头就跑。

这一天，一辉陪完晴辉，推掉了结衣一起吃晚饭的邀请，早早回到了家里。

打开门之后，一辉发现大悟像往常一样正在做饭。

"欢迎回来，饭马上就做好了。我本来觉得一辉先生可能会吃了饭再回来，不打算做的，不过就算不吃也没关系，做好了可以冻起来——"

一辉默默听着大悟说明。

他在玄关脱了鞋子之后问道：

"你今天到儿童乐园来了吧？你来干什么了？"

一辉的话是带刺的。

大悟看了一辉一眼之后嘟囔道：

"我有点不放心，去看看。"

"用不着那么不放心啊，我又不是小孩子。"

大悟打工比他强，看孩子比他强，料理也好家务也好，除了游戏之外，大悟什么都比一辉强。这一点就连不喜欢服输的一辉都承认。

不过，他没必要在一辉陪着晴辉的时候专程跑来查岗。

"明白了，我不会再这样做了，不过，有一件事我要说……"

一辉走进屋子，把钱包和手机扔到床上，躺倒在沙发上。

"什么啊？"

"一辉先生要注意说话时的用词。"

"啊？你是学校的老师吗？这样的小事也管。"

“不，这不是小事。晴辉都被一辉先生吓到了。一辉先生叫他的时候会说‘你’，否定的时候会说‘胡扯’，还会说‘快吃’‘闭嘴’。一句话能影响别人的心情，一辉先生要对晴辉更和善一点。”

这么说来，一辉说话确实有点粗暴。

他作为职业玩家，生活在比赛的世界中，自然具备了强烈的攻击性。

在这个世界中，被人小瞧就完蛋了。

所以他说话的方式也显得很粗暴。

可是，在正常的生活中不能这样说话，陪小孩子的时候攻击对方更是没有意义。

几天前，看到结衣的眼泪之后，一辉开始想改变自己了。

他虽然不知道今后会怎样，不过他不能破罐子破摔。

他才三十岁，人生还很长。

而且他还有关心他的人。

“知道了。你想说的就是这个吗？”

一辉觉得大悟说得对，可还是忍不住说了句带刺的话。

大悟和一辉有一模一样的相貌，一辉始终觉得他古怪。

他想起来信哉和隆介有自己的使命和梦想。

可是大悟没说过他有什么。

大悟说他想做的就是支持本体，不过，真的是这样吗？

大悟应该也有自己的人生才对。

一辉想起了不久之前，大悟对他说的话。

大悟说一辉是他的“偶像”。

这是不是说他想变得和本体一样呢？

一辉看着正在做饭的大悟的背影，可怕的想象闪过了他的脑海。

他们长相一样，身材一样，声音一样。

就算本体和残机互换了，别人也看不出来。

这一点在他们打工的地方已经证实了。

一辉心想:“大悟是不是想代替我呢？”

大悟从小学时候就一直悄悄关注着一辉，他还会在梦里和一辉共享记忆，可以说对本体几乎了如指掌。

大悟没有明确的主张，一辉觉得只要一开始猜疑就会没完没了。

一辉越想，越觉得正在做饭的大悟的背影让他瘆得慌。

就在这时，手机铃声响了起来。

大悟也看了看自己的手机，不过响起来的是床上的那个。

一辉拿起手机，只见画面上有“结衣”二字。

“喂，啊，一辉。”

“嗯，怎么了？”

“没事，我倒不是有什么事，就是在想你今天急着回家……”

“嗯，我稍微有点事。”

“是吗，回头再到我这来吃饭吧。”

“嗯。”

“晴辉说你带他去儿童乐园了。我一直打算带他去，可是一直没时间，真是太好了，晴辉玩得很开心。”

电话对面传来了晴辉撒欢的声音，看来他的兴奋劲还没有冷却。

“最近晴辉好像也变了，变得开朗多了。”

隆介的涂鸦导致的放火事件发生之后，晴辉班里欺负人的孩子也消失了。

听结衣这样说，一辉只是觉得可能是因为这个。

“前段时间的测验他得了一百分，以前他成绩一直不是很好，多厉害啊。而且不只是一次，这两周的测验他一直是一百分。”

听到这里，一辉不禁起了疑心。

他也知道晴辉变了。

可是人真的会变得这么快吗？

3

第二天本来是轮到一辉打工的日子，他让大悟替他去了。

他来到川崎的一所小学，这里是晴辉上学的川崎市立河原町小学。

这座小学位于多摩川弯折处尖端的前方，看名字也知道，它是一所位于河畔的学校，学校前方没有遮挡视野的高大建筑，放眼望去能把多摩川尽收眼底。

一辉看了下手机，发现刚过上午十一点半，吃中午配餐前的最后一节课——第四节课应该开始了。一辉本打算等到午休的时候看晴辉到校园里玩，或者等他放学后再来找他，只见换上了运动服的孩子们来到了操场上，其中就有晴辉的身影。

一辉的运气不错，晴辉他们班的第四节课好像是体育。

合着老师的哨声做完准备运动之后，孩子们戴上红色和白色的帽子分成了两队。老师用石灰在操场上画出了白线，把球交给了戴白帽子的孩子。

白线勾勒出“日”字，孩子们分散站到字的里面和外面，看来他们要玩躲避球了。

拿到球的孩子铆足力气把球丢了出去，游戏开始了。

一辉不能进学校里，只能隔着操场外侧的防护栏向里看。还好河原町小学的操场不怎么大，他勉强能看清孩子们的脸。晴辉正戴着红色帽子，在白线里面跑来跑去。

晴辉出生时不足月，虽然一路坎坎坷坷长到了这个岁数，不过身体还是很瘦小。不仅如此，他的体能也不好，稍微累一点身体就会出问题。据结衣说，他的性格也比较温顺，在班里算是不起眼的孩子。恐怕正因为是这样，他才成了霸凌的对象。

虽然欺负人的野野村礼音不在了，不过和他一起欺负晴辉的孩子还在才对。一辉觉得晴辉可能还在受那些孩子的欺负。

可是一辉面前的晴辉正大声叫着。

球正好向着晴辉抛了过去，那球非常快，可是晴辉接了个正着。

“接住啦！”

“漂亮，晴辉！”

周围响起了喝彩的声音。

得到了进攻的机会，晴辉马上把球扔向了对手。

玩躲避球的时候，进攻的诀窍是瞄准下盘，这样球不容易被对方接住。晴辉的球漂亮地击中了看起来像是队长的孩子，让那个孩子退出了球场。

一辉仔细观察之后，发现红队是以晴辉为中心打比赛的。

晴辉做出指示之后，孩子们都十分自然地遵照他的指示行动，结果红队获胜了。

看到晴辉展现出的领袖气质，家长本来应该高兴。

可是一辉并不高兴。

他担心的那件事发生的可能性更高了，一辉的表情愈发阴沉。

过了一会儿，体育课上完了，到了吃配餐的时间。

晴辉进了教学楼里，一辉没法继续观察。

一辉来到职员室旁边的管理人室，问了问今天二年级的日程，得知今天同样是五节课，上完课，开完放学前的班会，孩子下午两点半就会出来。

一辉到附近的便利店解决了午饭，算好放学时间，又去了学校。

宣告放学的铃声响过之后，孩子们开始陆续离校了。

高学年这天有六节课，所以这个时间出来的都是低学年的孩子。

一辉等了一会儿之后，总算看到了晴辉的身影，他认识晴辉那浅灰色的书包，书包侧面挂着他很熟悉的布袋。

可是就像体育课上一样，放学的情形也和一辉的想象有些出入。

有几个孩子和晴辉一起走了出来，其中还有女孩子，孩子们簇拥着晴辉，聊得很开心，一看就知道晴辉是班里的红人。

一辉对晴辉并不十分了解，不过他知道晴辉本来不是这样的孩子。

一辉心想：“不会错的——”

看到这里，他确信了。

结合结衣说的考试成绩来考虑，目前的情况已经很清楚了。

那么接下来会发生什么不难想象。

一辉这样想着，等了一会儿，他想象的事果然发生了。

一个用口罩遮着脸的男孩子偷偷从二年级学生专用的出入口走了出来。

一辉凭书包认出了这个孩子。那么多放学回家的孩子中，只有这个孩子没有背书包。

一辉赶忙从操场侧面的防护栏绕回了正门，在校门口对戴口罩的孩子开了腔：

“欢迎回来。”

听到突然有人跟自己搭话，那孩子吓得肩膀一颤。

发现是一辉之后，他小声说道：

“爸爸……”

这才是真正的晴辉。

“你干什么？你怎么把书包给了刚才和同学们一起出来的孩子？”

听到一辉的提问，晴辉沉默了。

一辉的想象转化成了确信。

“那是你的残机吧？”

“‘残机’是什么？那孩子说他是我的‘分身’。”

听到这话，一辉总算明白了。

“残机”是游戏用语，大悟他们只是为了让一辉容易理解才用了这个词，而这个词并不是人们常用的称呼。以前信哉和隆介说的“分身”“分身体”恐怕才是人们常用的。

“怎么称呼都无所谓。总之，他是个和你长得一模一样的孩子吧？”

“嗯。”

“他为什么背着你的书包啊，刚才上体育课的也是他吧？他是从哪儿来的？”

“具体的我也不知道。他说是我上次和爸爸去游戏厅的时候，他碰巧看到了我。他说他家和我家很近，最近经常来找我。”

晴辉嘟嘟囔囔地解释了起来。

“那孩子说他叫晴信，他脑瓜好，运动也很棒。”

“那你也不能让他替你考试啊。”

一辉也让大悟代他打工，按说没资格说别人，不过代工和替考是两码事。

听到一辉的语气变得严厉，晴辉的声音更小了。

“你怎么知道的？”

“妈妈告诉我的啊，她说你最近总是考一百分。刚才玩躲避球的也是那家伙吧？”

“嗯，因为我不擅长运动，还是晴信去好，这样班里的同学们也能玩得更开心。”

这理论一辉好像在什么地方听过。

不久之前，一辉也有和晴辉一样的想法。既然双方都可以做，还是让更擅长的一方去做为好，这样效率更高。

可是他现在已经不这样认为了，就算做得不好，就算搞砸了，也只有自己亲自做才有意义。

“那你这段时间到什么地方去了？”

“我一直躲在卫生间里。”

一辉想象着晴辉躲在卫生间里的样子，开始觉得难过了。

“是晴信说让我这样做的，他说这样我也能更轻松，班里的同学也更开心……”

“这样可不行！”

一辉平常说话毫不客气，不过这次他说出的话带着另一种严厉。

“如果永远让那个孩子替你做，你永远不会有进步的。哪怕失败也没关系，你必须自己去做，你去告诉那孩子别再来了。”

可是晴辉低着头说道：

“这样的话我说不出口啊，因为他做什么都比我好啊……”

一辉在晴辉身上看到了自己的影子。

现在的晴辉和被事务所解雇后失意的一辉很像。

他失去了自信，一心想逃避。

不过看着现在晴辉的样子，一辉终于明白了。

他其实一直知道自己应该做什么。

他只是有意不去正视而已。

他在这一个月里一直在烦恼，现在他终于知道自己该做什么了。

“我本来也有和你一样的想法。”

听到一辉温和的语调，晴辉抬起了头。

“爸爸比赛输了，一直很沮丧，想着是不是别再做职业玩家了。”

“啊？爸爸不做职业玩家了吗？”

“不，不会的。我刚才决定不再逃避了。所以你也不要逃避，就算做得不如那孩子好也没关系，你要自己做才行。”

“可是……晴信很强的，我没法不听他的。”

“我知道了，那我来帮你。不过我不能什么都帮你，最终还是得由你来跟他说，明白了吗？”

晴辉点了点头。

一辉推着晴辉的后背说道：

“那孩子也是刚走，我们追上去吧。”

一辉和晴辉快步追赶了一会儿，追上了晴信那群孩子。

同学们还和晴信在一起，不过说到底只是小学二年级的学生，放学路上不会到处乱逛。和晴信同路的孩子越来越少，靠近车站的时候，总算只剩下他自己了。

晴信绕过公交中心，正打算走进一辉带晴辉去过的那家购物中心。就在这时，一辉推了晴辉一把，说道：

“去吧。”

晴辉小跑着追上晴信，在他背后开了腔。一辉躲在附近看着晴辉。

“晴信……”

“噢，是你啊。怎么了？”

晴信转过来之后，一辉第一次仔细观察起了他。

晴信确实长得和晴辉一模一样，不过眼神和表情给人的印象差别很大。他充满自信，一看就是班里孩子们的小头头，给人的感觉有点像隆介。晴信分明是晴辉的分身，居然和晴辉有这么大的差别。

隆介他们也说过，残机也是有个性的。残机和本体的主干一样，虽说各有各的性格，不过画画、奔跑等基本能力没有不同。诞生后的生长环境决定他们培养了什么能力，放弃了什么能力，所以年龄越大，残机和本体之间的差别也就越大。也就是说，残机或许可以说是本体本来有可能经历的其他人生。

“我不是说了让你少和我说话吗，要是让人看到了怎么办啊。”

“我有点事想和你说，你有时间吗？”

“干什么？我今天打算用春来学会踢击超必杀，没有多少时间啊。”

晴辉被强硬的晴信震慑住了，这样下去晴信搞不好会逃掉。

“不会用你太多时间的，可以吗？”

在后面看着的一辉走过来开了口。

晴信看到一辉，向后退了一步。

“这是谁？莫非是你爸爸？”

"嗯。"

"谁让你跟别人说了啊。"

"我没有说，是露馅了。"

"我不是说了露馅了也得保密吗，笨死了。"

"对不起……"

"说吧，干什么啊。"

一辉看着晴辉扭扭捏捏的样子恨不得替他开口，不过还是忍住了。

"能不能……请你别再来这里了。"

"啊？你在说什么？你不是也很高兴吗？"

"嗯，可是……"

"可是什么啊，我很喜欢这样的生活。今后我要作为真正的人生活，大叔也不要说出去啊。"

难以想象一个小学二年级孩子说话会这么强硬，温顺的晴辉低下了头。

一辉轻轻摸了摸晴辉的头，对晴信开了口：

"你是晴信吧，你为什么想取代晴辉？你应该有你的生活吧？你有家吗？"

"有啊，我溜进附近的一座空屋住了下来。可是太没意思了，没有人和我在一起，我只能去公园玩，只在玩的时候才有朋友。

"可是晴辉和我不一样，他有好多好朋友，而且我想要零花钱，可以让他给我拿来。"

晴信说着，从口袋里掏出了一张一千日元的钞票。

一辉吃了一惊，不过很快稳住阵脚说道：

"可是这里是属于晴辉的位置，周围的人也把你当成晴辉看。你好像什么都能做得比别人好，不过这样晴辉身边的人会很困惑的吧？"

"做得好有什么不好的？这家伙的成绩可是很差的。他在班里的地位也是多亏我才提升，这不全是好事？"

晴信又恢复了强硬的态度，面对一辉这个大人毫不怯场，说出了自己的看法。不过一辉也反驳了起来：

“不，你确实有你的优点，不过同样的，晴辉也有晴辉的优点，你们都有自己应该在的位置。我希望你不要想取代晴辉，过你自己的生活吧。”

一辉为了不伤害晴信，尽可能用友善的语调向他解释着。

“不对，我们长得一样，应该是谁更优秀，谁才有资格作为真正的人活下去才对。”

“不，不是这样的……”

“不管做什么，都是我更优秀。我可不想做什么‘分身’‘残机’，我要做本体！”

晴信刚才还面带笑容，他的表情突然变得严肃起来，那锐利的目光让一辉吃了一惊。

他明白了，对这家伙说什么都没用。就在他开始想该怎么做才好的时候，藏在一辉身后的晴辉开了腔：

“你不是我，不要再到这里来了！”

“你说什么！”

晴辉鼓起勇气说着：

“我想变得像以前一样。我听爸爸说了之后明白了，这样下去我就没有位置了！”

一辉最后也加了一句：

“你听到晴辉说的了，要是这家伙不肯藏起来，你也没法代替他，明白了吧。”

晴信狠狠瞪了一辉一眼，扔掉书包向车站方向跑了。

一辉和晴辉赶走晴信之后，直接来到了结衣的便当店。

不过话说回来，真亏晴辉能鼓起勇气来对晴信说出他的想法。

一辉没想到晴辉原来这么勇敢。

晴辉走在路上，虽然一言不发，可是脸一直红扑扑的，可能还没有摆脱兴奋的状态。看到他的样子，一辉又产生了新的不安。

他们虽然赶走了晴信，但是残机一共有三个，剩下的两个是什么样的孩子呢？如果可能，他希望另外两个孩子永远在远离晴辉的地方，过他们自己的生活，不要和晴辉相互认识。一辉自己的经验已经证明了，残机和本体相识不会有什么好事。

当然，晴辉的残机很有可能已经不到三个了。晴辉是早产儿，天生体弱多病，一辉没有和晴辉一起生活过，不知道具体情况，不过他很可能遇到过生命危险，残机的数量已经减少了。

一辉不知道晴辉还有几个残机，这也让他感到不安。

走到便当店之后，一辉把晴辉交给了结衣。结衣可能正在最忙的时候，顾不上晴辉。

一辉跟晴辉说了声“再见”，然后走出了便当店。

这是因为晴辉虽然让他不要走，可是一辉在去便当店的路上发现了一件事。

他沿着多摩川的河堤走了一段路之后，转过身去。

“你一直看着啊？”

大悟戴着口罩站在一辉身后。

“被你发现了啊？”

“早就发现了啊，那么大的口罩太惹眼了，你没去打工？”

“我拜托岛崎前辈，让她批准我早退了。”

一辉知道大悟担心晴辉，可是晴辉身边有一辉，他没法理解大悟为什么这么不放心。

晴信说的那句“作为晴辉活下去”闪过了一辉的脑海。

两人并排走了起来。

“一辉先生对晴信说得真是太好了，我听到了。”

“别把我当成小孩子，跟一个小学二年级学生说，当然说得出口了。”

“不是，这和对方是不是孩子没关系，一辉先生保住了晴辉的位置。”

大悟这话说得好像他才是晴辉的父亲，这让一辉对他更不信任了。

大悟顿了顿，接着说了下去：

“简直像英雄一样。”

听到这话，一辉心里一惊。

“小学的毕业文集上，一辉先生也写了‘要成为英雄’啊。”

“你怎么连毕业文集的事都知道？”

“我有一次扮成一辉先生，让班里同学拿给我看了。”

大悟若无其事地说着。

可是这话在现在的一辉听来，显得意味深长。

4

第二天下午，一辉又到晴辉的小学来了。

昨天晴辉做得很好。晴信只是小学二年级学生，态度却非常强硬，即使如此晴辉还是向他说出了自己的想法。一辉觉得自己虽然是大人，如果面对同样的情况，他都说不定会选择逃避。没错，如果是以前的一辉。

不过一辉依然在担心晴信会节外生枝。

昨天晴信临走时的态度让一辉很不放心，他明显心怀不满。当时一辉在场，晴信才没有再说什么，不过一辉担心晴信不会按他说的做。

一辉想确认一下，所以再次来到了晴辉的小学。

他藏到校门口附近等了一会儿，第五节课结束的铃声响了起来。过了一会儿，低学年的孩子们在出入口现身了。就在一辉觉得晴辉很快也会出来的时候，背后传来了熟悉的声音。

晴辉？他是什么时候走出校门的？

可是一辉看到的并不是晴辉。

晴信在招呼下课后走出来的晴辉的同班同学们。

晴信虽然按照一辉他们说的，没有到学校来上课，可是在这里等着学校放学。一辉想起来了，晴信说过“没人跟我玩太没意思了”。

“晴辉，你什么时候跑出来的？我怎么记得你还在教室里？”

“我们去玩吧，我在公园等着你们。”

同学们纷纷跟晴信搭话，晴信显得心满意足。

“好啊，那你在公园等一下，我们等下就去。”

确实，放学后在公园干什么是晴信的自由，他没有违反一辉他们的要求。

看来晴信好像没有发现一辉。班里的男生们先回家去了，他们好像打算回家后再到公园集合。

可是晴信没有走，他留在了校门口，好像在等着谁。

一辉心想：“他莫非是打算对晴辉做什么吗？”

晴信毕竟是小孩子，也做不出什么太出格的事，不过他要是和晴辉打起来，晴辉明显要吃亏。

晴辉还没有从教室里出来，为了以防万一，一辉紧紧盯着晴信。

只见晴信走近一个女孩子说道：

“玲奈，你去哪儿？”

玲奈还只是小学二年级学生，个子却显得比较高，年龄也显得比晴辉他们略大一点。看学生帽上的丝带就知道，她也是晴辉的同班同学。她有大大的眼睛和红扑扑的脸蛋，是一位可爱的女孩子。

“我要去练钢琴。”

玲奈回答晴信之后，马上迈步走了起来，身后的晴信追了上去。

“练什么钢琴啊，来和我玩吧？”

“不行啊，不去妈妈会说我的，再说弹钢琴很有意思，明天见吧。”

玲奈说着，向晴信挥挥手。

晴信好像是放弃了，他停住了脚步，看着玲奈走远。

看来晴信来学校是为了她，不是来找晴辉的麻烦。

这让一辉放下了心，他从躲藏的地方走了出来，来到了晴信身边：

“晴信——”

听到一辉的声音，晴信吃了一惊，转过身来。发现身后是一辉，他紧张了起来，什么都不说，只是用不友好的目光看着一辉。

“昨天我说了你，真是对不起，不过看起来你答应了晴辉的请求啊。”

“我不是在按晴辉说的做，我只是上课上腻了。”

晴信把头一扭，嘴上不肯服软。这明显不是他的真心话，不过一看就是小孩子在逞强。这时，一辉想起了刚才的女孩子。

“那女孩子很可爱呀，她叫玲奈？”

晴信瞪了一辉一眼。

“你偷听我说话。”

“是不小心听到了。话说，你喜欢那个女孩子？”

“才不是！”

晴信说着，突然跑了起来，可能是打算去和男生们约好见面的公园。

只是说了这么两句就羞成这样，看来不管说话有多横，孩子就是孩子。看这样子，晴信好像不打算对晴辉做什么，这让一辉放下了心。

就在这时，校门口传来了声音：

“爸爸——”

“噢，晴辉，欢迎回来。”

“你怎么今天又来了？”

“我碰巧到附近来了。”

一辉也有点难为情，于是编了个借口。他从来没有为晴辉做过几件父亲该做的事，他现在还是不知道该怎么对待晴辉。

“对了，刚才我看到晴信了，上课的时候没出什么事吗？”

“嗯，没事，今天我去上课了。”

“是嘛。”

看来真的是一辉想多了。

“对了，那个叫玲奈的女孩子，是你们班的吧？”

“啊？”

“刚才晴信一直在跟她说话，那家伙好像喜欢上那个女孩子了。”

“……”

一辉拿晴信打趣，一边笑一边说着。

可是听到这话，晴辉低下了头。

“你怎么了，怎么垂头丧气的？好好吃饭了吗？”

一辉说着，拍了下晴辉的肩膀，可是晴辉还是没有抬起头来。

就在这时，一辉突然发现晴辉学生帽旁边露出的耳朵红彤彤的。

“啊？你也喜欢她？”

“不、不是那样的……”

晴辉拼命想掩饰，可是他的声音像蚊子一样小。

看来晴辉也喜欢那个叫玲奈的女孩子，残机和本体的喜好果然也相似。

“既然喜欢就跟她告白啊。”一辉半开玩笑地跟晴辉说着，“不过对小学二年级学生来说，也没有所谓的告白不告白。”

可是晴辉本人一本正经：

“我不行的啊。”

晴辉说着，迈起了步子。

看着他的样子，一辉想起了自己。

他基本是被结衣生拉硬拽着才会和她交往的。在这一点上，晴辉或许和他很像。

今天虽然没有说好帮结衣照顾晴辉，不过反正都已经到这里了，还是把晴辉送回结衣工作的便当店为好。一辉想着，追了上去，和晴辉并肩走在一起，离开了学校。

学校离结衣工作的便当店还是有一段距离的。

一辉一边走，一边听晴辉讲学校里发生的事。多摩川沿岸的路上开着野花，刮着怡人的风。

可能是和一辉一起回家让晴辉觉得很开心，一路上他一直说个不停。这也让他们走得很慢，十分钟能走完的路，他们走了三十多分钟。

“还有呢，还有呢，祐树居然把牛奶从鼻子里喷出来了！”

晴辉说着，被自己说的话逗得大笑起来。

这好像还是一辉第一次看到晴辉这么快活。

他好像有点理解大悟为什么总是主动照顾晴辉了。

可就在这时，一辉发现玲奈出现在他们两人前方，手中提着带花朵刺绣的可爱布袋，正打算走进她面前的房子中。

一辉抬头一看，只见那座独栋房子上挂着招牌，上面写着“堇钢琴教室”。他想起玲奈刚才说要去练钢琴，她大概是在一辉和晴辉边聊边散步的时候，回到家里做好了准备。

一辉发现晴辉也看到了玲奈，他刚才的快活劲儿一下子不见了，低下了头。

“喂，晴辉，那不是玲奈吗，过去跟她打个招呼。”

“我都说我不行了……”

看一辉拿他打趣，晴辉生起了气。

晴辉的样子太可爱，一辉更想逗他了。

可是在一辉开口之前，钢琴教室前传来了声音。

“玲奈，你等一下啊。”

玲奈正打算进教室的时候，晴信叫住了她。

一辉和晴辉慌忙躲到了停在路旁的汽车后面，探出头来看着晴信和玲奈。

“晴辉，怎么了？你怎么到这里来了？”

“玲奈，跟我交往[1]吧。”

1　**日语中的“交往”可以理解成“一起走”“陪伴”。**

“我都说了，要上钢琴课。”

“不是，我的意思是说让你做我的女朋友。”

一辉简直不敢相信这是小学二年级学生说出的话，这年头的小孩子已经这么早熟了吗？不过他看着晴辉满脸通红地看着晴信和玲奈，觉得晴辉这样才正常，是晴信显得早熟。

玲奈吃了一惊，脸也红了起来。

晴信什么都做得很好，而且是班级中的红人，他充满了自信。

没想到玲奈冷冷地说道：

“我不。”

“啊？”

晴信明显大吃一惊。

“因为最近晴辉不知道为什么特别粗暴。”

听到这话，晴信突然板起了脸，狠狠地瞪着玲奈。

不过玲奈还是继续说了下去：

“虽然最近晴辉的学习和运动都突然变好了，可是我不愿意，我还是更喜欢以前的晴辉。”

藏在车后的一辉和晴辉也听到了这话。

一辉用手肘杵了晴辉一下，在他耳旁小声说道：“太好了啊！”

晴辉好像是没有想到，他面红耳赤，凝视着玲奈。

“是这样啊！”晴信突然怒吼起来，“那家伙有什么好的啊。”

“啊？”

晴信说的“那家伙”是指晴辉，可是玲奈没有听懂他是什么意思。

突然，晴信看向了一辉和晴辉这边。

他似乎察觉到一辉他们躲在汽车后面，狠狠地瞪了一辉一眼，一辉明明知道他只是小孩子，却被吓了一跳。

晴信没有再开口，跑着离开了钢琴教室。

第六章
STAGE.6

1

连续下到了昨天的雨戛然而止，湛蓝的天空万里无云。

朝阳从朝东的窗户照进了房间，一大早已经热起来了，看来今天会是一个大热天。

一辉正把咖啡桌上大悟准备好的早餐塞进嘴里。浇了牛奶的麦片中拌着香蕉片和混合干果，另一个盘子中还装着切好的橘子，马克杯中刚泡好的咖啡还冒着热气。

"我把方便吃的东西和饮料放进背包里了，一辉先生累了记得吃。"

大悟还是像以往一样周到，而一辉只是应付差事一样，回答了一句"嗯。"

尽管生活在一起，但是一辉心中对大悟的猜疑还没有完全消失。

吃完早饭，整理好要带的东西之后，一辉换上了战斗服。

这身战斗服既不是约会穿的潮牌，也不是穿着去面试的西装。

只是一辉平时穿惯了的牛仔裤和汗衫。

一辉来到玄关，穿上帆布鞋，背上了装好东西的背包。

他看了看墙上的表，发现时间刚过早上七点半。

"那好，我先去了。"

一辉背对着大悟这样说着。

"加油啊。"

一辉没有回头，推开了房间的门。

晴辉的残机跑掉之后，已经过了将近两个月。

一辉为晴辉着想，让晴辉与他的残机保持距离。

可是在劝晴辉的过程中，他察觉到了自己有多么依赖残机。

他把人生想得太简单了。成功的时候就认为完全是自己的才能在起作用，失败的时候就把问题都归结到其他人身上。麻烦事全推给别人，而他只做自己喜欢的事。

一辉在接触家人和残机们的过程中，察觉到了自己是多么狭隘。

孩子就是映照自己的镜子，养育孩子能让父母进一步成长。

一辉刚被事务所解雇的时候，曾经迷失了自我，现在他觉得自己总算明白该做什么了。

一辉决定重新走上职业玩家的道路。

被日本数一数二的梅本电子竞技事务所解雇，这对一辉来说确实是极大的损失。他失去的不光是资金方面的援助，比赛准备、报名、对手资料，事务所为职业玩家提供的帮助数不胜数。

不过，并不是只有和事务所签了约才算是职业玩家。

现在世界上有很多自由身的电子竞技职业玩家。

确实有许多大赛的参赛条件是必须与事务所签约，不过也有不设这种限制的公开大赛。只要想做职业玩家，并不是做不下去。

一辉也曾经考虑过退役。

职业玩家退役之后，一般会作为主教练或助教留在电子竞技一线，或者到游戏公司任职、从事电竞比赛的相关工作、做游戏记者。适合退役的职业玩家的工作有很多。

不过，一辉没有选择这些道路。

他并非像过去那样眼里只有胜负，也不是偏执地认定自己是天才，他觉得自己还能行，他要做给看不起他的人看看。

多大岁数的人都能胜任退役后的工作。

可是他的职业玩家生涯已经所剩无几，他不想后悔。

他最大的目的是想改变自己。

他想改变总是半途而废、自私又不负责任的自己。

为了这个目的，他要回到自己一直为之战斗的游戏中。

这听起来似乎是矛盾的，不过一辉已经看清楚了。

在他无路可走的时候，游戏曾经许多次拯救过他，这次也一样。一辉现在明白了，他的生存之路就在游戏中。

格斗游戏是属于个人的战斗。

一切都要自己负责，比赛结果会全面反映玩家的人性。

经过两个月的努力，再加上比赛中的发挥，他到底能走到哪一步？

这是衡量他是否有所改变的最好的尺度。

下定决心之后，直到今天为止，一辉一直过着备战的日子。

他每天平均只睡几个小时，从早上起床到晚上睡觉，除了吃饭洗澡之类非做不可的事之外，他把所有时间都倾注到了训练上，当然是《迷乱斗士Ⅻ》的训练。

最开始的两周，他一直闷在自己的房间里，把所有时间用在重复训练创矢的必杀技上。

没有训练的那一个月，他对街机摇杆的适应渐渐生疏，他必须让身体重新记住那种感觉。

他一边确认不同招数如何相生相克，一边不断重复游戏制造商公布的各种必杀技。

如果不能做到用十次中十次，用一百次中一百次就没有意义，要想顶着大赛赛场的压力成功击中对手，他必须有“绝对”能命中的自信。

他把一切赌在了短短的六十分之一秒上。

人的身体非常神奇，不断重复的训练让招数的节奏渐渐浸透了身体，练得手指会比脑子先动，就自然能对对手的所有行动应对自如。

一辉确信自己的感觉已经回来之后，在接下来的一周里不断进行着在线对战。他把匹配等级设定在最高的“传说”，和来自整个世界的对手战斗。

如果说前一阶段是与自己的战斗，那么这个阶段的训练就得看对手了。自以为是绝对没法获胜，一辉要考虑对手角色攻击范围的大小、跳跃能力、移动速度、能使用的各种招数、不同招数之间的区别，还有这些招数与他自己的必杀技之间如何相生相克，他要一个一个确认这些要点。

这些要点的排列组合无穷多，必杀技训练当然永无止境，这个阶段的训练更是练不到头。

一辉只能战斗战斗再战斗。

在这样的生活中，一辉的体重不知不觉掉了十多公斤，头发也长了起来，下巴长出了杂乱的胡茬。

一辉训练期间，大悟一直在默默地打工。一辉也很在意大悟在干什么，不过他还是把精神集中到了训练上。

他也告诉了结衣和晴辉，这可能是他最后一次尝试了，他要试试自己到底行不行，这段时间可能没法见面。所以他也没有让大悟去见他的家人。

要是以前，结衣肯定会唠唠叨叨，不过这次她似乎感受到了一辉不同以往的决心，只是默默点了点头。

她一直以来也不是反对游戏本身，结衣只是认为游戏不是半途而废、不负责任的人该玩的。她同样不是认为一辉非得玩游戏不可，只是希望他能认真地全身心投入一件事中。

现在有人支持一辉，那么他不能辜负人们的期待。

为了度过训练的最终阶段，一辉走遍了关东的圣地。他在职业玩家和高手扎堆的游戏厅里使用三维全息投影放映机进行了实战训练。

与在线同看不见的对手战斗相比，同眼前的对手战斗给人不同的感觉。身处同一个房间里，人们能看到对手的表情，感受到对手的呼吸，观察出对手是从容不迫还是杀气腾腾。在能感受到这么多信息的环境中战斗很消磨精神，称得上全身心的战斗。

一辉对自己有自信，他觉得自己在短期内找回了差点生疏的感觉，而且完成了沉淀和强化。

不过一辉在实战训练阶段遇到了障碍。

光赢还不行，对手虽然有一定实力，但毕竟不是职业玩家。他不能只锻炼实力取胜，还要掌握对手的所有动作，看懂战斗的走势，把握好步调，发挥自己的全力赢得战斗才行。

当然，格斗游戏是与对手战斗的竞技项目，没有对手就没有自己。以前一辉的战斗从不管对手是谁，只管把自己的那条路走到黑，也不考虑对手是怎么战斗的。

可是现在他开始对对手怀有敬意了。他在与残机和家人的接触中学会了这一点。

在这些游戏厅圣地，一辉都是从开门一直泡到关门。

前日本冠军正在进行武者修行的消息在社交网络上传开了，许多有实力的玩家都来到一辉所在的游戏厅一试身手。

一辉决定把第二天要去的圣地告诉人们。

当然，实力更强的高手来到了一辉所在的圣地。

以前人们总说看一辉打比赛很没劲。

这是因为一辉一门心思想取胜，就算面对实力逊于自己的对手，他也会使用最擅长的角色，用无限连招取得胜利。这样的对战在观众看来一点意思都没有。

一辉本来的战斗方式与梅本和茸茸正相反。

可是在这次武者修行中，社交网络上不知什么时候开始流传新的说法“一辉的风格变了”“他现在的战斗方式很可怕”。

一辉不断重复着这样的日子，然后迎来了“预选赛”。

结果，一辉来到了起跑线上。

一辉换乘几次之后，来到了日本铁道水道桥站。

他不会再像以前那样迟到。

时间还很早，车站已经非常热闹了。走出检票口，一辉看到宽阔的散步路前方是一座巨大的白色建筑。

走进赛场区域之前，一辉站定，抬头看着天空，做了一个深呼吸。

一辉特训期间正值盛夏。

他面前搭起了一个拱门状的临时入口。

入口上方写着这项游戏界最权威的电子竞技赛事的名字。

它四年才会召开一次，而参加在东京召开的这项赛事，一生恐怕只有一次机会。

入口上方写的是“国际电子竞技联盟东京世界杯”。

2

世界杯于名于实都是世界最权威的电子竞技赛事。

除了世界杯之外，世界上还有其他几项大满贯赛事，也有其他奖金更多的赛事。

不过这项国际电子竞技联盟主办的，四年一次的盛典拥有悠久的历史和众多的支持者，所以其权威性是其他赛事无法比拟的。上一次的沙特阿拉伯世界杯，通过直播观看比赛的游戏爱好者超过了五亿人，这一届的直播版权费也飙升到了惊人的数额。

最能凸显世界杯权威性的就是决赛圈开始前的“地区预选赛”。

其他许多大赛仅限于与事务所签了约，平时就作为职业玩家参加各种比赛的选手参赛，目的就是短期内从这些选手中决出优胜者。虽说也有小组赛，也有上届冠军直接参加淘汰赛，可基本上参赛人数都不多，都会在比较短的比赛日程中决出冠军。

可是世界杯和这些赛事不同。

能在网上玩的游戏和其他体育项目不同，不管身处世界哪个角落，都能练出一身绝技，因此发现尚未被世人所知的高手也是世界杯组织者的目的之一。正是为了这个目的，世界杯不会仅限于与事务所签约的职业玩家参赛。

地区预选赛会在决赛圈的一个月之前举行，不管是谁，都可以报名参加。

当然，职业玩家会成为参加决赛圈比赛的种子选手，不过只要在地区预选赛中出线，不管是谁都能参加决赛圈的比赛。

全世界各地举行的地区预选赛中，选手们会争夺国际电子竞技联盟根据各地区水平分配的出线名额，而日本的名额只有一个。全国各地业余爱好者中对自己能力有自信的玩家都来参加预选赛了，所有人都想着一战成名，实现梦想。

这次大赛是在东京举行的，所以日本的参赛选手会比较轻松，其实在全世界的地区预选赛定下出线者之前，国际电子竞技联盟会跟选手确认是否打算参加决赛圈的比赛，是否有护照。而获得了决赛圈比赛参赛资格的选手，则会收到国际电子竞技联盟的参赛邀请。

一辉就是在地区预选赛中赢到了最后。

以前的一辉才不会去参加预选赛。

他会想："前日本冠军凭什么要和那些业余爱好者一起参加地区预选赛？"

他以往的自尊心不会允许他这样做。

他会觉得与其参加地区预选赛，还不如直接弃权。

就算是四年才有一次的机会，他恐怕也会这样想的。

上一次的沙特阿拉伯世界杯，事务所出资让一辉参赛，可是他在决赛圈的小组赛就被淘汰了，那时他同样和对手起了争执。当时那个对手碰巧是地区预选赛中赢到参赛权的业余玩家，输给这样的对手实在太没面子，一辉直到回到日本，一直在怨天尤人。

他甚至还说："世界杯有业余爱好者参赛，比赛质量太差，今后我再也不参加了。"

他已经彻底抛弃了以前的那种自尊，从零开始重新做起。

作为一个职业玩家，他已经没有什么可失去的了，他要拼命向上爬。

他这样想并不是出于他以前的好大喜功的心理，而是在与懦弱的自己战斗。

看着临时入口那巨大的招牌，一辉默默攥紧了拳头。

选手的入场口和普通观众的出入口不一样。

选手要从地下的工作人员通道进入赛场，然后在工作人员的引导下进入休息室。

一辉沿着临时设置的路标走向工作人员通道，看到结衣和晴辉正等在通道入口。

“噢，你们来看我比赛了啊。”

“早上好，终于到这天了啊。”

“爸爸！加油啊！”

一辉一直在专心特训，他虽然打电话向结衣和晴辉报告过近况，其实他们已经很久没见面了。

结衣和晴辉真的为一辉杀进决赛圈高兴得不得了。

如果是以前的一辉，家人提出想去给他加油，他一定会说不想分心，不会同意家人来。不过现在已经不一样了，结衣和晴辉会带给他力量。他举起拳头“噢”了一声，打心底感谢家人来为他助威。

“今天可是决赛圈的小组赛，不会用主赛场的三维全息投影，而是在很小的分赛场戴着全息眼镜对战。我觉得恐怕不会有直播，就算有也只会是网络直播，用手机也能看，在家里看也一样。”

“没关系，我们就是想来，今天和最后一天我都请好假了。”

结衣说着，微笑起来。

结衣没有说她每天都会来，这种十分自然的助威方式确实符合她的性格。一辉觉得她就像在拍着他的肩膀说“一定要进决赛”。

“我明白了，小组赛得打到很晚，看完你们就别等我了，先回去吧，电话恐怕也不太方便打。”

“嗯，我知道。”

结衣说着，挥起了手，晴辉也学她用力挥了挥手。

“那就一周后见了。”

一辉举了举拳头，走向通往地下的楼梯。

决赛圈的小组赛要打四天，后面是历时三天的淘汰赛。

比赛第一天是八月十日，从这天到八月十六日的决赛，选手们将迎来一场长达一周的鏖战。

一定要再一次在这里见到结衣和晴辉，一辉暗下决心。

3

约五百人参加的小组赛采取八人一个小组，每场五局三胜的赛制，成绩最好的选手进入淘汰赛阶段。

每人要打七场比赛，四天时间里，一个分赛场要举行共二十八场比赛。每个人一天要打一到两场比赛。

一辉被分到了“六-三”组，这组其他七人来自五湖四海，哪个国家的都有。

其中有两名美国选手，法国、新加坡、澳大利亚、韩国选手各一名，而除了一辉之外，还有另一名日本选手。

游戏竞技项目不分男女，不管什么比赛都是男女混战。尽管职业玩家中男性占了绝大多数，不过一辉的小组中有两名女子，她们是法国选手和澳大利亚选手。

尽管赛前针对主要对手进行训练必不可少，不过世界杯的小组赛是比赛前才抽签，进行事先针对训练几乎不可能。所以小组赛考验的是所有选手真正的实力和随机应变的能力。

随后的四天里，一辉拼尽了全力。

七战全胜小组出线，这样一句话说起来很简单。可是世界杯是集合了全世界顶尖高手的比赛，没有一场比赛不是生死攸关。所有选手的实力都不分伯仲，有可能全胜，但是，一场未胜也毫不奇怪。

不过，一辉取得了前三场比赛的胜利。想要取得小组第一出线，恐怕最起码需要赢得五到六场比赛，能拿下其中的三场至关重要。

可是，接下来的一场比赛中，一辉惜败给了韩国选手。

一辉早就知道这位选手。

他曾经与退役前的梅本对战过，是一位得过世界大赛冠军的老手。

虽说格斗游戏最火爆的国家是日本，可是从整个电子竞技业界来看，最火爆的还是韩国。韩国在二十一世纪初期就完善了国内的网络环境，向网络产业、游戏产业注力，国内职业玩家的地位也比日本的更高。韩国甚至有第一人称射击游戏的职业联赛，电子竞技事务所的数量是日本的几倍，在世界大赛上叱咤风云的选手也比日本更多。

这位韩国选手用的就是擅长空中技的达巴罗斯。

一辉擅长用创矢进行近身战斗，他的步调被对手打乱了，经过长达一小时的激战，最终二比三惜败。

可是，在后面的比赛中，这位韩国选手输掉了三场，肯定杀不出小组赛了。

第三天结束的时候，一辉五胜一败，接下来是他在小组赛中的最后一场比赛。对手的战绩和一辉相同，胜者将杀进淘汰赛。

而这位对手是一辉很熟悉的人。

小组赛最后一场，出现在另一个玩家席上的是一辉曾经对战过的男子。

这名男子和一辉一样，也是日本人，而且很年轻，个子不高。他那凶悍的目光比以前更加凶悍，狠狠瞪向一辉，一辉不会忘记他那头金发，他的玩家名是凯撒。

自从春天的大赛上一辉对凯撒恶言相向之后，他们就结下了梁子。大概四个月之前，一辉离开游戏厅的时候，凯撒模仿《迷乱斗士》中的人物牙龙，用棍子打了一辉。

当时一辉没有报警，不过他打算等下一次见到凯撒，一定要加倍奉还。

可是职业玩家就算在现实中打架赢了也没有意义，如果要复仇还是最好通过游戏。

现在一辉对凯撒已经没有了私怨，只想着如何打好和凯撒的比赛。

凯撒能打出现在的成绩，说明他的实力比以前强得多了。一辉记得凯撒的事务所叫“铁板”，这是一家新兴事务所，最近崭露头角的职业玩家很多，知名度正在提升。

一辉已经不在乎什么复仇不复仇了，他只想赢得接下来的比赛，杀进淘汰赛。

比赛之前，一辉站了起来，想跟对手打个招呼，可是凯撒似乎不打算理睬，他只是狠狠瞪着一辉。一辉没有办法，只好重新坐回了玩家席，然后比赛开始了。

凯撒和以前一样选择了牙龙。

牙龙不像创矢那么灵活，但是每一击的攻击力都很强，特别是需要格外注意牙龙高举棍棒发起的攻击。

不过一辉十分熟悉牙龙，因为他在梅本电子竞技事务所时，他的前辈茸茸也用牙龙。一辉和茸茸为了训练不知道打过多少场，他有信心不会输给其他使用牙龙的玩家。

可是比赛开始之后没多久，一辉就察觉到不对劲了。

按说更灵活的创矢，却在发动攻击的时机把握上彻底落了下风。

以往的经验全派不上用场，一辉不断训练积累的招数和相生相克的资料也没能帮助到他，就算把他最擅长的必杀技连起来，也会被躲掉。

一辉从未见过这么灵活的牙龙，他出了一身冷汗。

很快创矢的生命值就见了底，一辉输掉了第一局。小组赛采取五局三胜的赛制，每一局胜利都非常重要。

一辉做了个深呼吸，迎接第二局比赛，他换了与第一局不同的战斗方式。

创矢发动攻击的速度更快，正因为有这样的经验，一辉总是率先发起攻击。不过一辉决定从这一局开始，他要先观察对手。

在牙龙发动攻击的时候看清其动作，然后进行反击。对手的攻击被躲开之后，身体处在僵硬状态，一辉攻击的精度也会更高。这就是“后发制人”的战斗方式。

如果是以前的一辉，他会想把自己的战斗方式坚持到底，结果被对手牵着鼻子走，输掉比赛。不过现在的一辉表现出了能反过来利用对手战斗方式的“应变能力”。

说是这么说，实际做起来又是另外一回事。凯撒操作的牙龙以难以置信的速度向创矢使着超必杀，只要反应稍微慢一点，一辉的创矢就会变成牙龙的靶子。

这种战斗方式需要极其专注，一辉已经打了三天预选赛，感到精疲力竭，这样的战斗对他的消耗非常大。

比起第一局，这局创矢命中牙龙的攻击更多了，可是创矢没法躲开牙龙的所有攻击。

双方互有攻防，彼此的生命值都降低到了个位数的时候，牙龙发动了超必杀技。

在那个瞬间，惊人的反应速度让一辉操作着摇杆，打算躲开那招效果很强的攻击，以时间来说，就是在百分之一秒间。

一辉的操作成功了，紧接着，创矢在身体撤向后方的状态下用出了烈风投掌拳——

就在一辉想到这里的时候，创矢的身体被打飞到了赛场边缘。

“牙龙，胜利！”

紧接着，凯撒兴奋地咆哮起来。

一辉输了，两连败，接下来只要再输一场，一切就都完了。

一辉想着要稳住阵脚，必须稳住阵脚。

以往他总是能轻松战胜对手，现在却被对手打了个两连败，一辉心里很慌。

如果是以前的一辉，他的专注度会骤然下降，不过现在的一辉非常专注，他设法让自己的头脑冷静下来，开始思考接下来的一局比赛，就在这时候……

负责审查比赛的裁判宣布中断游戏。

观众席上传来了嘈杂的议论声。

根据国际电子竞技联盟的规定，不光世界杯，只要是有职业玩家参赛的官方比赛，都必须设有裁判。

尽管电子竞技和其他体育运动不同，以电脑程序为赛场，不过也有程序出错导致画面卡住的情况，还有选手使用赛会禁止的犯规招数。

这类情况下，裁判会做出判罚，确保比赛顺畅地进行。

虽说如此，裁判出场的机会还是很少。职业玩家之间的比赛中，很少出现犯规的情况，裁判一般只看游戏机是否正常运转。

可是一辉和凯撒的比赛被裁判喊停了。

一辉有点不明白，坐在玩家席上看着裁判席。只见主裁判和助理裁判凑在一起说了一会儿，然后两人一起走近了凯撒的玩家席。

裁判似乎在对凯撒说什么，紧接着，一辉就听到了凯撒激动的喊声。

“开什么玩笑！那怎么可能啊。”

“总而言之，请先交给我们。”

凯撒似乎和裁判争吵了起来，不过裁判的话在赛场上是绝对的。烈性子的凯撒面红耳赤，非常激动。紧接着，主裁判拿着凯撒的街机摇杆离开了玩家席。

主裁判把凯撒的街机摇杆交给了舞台下面的技术审查员，审查员开始了审查。

谁赢了谁就能进入淘汰赛，赛场中的人们议论纷纷，显得十分不平静。一辉只是努力不让自己对比赛的专注度降低，静静地看着裁判们的一举一动。最烦躁不安的是凯撒，他也坐在玩家席上，不过不时大声向裁判叫喊，看起来十分紧张。

大概过了五分钟之后，裁判拿起麦克风，向整个赛场宣布：

“凯撒选手对操纵器作弊，本场比赛的胜者是一辉选手，详细情况请看官方网站。”

听到这话，玩家席中的凯撒马上发出了怪叫。

那不是在说话，只是掺杂着愤怒和憎恶的叫声。

一辉长出了一口气。

虽然胜利的方式出乎意料，不过他总算是赢了。

小组赛中六胜一败，其中一场算是不战而胜。

就算其他选手与凯撒的对战都算是不战而胜，一辉的第一名也很稳固。

一辉成功在死亡小组“六-三”中取得了第一名，赢得了进入淘汰赛的资格。

小组赛出线的那天晚上，一辉在选手休息室给结衣打了电话，没想到电话刚接通，对面就传来了尖叫声：

“我看啦！恭喜你！”

反倒是一辉吃了一惊，他没想到结衣会这么激动。

“每场比赛都很激烈，就算我这个外行也能看得出来。”

“是啊，没错。这个小组里都是高手，只要走错一步，输的就是我了。”

“不过，最后一场比赛不要紧吗？”

“你说那场比赛？失去比赛资格就没什么好说的了。我也理解他想赢得比赛的心情，不过作弊绝对不行。”

一辉冷静地说着他的看法。

最后一战结束之后，大赛官方网站上公布了对裁判判罚的解释，上边说牙龙对操纵器进行了违规改造。

官方比赛使用的街机摇杆按说是没法改造的，它们外侧有强化塑料覆盖，而且是一体成型，没有能打开的地方，没法对里面的智能芯片动手脚。

可是，凯撒摇杆里的智能芯片不是国际电子竞技联盟官方认可的，而是换成了改造后的智能芯片。

据说这种芯片对玩家的操作速度有辅助效果，让人物能比正常情况下动得更快。

一辉心想:难怪以前从没见过这么灵活的牙龙。

结果，凯撒在世界杯上的战绩不但被宣布作废，还被禁止参加十年内的官方比赛，相当于被国际电子竞技联盟封杀了。

虽然凯撒和一辉之间出过很多次问题，结下了梁子，不过一辉能理解，凯撒是因为太想赢才昏了头，因为以往他就是这样。

不过赢了就是赢了，一辉必须尽快把注意力集中到后面的比赛上。

一辉的表情变得严肃起来。

只听结衣顿了顿，然后说道：

“一辉，你变了啊。”

“比赛方式吗？应该不会吧。”

“不是，比赛方式也不一样了，不过最主要的是一辉本身，以前一辉对对手没有丝毫的敬意，你有所成长了啊。”

一辉从电话里结衣的声音中，听得出她对他的信赖。

“谢、谢谢。”

以前他一次都没有说过的话，现在自然地从他口中说了出来。

“接下来就是淘汰赛了啊。”

“是啊，我现在已经被事务所解雇了，真亏我能走到这一步。我已经没什么可失去的了，全力以赴就是。”

说完这话，一辉挂断了电话。

他整理好自己的东西，走出了比赛场馆。

这时的时间已经过了晚上九点。

明天很早就有比赛，他得在今晚恢复一整天比赛带来的疲劳，为明天做好准备。

就在一辉想赶紧回家的时候，背后传来了声音：

“一辉先生，辛苦了。”

“大悟……你怎么在这？”

一辉发现大悟站在前面。

“打完工我看网络直播来着，越看越激动，我就跑来了。”

一辉心中一直没有消除的疑虑又浮现出来，他沉吟道：

“是吗……”

“我帮一辉先生拿背包吧。”

听到大悟的话，一辉只是回答了一句：

“不用。”

可是大悟并不在乎一辉那冷淡的态度，他伸手把一辉的背包摘了下来。

“我们快点回家吃饭吧。”

大悟说着，快步向车站走去。

一辉面带复杂的表情凝视着他的背影。

4

第二天，决定世界冠军的淘汰赛开始了。

世界杯的淘汰赛将在六十四名选手中展开，其中包括从小组赛中出线的选手，还有直接进入淘汰赛的上届冠军。

从淘汰赛开始，选手们将在东京巨蛋中央的四个巨大舞台上，使用三维全息投影放映机进行对战。电视台也会对淘汰赛进行直播，关注度比小组赛要高得多。

每天会进行两场比赛，只要赢下第一天的两场比赛，就能杀入十六强了。

上午十点，一辉在淘汰赛第一场比赛中与一位阿根廷选手对战。

这位男性选手与一辉同岁，是世界杯前不久召开的大赛中刚刚诞生的南美冠军。

听到播音员叫到自己的名字，一辉走上了舞台，赛场中巨大的音量让他颤抖起来。

巨大的屏幕上映出了两名选手的头像。握过手之后，两人的对战马上开始了，从淘汰赛开始采用九局五胜制。

小组赛结束后，组委会马上公布了淘汰赛的对阵表。一辉在拿到对阵表后马上调查了所有有可能对战的选手，第一场比赛的对手自然不用说。

可能是事先的准备发挥了作用，一辉在与阿根廷选手的比赛中占据了优势。看来对手没有针对一辉进行过研究，对一辉擅长的招数、出招习惯、弱点一无所知。一辉没想到前一阶段不如意的成绩居然起到了这样的效果。

一辉擅长的必杀技总是能精准命中对手。虽然输掉了其中一局，不过最终一辉还是以五比一的成绩晋级三十二强了。

一辉在国内还算比较有知名度，不过最近什么出彩的表现都没有。赛场上有阿根廷选手的大批本国拥趸，看到本国选手落败，赛场上一片叹息声。

不过就算是这样，刚刚获胜的时候，一辉还是忍不住举起了拳头。

想想后面还有那么多场比赛，他就觉得头晕目眩。

首先取得了一胜。

接下来要碰到的对战对手全是顶尖高手，他只能把注意力完全放在眼前的比赛上。

他马上开始思考下一场比赛了。

淘汰赛的第二场比赛将从这天下午两点开始。

上午另一场比赛的胜者就是一辉下一场比赛的对手。

一辉凝视着巨大的屏幕，做好了迎来苦战的心理准备。

一辉视线前方的屏幕上，映出了一位年轻人。

上午另一场比赛的胜者恐怕会是他。

这个年轻人是对一辉来说最大的难关。

随着播音员喊出他的名字，赛场上爆发出了更大的欢呼声。

举起手向观众致意的是世界杯格斗项目的上届冠军，即世界排行榜上的第一名。

他就是来自中国上海的传说级职业玩家“涅奥”。

一辉跟着工作人员走向主舞台，从未听过的地鸣声让他吃了一惊。

播音员喊出涅奥的名字，他已经登上了舞台，只听观众们的欢呼声震耳欲聋。上届冠军的登场让赛场中的观众和电视机前的观众都激动不已。

淘汰赛第一场比赛，涅奥选手全胜晋级，他将在这一场比赛中和一辉争夺十六强的一个席位。

一辉当然对涅奥选手很熟悉。

他今年二十五岁，正处在作为职业玩家的巅峰期。上一次的沙特阿拉伯世界杯上，年仅二十一岁的涅奥选手在刚刚支持三维全息投影的《迷乱斗士Ⅺ》的比赛中取得了金牌，一跃成了世界巨星。

一辉握手的时候，近距离看了涅奥的脸，发现涅奥比他想象中还要年轻，五官稚气未脱。

“我们打一场漂亮的比赛吧！”

涅奥这样说着，向一辉挤了挤眼。

虽然涅奥的年龄比一辉小，但是毕竟是上届冠军，表现得非常从容。

“谢谢，也祝你好运。”

一辉为了不被涅奥的气场震慑住，努力挤出了一句回答。

随后，一辉拿着自己的街机摇杆，坐到了舞台上的玩家席上。

两人都坐好之后，舞台马上昏暗下来。

涅奥选手用春来。

紧接着，三维全息投影把荒野战场还有等身大的创矢和春来展现在了人们眼前。播音员的尖叫响了起来：

“开始！”

淘汰赛的三十二强战拉开了帷幕。

涅奥选手操作的春来刚刚开始就以惊人的速度，行云流水般连续发动了超必杀技。一开始一辉毫无还手之力，只能招架。

涅奥真不愧是世界第一。

涅奥的表演让赛场中响起了欢呼声。一辉能感觉到赛场明明在东京，所有观众却都在给涅奥助威，他现在就像在客场作战。

不过一辉努力把创矢受到的伤害控制在最低限度，抵挡着观察了一会儿之后，他发现自己渐渐掌握了涅奥的节奏。

如果是以前的一辉，他不会管对手有什么样的性格和特点，只会重复自己擅长的攻击。

这样的战斗方式，顺风局势如破竹，可是逆风局就会一败涂地。与国内的业余玩家和年轻职业玩家打，这样也能打赢，可是把对手换成顶级职业玩家，想赢就没那么容易了。这就是一辉近年来一直拿不到好成绩的最大原因。

不过现在的一辉已经变了。

他现在可以阅读出对手在不到一秒的时间内如何出招，从大局角度把握整场比赛的构造。他觉得自己明白了涅奥选手作为世界第一会怎么想，接下来会做什么。

在武者修行的后半段，游戏爱好者们在社交网络上议论最多的就是一辉的变化。

他会根据对手，根据战况，自如地改变战斗方式。观战者反而看不出接下来的战况，所以看着才有意思。

不管是什么事，事先安排好的都不会有意思，在无法预测未来的情况下做出自己最大的努力才好玩。

这场比赛开始前，所有人都猜测涅奥选手占据优势，可是比赛开始之后人们才发现，这是一场势均力敌的战斗。

当一辉赢下第八局，双方打成四比四的时候，赛场中充满了异样的氛围。

比赛已经打了将近一个小时，可是赛场中的游戏爱好者们没有一个退场。他们目不转睛地盯着比赛，两位选手的一举一动都让观众们捏了一把汗。

莫非涅奥要止步三十二强了吗？

赛场上有一瞬间充满了这种气氛。

一辉的脑海中也产生了一丝期待，他说不定真的能赢。

可是在第九局，一辉在最后关头犯错了。

双方生命值都只剩下十二点，战斗正处在最胶着的状态，一辉在连招后放出了烈风投掌拳。

可是涅奥的春来在创矢的招数打到自己前，从创矢头上跳了过去，不知什么时候已经移动到了创矢的身后。

涅奥的操作快得令人不敢相信自己的眼睛。春来的身影突然在画面上消失了，紧接着便出现在了创矢身后，那动作快得令人觉得像是出现了程序错误。

涅奥连欢呼的机会都没有给观众。

一辉其实也不是在输入指令的时候失误了。他们双方都在观察比赛局势，而涅奥选手更胜一筹，他猜到一辉会用烈风投掌拳。

紧接着，春来的踢击命中了创矢。

比赛分出胜负的一瞬，短暂的沉默之后，震耳欲聋的欢呼声响彻整个赛场。

“春来，胜利！”

巨大屏幕上的字宣告了涅奥选手的胜利。

一辉在玩家席上缓缓闭上了眼睛。

一切都结束了。

一辉产生了强烈的感觉。

5

涅奥选手戏剧性的胜利使赛场变成了沸腾的坩埚。

涅奥选手举着手，向为他欢呼的观众们致意，而旁边的一辉则垂头丧气，打算离开舞台。

不过这时候，一辉想起来还有一件该做的事没做。

这时，涅奥选手也看向了一辉。

“最后的一跳真令人惊讶，能和世界冠军比赛是我的荣幸。”

一辉觉得不甘心，不过他觉得这句话必须得说，所以向涅奥开了口。

没想到的是，涅奥选手握住一辉的手说道：

“你太棒了！有机会我们再战吧。”

屏幕上把摄像机捕捉到的两者握手的画面放大成了特写，紧接着转到了涅奥选手的特写，赛场中响起了更热烈的欢呼声。

欢呼声中，一辉独自一人走下了舞台。

战败之后，一辉直接来到了选手休息室。

他坐在个人储物柜前的折叠椅上，把毛巾搭在头上，看向地面。

兴奋过后，他的头脑和身体似乎依然处在麻痹状态。刚刚结束一场激战，他的指尖到现在还是滚烫的。

一辉看着自己的手指，接受了自己必须面对的现实。

在世界杯上杀进了三十二强，而且面对世界排名第一的选手，打得平分秋色。刚才毫无疑问是一辉人生中打得最棒的一场比赛。

他没有遗憾了。

一辉这样对自己说着。

他在参赛前本来就想好了，这或许是他在职业玩家生涯中参加的最后一场大赛。

他是想试试自己能走到哪一步，自己有了多大的改变。

而他和涅奥选手打得难解难分。

他手上还残留着握手的感觉。

这已经足够了。

涅奥选手虽然跟一辉说“有机会再战”，却不会再有这个“机会”了。

二十年的玩家生活在一辉脑海中流转着。

结衣和晴辉的脸也浮现在其中。

想必他们已经从电视直播中得知了一辉的败北，没有打电话来，或许是出于他们的善意吧。

一辉没能给他们惊喜，决赛那天在赛场见面的约定无法实现了。

三十二强已经是很不错的成绩了。

想必他们一定会这样对一辉说的。

可是，就算是世界大赛，能留在人们记忆中的也只有冠军。

三十二强这样的战绩没有意义。

退役——

面对沉重的现实，一辉紧紧闭上了眼睛。

尽管令人难过，但是他不得不接受现实。

就在他下定决心的时候……

“辛苦啦。”

一辉头上传来了他意料之外的声音。

他摘下搭在头上的毛巾，看向了声音传来的方向。

一辉看到了他以前事务所的主教练梅本。

“真是可惜啊，居然能把涅奥逼到那一步，真不愧是一辉。”

梅本莫非是来安慰他的吗？

自从梅本宣告解雇一辉，一辉还是第一次见他。

“非常感谢，不过比赛就是比赛，输了就完了。”

“嗯……”

梅本很清楚，一辉输掉比赛之后一定会怨天尤人。

不过一辉继续说了下去：

“世界第一果然厉害，最后虽然是我的判断失误，不过我更想称赞他把控比赛局势的能力。”

挤出这句话之后，一辉不甘地皱起了眉头。

看着一辉的这个样子，梅本说道：

“从小组赛开始，我一直在看你的比赛。我们已经认识十年，不，算上你的学生时代，咱们已经是将近十五年的老交情了。当然，知道你参赛的时候，我其实吃了一惊。”

梅本把手搭在了一辉的肩头：

“你变了啊，一辉，你变得好。我虽然表达不出来，不过你的游戏观和以往相比，简直像换了一个人。该怎么说呢，你不再自以为是了。”

梅本宣告解雇他的时候，一辉曾经怨恨过梅本。

放火的不是他，虽然因为没有不在场证明，他背上了涂鸦的黑锅，可是那其实不是他做的。

梅本担心影响事务所的声誉，抛弃了一辉。

一辉曾经怨恨过梅本，正因为梅本是他的偶像，他对梅本的怨恨也更强烈。

可是梅本一直关注着他。

梅本看了这几天的比赛，看到了一辉训练的成果。

游戏天才梅本本来话就很少，他是那种用行动和成绩来令周围信服的人。梅本对一辉说的话，更像是在说他的感想。

不过一辉很高兴。他深切感受到梅本虽然解雇了他，可还是一直关注着他。梅本和结衣一样，一直在看着他。

“你的比赛看着很有趣。”

听到梅本轻声说出这话，一辉终于克制不住自己的感情了。

他再一次垂下了头，咬紧牙关呜咽着。

他的偶像梅本说他的比赛有趣，这让一辉高兴极了。

梅本始终是一辉尊敬的对象，在职业玩家时代，梅本曾经用至今仍被玩家们津津乐道的逆转俘获了众多游戏迷。一辉的这位偶像曾经揶揄一辉“只是强而已”，现在他却称赞一辉的比赛“有趣”。

有这句话不就足够了吗？

这对于一辉来说，是从来没有听过的、无上的赞美。

一辉觉得只要最终得到了这句称赞，他投身游戏的二十年就没有白费。

他从心底感谢梅本。

只听梅本继续说了下去：

“快点准备下一场比赛吧。”

一辉听糊涂了。

他含着泪看向梅本。

“对现在的你来说，没有什么是不可能的，去闹个天翻地覆吧。”

“可是……”

一辉正打算说自己已经被淘汰了，梅本用有力的声音说道：

“你起码得把赛会规则记清楚才行。直到决出八强为止，都是采用‘双败淘汰’赛制的。”

听到这话的一瞬，一辉碰倒椅子蹿了起来。

他觉得全身又一次充满了力量。

他在内心训斥自己是蠢货，差一点放弃了。

梅本拍了拍一辉的后背说道：

“败者复活赛就要开始了！”

6

八月十六日上午十点。

一辉站在舞台侧面，正闭着眼睛集中精神。

他已经习惯了包裹整个赛场的热烈欢呼声，已经没了前几天的极度紧张感，现在他心中非常平静。

他总算拼到了这一步。

对两个月前的他来说，这是难以想象的。

不过想到这里，一辉摇了摇头。

他不能被过去束缚了手脚。

人越是觉得自己已经取得了出色的成绩，越是没法更进一步。

重要的是现在。

重要的不是回想一步步走来的过去，也不是畅想即将走向的未来。

重要的是走好眼前这一步。

“四强之一，一辉！”

选手们也好，游戏迷也好，世界杯开始前，没有人关注这个男子，而他的名字却从播音员口中喊了出来。

只听赛场中一阵欢呼传来。

只用了从小组赛到现在的区区十几场比赛，一辉已经俘获了狂热的粉丝。

播音员的呼唤过后，一辉踏上了舞台。

这天是大满贯赛事中最权威，四年一次的世界杯决赛的日子，半决赛马上就要开战了。

一辉虽然在淘汰赛三十二强战中败退了，但是梅本告诉他这次赛会采取双败淘汰制，也就是说还有败者复活赛。

这次世界杯采取了独特的赛制，在四分之一决赛之前，败战过一次的败者之间会进行比赛，其中胜出的四人会和未尝败绩的四人进行对战，从这八强中决出进军半决赛的四人。

一辉已经绝望过一次，这次他真的把一切都赌在了最后的机会上。

结衣可能是早就知道赛制，所以才没有给他打电话。一辉想起自己当时傻傻的猜测，苦笑了起来。

随后的比赛中，一辉好像被神灵附了身。

就像他多年来专注格斗游戏所积累的经验一下子绽放了。

一辉什么都没有多想，脑子中是空的。

可是他的身体会自己动起来。比赛开始之后，对手接下来的动作就变成影像出现在了他的脑子里，所以他总是能克制对手。

看到这样的比赛，拥趸们不断在观众席上喊着一辉的名字。电视直播的收视率也节节攀升，网络直播中也飞过了数量惊人的弹幕。

弹幕中，游戏迷们都在说："奇迹般的复活！""全盛期梅本再现！""上山变成神山了[1]！"

一辉在败者复活战中连战连胜，最终漂亮地杀进了半决赛。

聚光灯照亮了幽暗舞台上的一辉。

迄今为止，日本还没有出过世界杯冠军。

全场的观众都把希望寄托在了舞台上。

不过观众们的希望不只寄托在了一辉身上。

播音员喊出了一辉这场比赛的对手的名字，对方也全胜杀入了半

1　日语中"上山"和"神山"发音相同。

决赛。

“四强中的另一位，茸茸！”

另一个杀入半决赛的日本选手是一辉以前事务所的前辈茸茸。

茸茸和梅本一样，从一辉刚加入事务所就对他很照顾。

日本人之间的半决赛让国内的游戏迷陷入了狂热之中。

不管谁赢，日本人都能杀入决赛了。

看到“第一位来自日本的世界杯冠军”梦想正在步步成真，所有游戏迷都激动了起来。

“我看了你的比赛，很厉害嘛，简直像换了个人。”

“前辈，我可不会输给你的。”

只是说了这样两句话，两人之间的沟通就结束了。

茸茸和一辉都露出了平静的笑容。

这还是一辉离开事务所那天以来第一次和茸茸说话。临别时茸茸甩给一辉的那句话曾经让一辉对这位前辈非常失望气恼。

他觉得自己已经和茸茸认识了十多年，居然人还没走，茶就先凉了。

可是，茸茸早就看穿了一辉的误区，看穿了一辉为什么总是在关键比赛失利，他想表达的意思都包含在临别时甩给一辉的那句“所以你才不行啊”。

当时一辉只觉得茸茸是在侮辱自己，不过现在他已经明白了。

那就是茸茸当时给一辉最大的建议。

一辉带着感激之情，向茸茸行了个礼。

两人握手之后，分别坐到了自己的玩家席上。

一辉看了看最前排的教练席，只见梅本正向两位勇士微笑着。

三人的视线交错在一起，梅本向着舞台点了点头。

他的意思是一辉和茸茸都要加油。

比赛就要开始了。

投掌拳＞攻击取消＞冲刺取消＞灭·冲击波！

“上、右、右下、轻拳”＞“中拳加中脚”＞“上”＞“前、右下、前、右下、三拳键同按”＞“上、后、右上、重脚”＞“中拳加中脚”＞“上”＞“后、右上、后、右上、轻脚”＞“后、右上、后、右上、中拳中脚”＞“上、三拳键同按”＞“上、前、重拳重脚”＞“三拳键同按、前、右下、前”。

各种指令在一辉脑海中不停转着。

一辉还没有想到，身体就先做出了反应，三维全息投影展现出的创矢就像一辉的分身一样战斗着。

创矢的行动中没有游戏特有的滞涩感，他行云流水般地用着连续技，想找出两招之间的间隙反而更难。

不过在这一点上，茸茸也是一样的。

茸茸操纵的牙龙不是躲开创矢的招数，就是用防御技接下来，紧接着便向创矢用出超必杀技。如果超必杀技把创矢打倒在地，他就会一鼓作气开始压制，用出无限连招。

他们两人毕竟是在同一个事务所里一起训练过的。

一辉虽然没有和后辈们训练过，不过他想到的招数和诀窍都会和茸茸聊。茸茸很了解一辉的性格，肯定早就看透了他的习惯和弱点。

可是一辉一点都不慌。

既然这样，那就利用茸茸“对他的了解”好了。

茸茸会预测“在这种情况下，一辉一定会这样做”，一辉只要出其不意就行了。

两人会在试探一番之后，找到转瞬即逝的破绽，对对方展开一浪高过一浪的攻击。

高水平的攻防战急剧消耗着两人的体能。

就算相互对峙，一动不动的时候，玩家席上两人的呼吸都十分急促。

体型比较胖的茸茸已经出了很多的汗，而一辉也气喘吁吁，简直就像两人直接打了起来一样。

每局比赛都要消耗掉十分钟以上，比赛缓缓推进着。

首先是茸茸取得了两连胜。

而接下来的第三局，一辉总算拼来了一局胜利。

后来两人又打了三局。

第六局结束的时候，一辉被逼到了悬崖边上。

他已经输给了茸茸四局，只要再输一局，胜利就属于茸茸了。

他的体能已经接近极限了，专注度也在下降。

他能走到这一步已经很不容易了，而这一战碰上的对手是强大的茸茸前辈。

世界杯中没有争夺第三名的比赛，半决赛败退的两人都会得到铜牌。一辉现在肯定能拿奖牌，这或许已经足够了。

就在这种想法在一辉脑海中成形的时候……

一辉喘了一口气，不经意间看向了观众席。

热气腾腾的东京巨蛋里坐满了五万名观众。

所有观众都捏着把汗，关注着中央主舞台上一辉和茸茸操作的创矢和牙龙的三维全息投影。

在震耳欲聋的欢呼声中，观众席上的结衣和晴辉跃入了一辉的眼帘中。

这还是开赛第一天之后，他们第一次到现场来给一辉助威。

我们最后一天再见——和他们的约定成真了，一辉觉得这真是太好了。

结衣和晴辉在距离中央舞台几十米的地方，关注着一辉的表现。

没有一名观众还坐在座椅上，所有人都站了起来，挥着拳头，声嘶力竭地为两名日本玩家加油助威，结衣和晴辉也不例外。

看到他们的样子，一辉才察觉到自己正打算放弃。

铜牌确实很不错……

可是他已经决定了要成为最强的人。

他不能满足于铜牌。

他可能已经没有下一次了，最起码这一次，他得一直坚持到最后。

因为他已经和结衣约好了。

只要坚持战斗到底，最起码在结衣和晴辉心目中，他能成为英雄。

就在这时，一辉突然发现大悟就在结衣和晴辉的正后方。

他既没有戴帽子和口罩，也没有遮挡面部。

而且，他就站在结衣和晴辉身边，什么时候暴露都不奇怪。

以前大悟也有几次差点暴露。

可是在一辉走上这么重要的舞台时，他突然接近结衣和晴辉，其中的意义是不同的，他一定有什么“企图”。

不过一辉摇了摇头。

一辉心想:“不要想他，我要专注。”

现在他应该考虑的只有比赛。

和一辉战斗的是茸茸前辈，他不会放过对手一丝的松懈。

谁有丝毫大意谁就会输，这场战斗就是如此严酷。

他重新振作起差一点崩溃的精神。

他刻意屏蔽掉会令他分心的信息，专注于眼前的战斗。

两个月的训练进一步提升了一辉的专注度。

他现在已经能化压力为动力了。

从这时起，一辉的战斗力提升到了新的境界。

游戏中都有虽然存在于代码中，却“不可能用得出”的招数。

所谓的必杀技，就是在有限的时间中，输入程序中设定好的指令。

而必杀技就是以人类反应速度的极限，也就是一帧（六十分之一秒）为基础设定的。

而所谓的不可能用得出的必杀技，其中就设定了要在零点五帧里输入的指令，玩家需要在通常只够输入一次指令的时间里输入两次指令，每次只有短短的一百二十分之一秒。程序中有这个设定，可是无法实现，这就是没人见过的传说中的必杀技，也是游戏开发者的恶作剧。

可是一辉对这不可能的招数发起了挑战。

只要想做，就没有做不成的事。

进十六强的比赛中，涅奥选手最后用出了一招，打败了一辉。

那就是不可能的必杀技。

尽管一辉以往还一次都没有成功用出来过，不过他有相关的知识。

创矢的“不可能的必杀技”只有一种。

输给涅奥之后的比赛中，一辉有几次尝试过那种必杀技。

可是他总也没法成功。

用必杀技失误一定会使对手有机可乘，比赛的水平越高，失误多的人取胜的概率就越小。

不过，一辉还是取得了两连胜。

双方打平了，现在是四比四，接下来一局谁能取胜，谁就能杀进决赛。

另一场半决赛中，胜者已经诞生了。

取得胜利的是十六强战中战胜一辉的涅奥。

以前还从来没有人在世界杯中成功卫冕，而涅奥现在只差一步就能完成这一伟业了。

要和涅奥战斗的是他。

他一定要复仇。

第九局，牙龙的超必杀技命中了创矢，创矢的生命值只剩四点，而茸茸已经开始无限连击了。

一辉被逼到了悬崖边上。

可是，就在生命值降到零之前，一辉的意识和创矢重叠在了一起。

他觉得自己就像创矢的分身。

这几个月里，他和残机们度过了一段神奇的时光。

一辉从他的分身们身上学到了很多。

他不是只靠自己活着。

他与对他来说很重要的人联系在一起。

在这几个月里，他真正体会到了这一点。

他抛开一切多余的念头，操作起了控制器。

整个赛场突然静了下来。

紧接着，舞台上的创矢多了一个，又多了一个。

回过神来，人们发现四个创矢围住了牙龙。

四个创矢就像一辉和三个残机一样。

茸茸乱了阵脚，对其中一个创矢开始了攻击。

可是牙龙的攻击像穿过幽灵一样穿过了那个创矢，攻击没有生效。

这样的招数没人看到过。

一辉终于用出了传说中的必杀技。

他把一直留到现在的超必杀技向牙龙放了出去。

“创矢，胜利！”

整个赛场有一瞬间陷入了寂静之中。

紧接着，播音员的尖叫声响了起来：

“他赢了，一辉选手赢了。他用出了创矢的‘神技’，取得了胜利，真是一场难以置信的比赛！”

在场内的英语播音员叫喊的同时，面向国内直播的电视播音员也用日语喊了起来。激动的播音员忘情地高喊着，就算有人指责这样做偏离了播音员的中立立场也不奇怪。播音员的声音打破寂静后，决堤般的热烈欢呼声在赛场上响了起来。

一辉看了看观众席，发现结衣和晴辉也高兴得跳了起来，可是这时候，他发现大悟已经不在了。

一小时的激战之后，一辉和茸茸都累得筋疲力尽。

一辉摇摇晃晃地来到舞台中央，只听茸茸说道：

“一辉认真起来果然厉害，我打不过啊。”

“前辈，非常感谢。”

一辉双手握住茸茸的手，低下头去行礼。

茸茸高高地举起了一辉的手：

“另一位进军决赛的选手是一辉！”

听到茸茸的喊声，赛场中的游戏迷们呼喊了起来。

听着观众席上传来的欢呼声，一辉露出一抹微笑，昏了过去。

7

醒过来的时候，一辉发现自己在一个小房间中。

耳畔的欢呼声还没有消散。身处巨大的体育馆中，在聚光灯的照耀下进行极度紧张的比赛，这样的状态带来的热量还留在他身体深处。

一辉在简易床上撑起上半身，听到了一个年轻男子的声音：

“上山先生，你还好吗？”

“是……我没事。”

这几个月之中，他已经不知道是第几次昏过去了。可能是因为看过太多次相同的景象，他产生了既视感。这个房间中没有夸张的医疗设备，只是一个四壁雪白的房间，看工作人员身上的白大褂，一辉知道这里是医务室，一定不是综合医院的重症监护室。

他不是在某种事件或事故中遭遇了生命危险。

这次他好像顺利参加了比赛。

想到这里，一辉突然清醒了过来：

“比赛呢？”

“不要紧，决赛是今天下午四点开始，现在才两点半，请你好好休息一下吧，你是过度疲劳昏过去了。”

听到医务人员的解释，一辉因为紧张而僵硬的身体放松了下来。

一辉心想：“太好了，好不容易杀进了世界杯的决赛，才不想不战而败。”

上一次他就连续睡了三天，直接把比赛的日子睡过去了。

为了全力以赴和他战斗的茸茸前辈，也为了给他加油的梅本先生，他觉得自己一定要在决赛中胜利才行。

这时，一辉想起了结衣和晴辉的面孔。

当然，他也是为了他们。

他让结衣吃了这么多年苦。

他让晴辉受了这么多年委屈。

为了给结衣和晴辉一个交代，下一场比赛他必须赢。

结衣和晴辉或许并不在乎他是输是赢，可是世界第一和第二有天壤之别。

如果能得到金牌，世界排名会大幅提升，还能得到巨额奖金，这样就能给结衣抚养费了，晴辉也能骄傲地在同学面前说自己是世界冠军的儿子。他不想再让晴辉受委屈了。

“对了，刚才你的家人还陪在你身边，要把他们叫来吗？”

一辉正思来想去，医务人员把刚才的情况告诉了他。

他想起了刚才比赛结束后的事。

他是在舞台上昏过去的，结衣和晴辉肯定也吓了一跳。

可是马上就要到决赛的时间了，观众席上肯定非常混乱，再让他们来一次太麻烦了。而且一辉也想为即将到来的比赛集中精神。

“不，不用了，非常感谢。”

等比赛结束后再和他们见面就行了。

到时候一定要把夺冠的好消息带给他们。

这次他一定要成为英雄。

一辉躺在床上暗下决心。

医务人员留下一辉走出了房间。剩下的一小时就在这里好好休息，决赛一定会是一场艰苦的战斗，他必须尽可能多恢复一些体力。

可是就在这时，一辉突然想起了大悟的面孔。

没错，半决赛时，他有一瞬间看到大悟出现在了观众席上。

而且他没有化装，露脸站在结衣和晴辉的身旁。

当时他为了集中精神比赛刻意让自己不去想，可现在他突然想起了当时的情况。

他为什么到那种地方来了？一辉越想越觉得不对劲。

就在这时，房间的门悄无声息地打开了。

一辉本以为是医务人员，可是，他从门缝看见了大悟的脸。

“一辉先生，你没事吧？”

“你怎么进来的？”

“我装作一辉先生溜进来了。”

这里禁止外部人员入内，大悟不是爱胡来的人，他居然会做这么冒险的事。要是暴露了，那就麻烦了，更不要说他们长着同一张脸。

一辉一看，发现他果然没有戴帽子和口罩。

一辉火冒三丈。

“比赛时我看到你了，你到底打算干什么啊？”

一辉把一直留在他心中的疑念甩向了大悟。

“干什么？”

“你不是没有化装，跑到结衣和晴辉旁边看比赛了吗？要是被他们发现了怎么办啊？他们会被吓坏的。”

一辉大致能想象到大悟会怎么辩解。

他觉得大悟会说自己大意了，然后向他道歉。不管心里是怎么想的，只要一辉当面质问起来，大悟肯定会道歉的。

即使如此，一辉还是想问清楚。他不想让心里带着这个疙瘩迎接决赛，他想把一直累积到今天的疑惑拂拭掉。

“我是来跟他们做最后的道别的。”

这句话是一辉没有想到的。

“啊？”

“我觉得比赛中他们会专心看着舞台，不会察觉到周围的人，所以我想趁那个机会跟他们告别。当然，我没有出声跟他们搭话，只是在我心中告别。我看着一辉先生在舞台上的表演，作为‘大悟’跟他们道了别。我没有化装，是因为我想作为原原本本的自己跟他们道别。”

一辉听糊涂了。

道别是什么意思？

大悟说他从很小的时候起，就一直关注着一辉。

大悟说一辉是他的偶像，在背后支持一辉这个本体就是他生存的意义。

可是大悟最近做了一些令人忍不住多想的事，让一辉产生了一些不愿意说出口的猜测。

一辉怀疑大悟在与结衣和晴辉接触的过程中产生了私情，不愿意再做一辉的影子了。

大悟想代替一辉这个本体——

自从产生这种疑念之后，一辉看大悟的方式就变了。

大悟对一辉越好，他做的所有事在一辉眼中就越可疑。

在半决赛中看到那一幕之后，一辉的疑念变成了确信。

牺牲自己的一切，把自己的一切献给本体的人生果然是不可能的。

一辉一直以来的生存方式让他无法想象那样的人生。

大悟也和晴信一样。

他肯定也想成为本体。

可是，大悟说要“告别”。

一辉紧张了起来，认为这是大悟的诡计。

“什么意思啊，你不是想成为我吗？你不是一直看着我吗？你不是想夺走我的家人吗？”

一辉第一次说出了自己的想象。

大悟愣住了，他的样子在一辉看来就像一个深谋远虑的策略家。

没错，这就是大悟精心谋划的计划。

大悟是想让一辉信赖他，和一辉的家人处好关系，打算最终把一切都夺到自己手中。只要一辉成为世界冠军，他的人生价值就更高了，所以大悟才一直支持他玩游戏。

可是大悟只是轻轻呼了口气，然后缓缓开了口：

“一辉先生，你的比赛我一直在看，你有所成长啊。”

“啊？”

“我从一辉先生小学生时代就一直看着一辉先生。一辉先生做什么都很出色，而且是班里的红人，总是闪闪发光。不过与此同时，一辉先生总是看不起身边的人，不想和身边的人深入来往，这样的一辉先生也让我有点担心。我觉得这样生活下去，一辉先生迟早有一天会吃到苦头，因为人是没法独自生活的。”

一辉察觉到今天大悟给人的感觉和平时不一样，他默默听了下去。

“我遇到信哉和隆介，他们说要跟一辉先生搭腔，说实话我有点犹豫。因为残机本来不该给本体添麻烦。不过我现在觉得我们做对了。当然，信哉和隆介的消失让我觉得很难过，不过也正因为如此，一辉先生才活了下来，而且有了改变。经过与结衣小姐和晴辉的相处，一辉先生发生了更大的变化。一辉先生已经不是以前的一辉先生了。”

一辉凝视着一脸严肃的大悟。

他的眼睛中虽然没有浮现出泪水，不过说话的声音不时哽咽，而且微微颤抖着。

大悟说得或许没错。

以前的一辉只觉得家人是他职业玩家道路上的障碍。

他以前觉得就是因为有家人，他的状态才一直找不回来。

可是最近的一辉已经不一样了。

他现在认为，正是因为有结衣和晴辉，他才能变得更强。

正因为想看到他们两人的笑容，他才能在最困难的时候坚持下来。

令人哭笑不得的是，他是在作为职业玩家的道路被斩断之后才察觉到了这一点。

为他制造了契机的就是站在他面前的大悟。

“决赛加油。比赛结束之后，我不会再出现在你们面前了。现在的一辉先生已经不再需要我了，你要珍视家人、伙伴，好好生活下去。一辉先生一定能成为妻子和孩子的英雄。”

听到最后的这句话，一辉感到心中有种感觉涌了上来。

那是一种他以前从未有过的神奇的感觉。

他一直以为不求回报的爱是不可能存在的。

如果可能，他希望自己不用给予，只是获取。

只要站在职业玩家的顶点，他的愿望就能实现。

有超常才能的人有资格享受周围的人的奉献。

正因为如此，他才认为必须获胜，认为输了就会失去一切，他无论如何不想做奉献的一方。

可是眼前的大悟让他明白了，他一直想错了。

奉献一方和获取一方其实是没有严格界线的。

奉献之后就能获取。

心中有爱的人也能得到爱。

“一辉先生已经变了，这一点从结衣小姐和晴辉凝视一辉先生的眼神就看得出来。这不是因为我代替一辉先生照顾过晴辉，是一辉先生的真情感化了他们。不过一辉先生还得继续努力，偶尔照顾晴辉一次是不行的。一辉先生要照顾晴辉直到他长大成人，不对，是得照顾他一辈子才行。今后不光会有开心的事，还会有让人想要逃避的事。要是住在一起，什么事都会发生的。一辉先生要担起一切责任来，这也会让一辉先生自身有所成长的。”

大悟说完这番话，拿起背包，掏出了一个笔记本。

笔记本上写着几个月前一天的日期。

“这是我开始照顾晴辉之后留下的记录，详细写下了我陪晴辉的时候发生了什么样的事。他喜欢吃什么东西，最喜欢玩什么游戏，说什么样的话会导致他反感，还有怎么夸奖他才会让他开心——”

接过笔记本之后，一辉吃了一惊。

他没想到大悟居然在记这种笔记。

一辉翻了翻笔记本，只见上面密密麻麻写满了小字。

在一辉随手翻开的一页上，上面有一栏“最喜欢的东西”。

“妈妈的蛋包饭是世界第一”“妈妈唱的歌最好听了”……

这一栏里写了很多条关于结衣的内容。

不过其中有一条吸引了一辉的目光：

“玩游戏时的爸爸很帅”。

“不过和我一起玩的爸爸最帅了”。

一辉咬紧牙关，不让涌上心头的东西溢出来。

听了大悟说的话之后，他开始为自己对大悟的猜疑感到羞耻了。

居然觉得大悟是要夺走他的人生……他怎么这么愚蠢啊。

“好了，马上决赛就要开始了，在决赛中获胜，成为英雄吧。”

大悟说着，打开了房间的门。

看着大悟的背影，一辉第一次说出了这句话：

“谢谢——”

8

八月十六日下午三点三十五分。

国际电子竞技联盟东京世界杯，格斗游戏项目最终的决战即将拉开帷幕。

一辉看了看表，从医务室的床上坐了起来。

按说职业玩家在比赛之前，会在休息室里用自己的全息眼镜和街机摇杆来热身。这个过程就像体育运动员做准备运动一样。职业玩家通过这个过程来唤醒手指，让身体兴奋起来，使头脑进入战斗模式。

可是病床上的一辉不慌不忙。

在游戏方面，他已经没有什么准备好做了。

他即将面对的涅奥选手于名于实都是世界第一。

在三十二强战中，一辉已经切身感受到了他的实力。

不过一辉也想好对策了。一辉看过几千次、几万次涅奥过去的比赛，对他操作的人物春来与创矢如何相生相克也非常熟悉。

一辉接下来要做的，只是在听到那一声“开始”之后，到比赛结束之前，展现出他的全部实力。

一辉穿上袜子，踩上帆布鞋，系好鞋带，从床上下了地。

“很好——”

在比赛开始前十分钟，工作人员应该会来叫他的。

他要集中精神，等待那个时刻。

一辉坐在床沿上，闭上了眼睛。

以往发生的事在他的脑海中流转着。

三名残机突然出现在了他的面前。

他在与他们难以置信的接触过程中，学到了很多。

虽然其中两人已经不在世上了，不过他们依然活在一辉心中。

一辉一直觉得自己是靠自身的力量活到了现在，不过他错了，他只是没有察觉到，其实有许多人支撑着他。

梅本先生、茸茸前辈、事务所中众多的工作人员、职业玩家“一辉”的粉丝们，当然还有结衣和晴辉。

如果没有他们，就没有现在的他。以前一辉的一切行动都是为了自己，不过这一次，他要为了大家而战斗，这也是为了悼念消失的信哉和隆介。

一辉越来越专注，杂念从他的脑海中消失了。他与涅奥选手战斗的样子鲜活地展现在他的脑海中，他已经做好了随时迎来战斗的准备。

就在这时候……

一辉放在桌子上的手机震动了起来。

他看了一眼，发现屏幕上出现了“结衣”二字。

结衣虽然喜欢管这管那，可是她从来没有在比赛之前给他打过电话。不过这毕竟是世界杯的决赛，她想必是想跟一辉说几句话。

一辉觉得结衣一定是想鼓励他，便按了一下接听键。

“一辉，晴辉不见了。”

结衣只说了这样一句话，她的声音颤抖着，显得十分慌乱。

一辉走出医务室，来到赛场出入口，马上被喧嚣声包围了。

出入口处拉起了一条警戒线，上面写着“无关人员禁止入内”，可是很多记者和摄影师挤在警戒线前等着。他们手中抱着照相机，想把进入决赛的第一位日本选手走向赛场的身影记录下来。

察觉一辉现了身，摄影师们的闪光灯纷纷亮了起来。那有可能会引起眩晕的光束让一辉有些犯怵，不过他还是走到了他们面前。

摄影师身旁的记者们争先恐后地发问：

“一辉选手，请说说你现在的感想！”

“你对涅奥选手有什么看法？”

“你将迎来为三十二强战复仇的机会，请问你有自信吗？”

问题和镜头的闪光一波又一波地涌向一辉。

可是一辉现在顾不上那些。

“请让一让……”

就在这时，结衣挤开记者们，出现在了一辉面前。

记者们发现了结衣，一齐把麦克风和镜头转向了她。

“您是一辉选手的妻子吧？请说说您的感想！”

一辉没有理会记者们，把结衣放进了警戒线里。他拉着她的手臂，把她带进了医务室中。

“怎么了？”

“晴辉不见了！”

结衣重复着和电话中一样的话，她脸色苍白，眼睛里含着眼泪。结衣平时总是比一辉沉稳得多，可是现在的她不知所措，已经乱了阵脚。

“怎么不见了？半决赛的时候你俩不是还在看台上吗？我在舞台上看到你们了。”

“嗯，后来一辉昏过去了，我们俩来这里看了你。我们看你在打点滴，而且睡着了，不想打扰你，发现还有很长时间就先出去吃午饭了。晴辉说他想吃拉面，我就找了个位置让晴辉先坐下，我去餐饮区的拉面店排队了。当时排队的人很多，我花了二十分钟才买好拉面，回去的时候晴辉已经不见了……”

结衣的话像连珠炮一样，可是她的声音非常细。

“他是不是去卫生间了？这么多人，他自己去了，回来迷路了吧？”

一辉说出的是他的期望。

可是结衣摇了摇头。

随后她把手伸到了一辉面前。

结衣手中握着一顶深蓝色的鸭舌帽，那是以前一辉送给晴辉的世界大赛八强纪念鸭舌帽。

这个怎么了？

一辉这样想着，看着结衣，只见她把帽檐里面转了过来。一辉看到上面用黑色的油性笔写着字。

一辉读完那行字之后，终于明白事情非同小可了。

“我决定除掉晴辉。”

转眼间，一辉的脸上也没了血色。

绑架——

为什么选择晴辉？目的是什么？为钱？为了报仇？

如果是为了报仇，那么这次绑架是不是和他进了决赛有关系呢？

一辉惹过无数的事，发生什么都不奇怪。

可是就在这时，一辉发现了。

帽檐里面的字他好像在什么地方见过。

一辉想起了以前结衣拿给他看的试卷。没错，这就是晴辉每次考试都得一百分那段时间的字迹。不对，不能这样说，准确地说那不是晴辉的字迹。

那是晴信的字迹。

以前晴辉给一辉的肖像画上写着秀气的小字。

可是，这帽檐上的文字，还有那一百分满分试卷上的文字，都是又大又有力，而且有些扭曲。一辉不会忘记这很有特点的字迹，这毫无疑问是晴信的字迹。

一辉没法想象，被玲奈甩掉之后，晴信心中会产生多么黑暗的情感。看来晴信果然没有原谅一辉和晴辉。

他现在明白的，就是晴信绑架了晴辉。

晴信不可能杀掉晴辉。

他毕竟还是个孩子，而且晴信就是晴辉的残机。虽然一辉不知道晴辉还有几个残机，不过晴辉的死就意味着残机的消失。晴辉体弱多病，以往很可能已经失去过残机了，也就是说晴信自己很可能会消失。

这一点晴信应该也很清楚，如果是这样，他说的“除掉”到底是指什么？

想到这里，一辉不经意间看向了表。

到比赛开始已经没多少时间了。

想必很快工作人员就会来叫一辉的。

结衣已经乱了阵脚，瘫坐在一辉面前的折叠椅上。

一辉心想：“想一想，集中精神。”

晴信带着晴辉到什么地方去了？

这时，一辉想到了一个晴信可能会去的地方。

以前晴信曾经说过，他溜进川崎的一座空屋里住了下来。

晴信不能杀晴辉，那只能把他藏到某个地方。

晴信毕竟只是孩子，他想必不会去找新的地方，或者租新的房子来藏晴辉。

晴信恐怕是打算把晴辉带到那座空屋里去。

“结衣，你还记得大概是什么时候发现晴辉不见了吗？”

一辉克制着激动的心情，向结衣问道。

结衣抬起头说道：

“就是刚才我去买拉面的时候，应该过了还不到十五分钟。”

要从东京巨蛋去川崎，只能坐电车或者汽车。

晴信当然不会开车，而电车上有监控。一辉考虑了一下这么小的孩子是不是会想得到这一点，他思考的结果是，晴信恐怕会想到。

既然这样，剩下的选项就只有一个了。虽说不知道晴信到底是从哪儿搞到了钱，不过看样子他有不少钱。想在不留下证据的前提下回到川崎，只剩下了一种办法。

就在一辉得出结论的时候，有人推开了医务室的门。

“一辉选手，差不多到决赛的时间了。”

手臂上戴着“工作人员”袖章的年轻男子来通知一辉了。

大悟的脸马上闪过了一辉的脑海。

拜托那家伙吧。

一辉已经没有时间了。

可是，救晴辉刻不容缓。

要是晴信带着晴辉回到了他在川崎藏身的空屋，那就没法再找到他了。川崎的空屋可以说不计其数，要救晴辉只能赶在他们回到川崎之前。

一辉掏出手机，打算呼叫“大悟”的号码。

可是正打算按下呼叫按钮的时候，一辉又缩回了手指。

这样真的好吗？

残机们跟他说过的话在他脑海中响了起来。

没人能代替你，你只能自己做——

紧接着，一辉下定了决心，他没有必要犹豫。

一辉睁开紧紧闭上的眼睛，攥着晴辉的鸭舌帽，伸手去推医务室的门。

“我去一下，结衣，在这里等我。”

一辉绝对不能让结衣见到晴信。

“你要去哪儿？”

“绑架晴辉的人会去川崎，我得在他们出发前拦住他。”

结衣听糊涂了，她惊讶地看着一辉。

看到她那不安的表情，一辉加了一句：

“我一定会把晴辉平安带回来的。”

一辉走出医务室，推开上前劝阻的工作人员，跑过走廊。

他没有跑向舞台。

他没有跑向记者们等待的那一边，而是向着反方向跑去。

从内部人员出入口离开赛场后，他向着水道桥站方向狂奔起来。

9

一辉气喘吁吁地跑着，他的目的地是流过水道桥站旁边的神田川河畔。

神田川上有一座水道桥，站名中的水道桥就是指它，桥头有一处出租站。这是几年前刚诞生的新交通手段——漂在水面的出租船，它们完全自动驾驶，乘客要做的就是告诉它们目的地。

当然，在陆地上跑的出租车中也有自动驾驶的车辆。不过陆地上到处都是监控，行踪很容易被查到，而海上没有监控。

晴信脑瓜聪明，坏点子多，他能想到这一点丝毫不奇怪。不，他能想到的可能性应该更高。

一辉就是怀着这样的预想开始追赶。

环视附近的水面，无人出租船的乘降点只有这里一处，晴信毕竟还是孩子，而且带着晴辉，想必他们还没有走远。

一辉来到外堀路，跑过过街天桥，沿着神田川一直跑了下去。

只见水道桥出现在前方，桥旁的人行道很宽敞，有一处小小的广场，不对，那应该算是公园。

一辉一边跑，一边左顾右盼地寻找着，终于发现了两个小小的人影。

他果然没有猜错。

“晴辉！”

一辉发现他们正打算坐上刚刚到站的水面出租船，他在最后时刻赶上了。晴辉戴着晴信的帽子，帽檐压得很低，而且还戴着口罩。

晴辉发出了不成话的声音，看来他的嘴被堵住了，而且眼睛还戴上了眼罩。他是凭声音听出一辉来了。

“找到你了！”

晴信有一瞬间露出了惊讶的神情。

一辉看了一眼乘降点旁的表，发现时间刚过下午四点。这正是决赛开始的时刻，晴信肯定没想到一辉会追来。

“你想干什么？把晴辉放了。”

尽管晴信还是孩子，可他做的事绝对不能原谅，一辉严厉地对晴信说着。

只见晴信横下了一条心，用凶狠的目光看着一辉，开口说道：

“我不，我不承认这家伙是本体而我只是分身，我比他优秀！”

“可是晴辉要是有个三长两短，你是会消失的。晴辉的分身可能只剩你一个了，这你应该明白吧？”

“我当然明白，所以我不会杀他的，我要请他到没人能发现的地方藏起来生活。”

“你休想！”

一辉忍不住喊了起来。

他的脑海中浮现出了晴辉独自一人站在昏暗空屋中，待在上了锁的小房间里。

他只是想象了一下，就觉得浑身汗毛倒竖。

就在这时，一辉身后传来了呼唤一辉的声音。

一辉回过头去，晴信也把视线转向了声音传来的方向。

一辉发现喊他的是大悟，他正全速冲向出租乘降点。

一辉没有给大悟打电话，不过一辉交给大悟的手机和他的手机同步过，一辉能通过手机找到大悟的位置，而大悟也能通过手机找到一辉的位置。大悟大概是看决赛时间到了，一辉却没有登场，才放心不下来找他了。

晴信看到大悟的脸，好像全明白了。

一辉开始庆幸晴辉的眼睛被遮住了，他可不想让晴辉看到这一幕。

“没事吧！”

大悟一边跑，一边大声喊着。一辉还从来没有听过大悟发出这么激动的声音，那声音已经像是嘶吼了。

大悟看到晴辉的样子之后，乱了阵脚。

现在的大悟比一辉更像是一位“父亲”。

“晴信不要再闹了！残机怎么能主动给本体添麻烦，想要取代本体更是不行！”

这正是直到刚才还留在一辉心中的疑念。

“吵死了，你其实也想做本体吧？”

“我连想都没有想过。”

“骗人！我才不想做分身。”

靠近岸边的出租船打开了门。

门中响起了人工智能的声音。

“请指定目的地——”

晴信把晴辉塞进了船里，自己也打算坐进去。

就在一辉和大悟想要阻止晴信，冲向出租船的时候……

他们身后的机动车道上传来了轰鸣。

一辉回过头去，只见一辆大型卡车正在驶向他们，它似乎是从御茶水坡道上跑下来的。

这辆卡车并不是自动驾驶，人工智能不可能驾驶着汽车离开机动车道冲上人行道，因为它们的运行线路会受到自动控制。

大型卡车向他们猛冲过来，一辉突然发现驾驶席上有个人影。

尽管离得还很远，一辉也能认出来，那双疯狂的眼睛属于他前几天对战过的职业玩家。

那是凯撒！

凯撒因为在比赛中作弊，不但被判负，而且职业玩家生涯也被判了死刑。

那家伙正从打开的车窗中向一辉喊着什么。

这个要寻短见的男子发出了在临死前痛苦挣扎时一样的惨叫声。

他的叫声甚至盖过了引擎的轰鸣。

“一辉！”

就在凯撒尖叫的同时，卡车也开上路肩失去了平衡，向着一辉他们撞了过去。

看到这一幕，大悟喊着晴辉的名字跑了起来。

晴辉被晴信反剪双臂，动弹不得。

一辉则被吓得迈不开腿了。

他知道自己必死无疑。

可是，如果他被撞了，会死掉的是大悟。

他开始想：等等，如果所有人都被撞了呢？

晴辉会怎样？

我只剩最后一个残机了。

晴辉还有多少残机呢？

在慌乱中想到这里，一辉总算明白了。

晴辉不管有多少残机都无所谓。

他自己来做心爱的儿子的残机就行了。

想到这里，一辉跑了起来。

“晴辉！”

司机正在发出怪叫，引擎正在咆哮。

卡车撞上路边的树，侧翻了。

轰鸣声中，烟尘飞扬起来。

侧翻的卡车滑了出去，扫平了撞上的一切。

在卡车重重撞上神田川护岸的瞬间，爆炸声响了起来。

卡车着起了大火，滚滚黑烟腾空而起。

尾声 EPILOGUE

尽管已经到了九月，酷暑依然持续着。

白天的太阳炙烤着城市中所有的柏油路。

不过就算是这样，当太阳落下去的时候，凉爽的风偶尔还是会吹起来，与盛夏相比，早晚的气息已经变了。

随着夏日的气息越来越淡，媒体也开始淡忘世界杯时发生的大新闻了。

就在决赛之前，全世界都在等待第一次闯进决赛的日本人和不败王者之间的对决，一辉消失了。

紧接着，赛场附近发生了卡车的侧翻事故。

卡车的爆炸声和震动甚至传到了赛场。

当时裁判正在宣布一辉不战而败，整个赛场被异样的气氛包围了。

凯撒因为作弊被禁赛后，为了报复实施了犯罪。

他破罐子破摔，从附近的工地上抢了一辆卡车，撞向了一辉。

根据警察的调查，凯撒本来打算开着卡车撞进赛场，结果在神田川畔发现了一辉，马上改变了计划。

媒体争先恐后地报道起了这起前所未闻的案件。

媒体报道了开卡车的男子的身份、动机。

还有一辉为什么在决赛前离开赛场，跑到了那种地方。

充满谜团的案件引起了众多的猜测，相关人员都遭到了媒体的围追堵截。

不过再大的新闻，也会随着时间风化。

随着秋意渐浓，人们的注意力也转向了其他的地方。

巨大的窗外是一片让人联想到盛夏的蓝天。

不过一片片的碎云告诉人们秋天将至。

天空下是一条条宽敞的跑道。

几十架超音速客机停在一旁，等着升空的时刻到来。

跑道上响着升空和着陆的飞机震耳欲聋的引擎轰鸣声。

这里是成田机场国际航站楼。

一辆出租车到了这里。

走下出租车的乘客从后备厢里取出了一个很大的行李箱。

这位男乘客打扮得很休闲，看起来像一位学生，他戴着口罩，帽檐压得很低。他拉着行李箱走了起来。

大悟拉着箱子，向随后走出出租车的人问道：

“是几号口来着？”

听到他的提问，长相和他一样的男子抬起了头。大悟继续说了下去：

“还记得吗，一辉先生？”

“是二十一号，不过到这里就行了，我又不是小孩子，后面我自己去就行了。”

“这是最后一次了，让我把我能做的都做了吧。”

大悟说着，拉着一辉的行李箱向前走去。

大悟还活着，当然一辉也活着。

晴辉和晴信也保住了一命。

那时候，就在卡车撞向他们之前，大悟抱住了晴辉。

可是卡车还是升腾着烟尘滑向了他们。

大悟和晴辉只能等死，可是紧接着，一辉扑向了他们。

一辉把大悟和晴辉还有吓得动弹不得的晴信推进了神田川里。

紧接着，卡车撞上水泥护岸，严重受损，靠近岸边的水面出租与它一起爆炸。

一辉在河里抬起头来，只见鲜红的火焰沿着河面扑了过来。

一辉揪着晴辉的衣服，大悟揪着晴信的衣服，他们在水下游到了稍远一点的地方，浮出了水面。他们看到自己刚才所在的地方已经在这片刻间变得面目全非了。

他们都在鬼门关上保住了一命。

“不过他真是令人惊讶。”

大悟拉着行李箱，说起了一个月之前的事。

大悟口中的他指的是开着卡车撞向他们的凯撒。

凯撒把卡车撞得稀烂，引起了那么严重的爆炸和火灾，结果却保住了一命。

详细情况一辉他们也不清楚，不过媒体报道凯撒奇迹般地保住了一命，而且似乎没有受重伤。

他的衣服烧焦了，身体也有一点烧伤，不过没有生命危险。现在凯撒正被关在拘留所，案件也已经开始了审理。他肯定是有罪的，不过应该不会判得太重，因为这次严重事故中竟然没有出现牺牲者。

一辉严肃地说着：

“没错，那场事故毫无疑问会出人命，肯定是那家伙的残机在哪里消失了。”

“不过多亏了残机，那家伙活下来了。希望他出狱之后，能好好生活，不要辜负了残机。”

“是啊。”

两人一边说一边走，来到了通往登机口的电梯大厅。

“到这里就行了。”

一辉接过了大悟手中的行李箱。

“谢谢你帮了我这么多。”

一辉坦率地向大悟表达着他的谢意。从他的表情中就看得出，他已经下定了决心。

听到一辉的话，大悟摘下帽子和口罩说道：

“不，我太多管闲事了，我应该道歉的。不过我还真有点舍不得一辉先生。”

说完，大悟把替一辉保管的机票交给了一辉。

只见机票上写着“洛杉矶”。

世界杯之后，媒体涌向了不战而败并获得了银牌的一辉。尽管没能夺冠，银牌依然是日本人在世界杯上的最好成绩。老牌职业玩家在经历低谷之后奇迹般复活，一辉的事受到了媒体的广泛报道。今天他坐出租车来机场也是为了躲记者。

而且一辉在比赛中的表现俘获了许多游戏迷，一辉的粉丝都在谈论，如果一辉参加了决战，说不定连世界王者涅奥都能击败，而一辉在决胜之前的一系列比赛也成了传说。

一辉原来的事务所社长梅本发现了一辉的变化，向他伸出了援手。

在梅本的推荐下，梅本当年的对手，一名美国的前职业玩家邀请一辉加入了他开办的电子竞技事务所。

一辉打算加入这家事务所后重新出发，以求东山再起。

他的这次美国之行体现着他的决心。

他会有很长时间没法回日本。

可是，一辉做这个决定，真正的意图并不在这里。

一辉早就想说出口的话，在这时总算说出来了：

“大悟，其实我有件事想拜托你。”

大悟按下了电梯按钮，诧异地扭头看向了一辉：

“什么事？这么严肃。”

“我不在的这段时间，能请你替我暗中看着他们俩吗？”

“啊？”

大悟倒吸了一口冷气。

“不是，你不要误会，我不是又变回了以前的我。我的意思不是要把他们硬塞给你，现在我已经明白了，家人是最重要的。”

“可是……真的好吗？虽然我们很像，可我不是一辉先生啊。一辉先生就是想到了这一点，那时候才没有叫我吧？”

大悟说的是世界杯决赛之前一辉为了找晴辉离开赛场的时候。

一辉没有打电话叫大悟，而是决定自己去找。

当然，他只有自己去，才能找到那处出租船乘降点，从结果来看，这是唯一的选项，不过当初他还有另一个选项，就是让大悟去找晴辉。

可是就在把电话拨出去之前，一辉改变了主意。

在决定世界杯金牌的一战前，或许叫大悟替他找才是正确的。

可是一辉觉得如果这样做，他还是和以往的自己一样。

信哉、隆介、大悟奋不顾身地想告诉他的就是不能这样做。

没有任何人是可以代替别人的。

不管是本体也好，残机也好，在这世界上都是独一无二的。

对晴辉来说，只有一辉一个父亲。

这样想来，那时候一辉该怎么做就很明白了。

儿子的命当然比金牌更重要。

只要还活着，今后他想挑战多少次世界杯都可以。

而能去救晴辉的，只有他这个父亲。

不管结果如何，他都能骄傲地说当时的选择是正确的。他觉得自己在最关键的时刻，理解了残机们希望他明白的道理。

“当然是，我觉得当时的决定是对的。”

“那为什么？我正打算就这样从他们两人面前消失……”

“这样做的意义已经和以往不一样了。以往我一直是为了自己使唤你，是为了方便自己，这样上山一辉虽然是一个人，却能用出两个人的效果。

“不过这次不是。这不是为了我，是为了家人。而且我作为父亲还很不合格，我一定要拿出好成绩，有朝一日去迎接他们，到时候我才能做一个合格的父亲。”

说出这番话的时候，一辉的眼睛中有着以往从未有过的光芒。

“所以我不在的时候，大悟不是我的替身。对结衣和晴辉来说，你或许是‘上山一辉’，可是你就是你。等我回来之后，希望大悟能走自己的人生道路，你也是你自己人生的主角。”

一辉把一直没能说出口的话说了出来。

大悟想了一会儿之后，点了点头：

“我明白了，这才是我崇拜的一辉先生。一辉先生当时的决定，让我为自己是一辉先生的残机而感到自豪。”

说这话的时候，大悟的声音是颤抖的。

第一次得到大悟的认可，一辉也感到一股热流涌上心头。

“如果有什么需要，我会赶到他们身边去的。一辉先生尽管放心，专心做自己想做的事吧。”

“那好。”

一辉说着点了点头，向大悟伸出了手。大悟笑着握住了那只手，紧接着一辉又用双手握住大悟的手说道：

“谢谢你——”

一辉独自一人上了电梯，前往了登机口所在的楼层。

尽管刚刚和大悟告别，一辉还是马上就回忆起了这小半年里发生的事。

信哉、隆介、大悟……

这真是一段神奇的日子。

他甚至不敢相信真的有过残机。

不过一辉还是凝视着依然温暖的手，这样想着：“就是因为有他们，才有现在的我。”

他自己在这里，他自己的变化，就是最好的证明。

电梯停下后，一辉拽着行李箱走向了二十一号登机口。

这个楼层非常大，人头攒动，热闹非凡。

一辉好不容易穿过人群到了二十一号登机口，看到了在登机口等着他的两个人。

“谢谢你们特意来送我啊。”

“爸爸！”

结衣和晴辉正在登机口等着他。

晴辉遭遇了那么严重的事故却毫发无伤，一开始他被吓得抑郁了起来，不过最近总算露出了笑容，现在还戴着当时的鸭舌帽。

结衣在世界杯赛场得知事故之后，一开始也吓得乱了阵脚，不过毕竟一辉和晴辉都平安无事，现在已经走出了事故的阴影。她依然不知道世上还有残机，一直以为是凯撒绑架了晴辉，然后出了事故。

一开始媒体的骚扰也让她不胜其烦，不过最近已经好多了。一辉和结衣都担心媒体追来，不过看样子他们没有追到机场。

而且，那次事故给绑架晴辉的晴信造成了相当大的惊吓。他倒不是去了医院，因为他本来就毫发无伤。在爆炸之后的混乱之中，警察、消防、急救车辆到达之前，他已经跑掉了。

那家伙说他想成为本体。

不过一辉希望经历了那场事故之后，他能察觉到成为本体是没有意义的。

因为晴信对晴辉来说也是唯一的守护神。

就像一辉对大悟说的那样，晴信也是自己人生的主角。

他不是某人的替身。

晴辉抱住了一辉的腿。

“把我也带去吧！”

“哈哈，爸爸也想带晴辉去，可是这是工作啊。你要听妈妈的话，乖乖的啊。”

“嗯……”

晴辉不情愿地点了点头。

一辉轻轻摸了摸晴辉的头。

看到一辉的样子，结衣走近他说道：

“这次出国比赛不是两周吗？加油啊。”

一辉只告诉结衣，这是在梅本的介绍下出国比赛。

他没有告诉结衣他要住在海对岸进行武者修行。一辉打算换一个玩家名参加那边的大赛。这样一来，他就能放心地把家人交给大悟了。他打算把在那边赚到的奖金打给大悟，再让大悟带给结衣。

昨天一辉已经去向忙碌的梅本道过谢了。

茸茸前辈正好在事务所，他把一辉在世界杯上的表现夸张地称赞了一番。梅本和茸茸前辈都是面带笑容送一辉离开的。

“是啊，又要让你惦记了，不过我不在的这段时间，结衣也要保重身体。”

“不就是两周嘛，太夸张了，我知道了。”

结衣哈哈大笑起来，然后突然收起了笑容。

她或许是察觉到了一辉的决心。

“加油啊。”

结衣说着，向一辉微笑了一下。

“我也会加油的，我打算参加下一次护士考试。”

“嗯，我支持你，不过别拼过了头啊。”

“嗯。”

一辉看着结衣的笑脸，想起了一件重要的事。

“对了……我有件东西想给你。”

一辉说着，从装机票的腰包里掏出了一个小盒子。

他实在太难为情，故意粗暴地把小盒子塞给了结衣。

晴辉也在两人脚边盯着一辉和结衣。

结衣接过小盒子，轻轻打开了它。

一辉送给她的第一枚戒指正在盒子里闪闪发光。

“这是迟到了很多年的结婚戒指，你愿意收下吗？”

结衣缓缓低下了头，一辉看不到她脸上的表情。

他突然开始觉得心里没底了。

“也是，婚都离了，还说什么结婚戒指啊。好吧，别介意我刚才说的话，这戒指我拿着也没用，你就当成是个礼物收下吧。”

一辉说完这话之后，发现结衣抬起来的脸上带着眼泪。

“你怎么买了这么贵的东西……”

她凝视着戒指小声嘟囔着。

一辉挠着头说道：

“不是有奖金吗，我就买了。”

为了买这枚戒指，一辉把日本电子竞技联盟发的世界杯亚军奖金全花掉了。

这是以前说过很多次，可是一直没能兑现的承诺，一辉这次终于兑现了。

他现在觉得自己以前说的那些话都是为了蒙混过关。

不过这次不是。

他这样做不仅是因为取得了好成绩。

也是想和家人一起分享他在他们的支持下赢得的荣誉。

结衣把戒指从盒子里取出来递给了一辉，然后小声嘟囔道：

“你给我发来的离婚协议，我还没交呢。”

“啊？”

一辉没想到。

他一直以为好几年前他们的离婚协议就已经生效了。

“所以，你一定要回来啊。那个家以前是，现在是，今后也是一辉的家。”

结衣说着，伸出了左手。

一辉想说谢谢，可是有什么东西堵住了他的喉咙，让他什么都说不出来。

结衣一直没有抛弃他这个浪子，这让他心中充满了说不出的感觉。

一行泪水代替口中的话，从一辉的眼睛里流了下来。

这行泪水比任何话都能更好地表达他对结衣的感激。

一辉从结衣手中接下戒指，戴在了她左手的无名指上。

戒指的大小正合适。

“好了，那我去了。”

一辉向两人说完，走上了上行的扶梯。

结衣和晴辉越来越远。

结衣在胸前握紧了戴着戒指的左手，举起右手挥了起来。晴辉也在结衣脚边挥着手。

一辉转身看向前方，畅想起了即将迎来的战斗。

一辉的新的职业玩家人生即将开始了。

他不知道自己会得到什么样的成绩，不过他能做的就是全力以赴。

一辉闭上眼睛，向信哉、隆介，还有大悟报告着他的决心。

他身后的晴辉高声喊着:“一路顺风！”

一辉睁开眼睛，轻轻向身后挥了挥手。

就在这时，他觉得好像有什么不对劲的。

他觉得有一股视线正看向他。

他一边想，一边不经意地看向了不远处下行的扶梯，发现扶梯上有一个女子。有一瞬间，他的目光和那名女子撞在了一起，不过那名女子转向了前方，离他越来越远。

这名女子穿着秀气的长裙，手扶着一个很大的行李箱。她的帽檐压得很低，一辉没看到她的相貌。

可是一辉毫不怀疑。

这名女子是结衣。

这名女子和这几个月来在一辉身边一直鼓励着他的结衣长得一样。

身穿连衣裙的女子走下了扶梯，背对着一辉走远了。她走过结衣和晴辉身旁的时候，他们还在挥着手。

一辉心想："我认识的这个结衣应该是本体吧——"

一辉眺望着那名远去的女子，觉得后脊梁窜过一阵凉意。

原著名：《俺の残機を投下します》，
著者：山田悠介，绘者：米山舞，设计：野条友史（BALCOLONY.），荒川正光（BALCOLONY.）
ORE NO ZANKI WO TOKASHIMASU by Yusuke Yamada
Illustration by Mai Yoneyama

著作版权合同登记号：01-2021-5561

图书在版编目（CIP）数据

投入我的残机 / (日) 山田悠介著；(日) 米山舞绘；刘晨译. -- 北京：北京工艺美术出版社，2022.6
ISBN 978-7-5140-2295-7

Ⅰ. ①投… Ⅱ. ①山… ②米… ③刘… Ⅲ. ①长篇小说－日本－现代 Ⅳ. ①I313.45

中国版本图书馆CIP数据核字(2021)第214089号

出 版 人：陈高潮　　装帧设计：杨　玮
责任编辑：张怀林　刘　阳　　责任印制：高　岩
法律顾问：北京恒理律师事务所 丁　玲 张馨瑜

投入我的残机
Touru Wode Canji
[日]山田悠介　著　[日]米山舞　绘　刘晨　译

出　版　北京工艺美术出版社
发　行　北京美联京工图书有限公司
地　址　北京市朝阳区焦化路甲18号
中国北京出版创意产业基地先导区
邮　编　100124
电　话　（010）84255105（总编室）
（010）64283630（编辑室）
（010）64280045（发　行）
传　真　（010）64280045/84255105
网　址　www.gmcbs.cn
经　销　全国新华书店
印　刷　中华商务联合印刷（广东）有限公司
开　本　787 毫米 × 1092 毫米　1/32
印　张　8.875
字　数　280千字
版　次　2022年6月第1版
印　次　2022年6月第1次印刷
书　号　ISBN 978-7-5140-2295-7
定　价　49.00元

本书为引进版图书，为最大限度保留原作特色，尊重作者写作习惯，酌情保留了部分外来词汇。特此说明。